Roberto Ampuero

TOD IN DER ATACAMA

Roman

Aus dem Spanischen
von Carsten Regling

BLOOMSBURY BERLIN

FSC
www.fsc.org
MIX
Papier aus verantwortungsvollen Quellen
FSC® C083411

Die Originalausgabe erschien 1996 unter dem Titel
El Alemán de Atacama
bei Planeta, Santiago de Chile

Umschlaggestaltung: Rothfos & Gabler, Hamburg,
unter Verwendung einer Fotografie von © Bilderberg
Typografie: Leslie Driesener, Berlin
Gesetzt aus der Stempel, Garamond
von hanseatenSatz-bremen, Bremen
Druck und Bindung: CPI – Clausen & Bosse, Leck
Printed in Germany
ISBN 978-3-8270-1034-6
www.bloomsbury-verlag.de

B L O O M S B U R Y
LONDON · BERLIN · NEW YORK · SYDNEY

Für Ximena Lucrecia und Ignacio Roberto

Und nun, möge Gott dich behüten und mir Geduld zukommen lassen, all das Üble zu ertragen, was mehr als vier feine gezierte Narren von mir sagen werden. Lebe wohl!

Miguel de Cervantes Saavedra, *Moralische Novellen*

Las Tacas, Sonntag, der 5. April, 11:17 Uhr

Nie zuvor in deinem Leben, mein ehrenwerter Abgeordneter Mariano Patiño, hast du eine solche Angst verspürt.

Nie zuvor.

Bis zu diesem verdammten Augenblick.

Dem Augenblick, in dem du erschrocken in der Sonntagszeitung liest, dass der Deutsche tot ist.

Der Deutsche, murmelst du fassungslos vor dich hin, der Deutsche. Eine Schlagzeile und eine aus fünf Absätzen bestehende Kolumne, verfasst in San Pedro de Atacama, informieren in knappen, aber anschaulichen Worten über den Todesfall: Am Samstagnachmittag wird er in seinem Schlafzimmer tot aufgefunden, niedergestreckt von zwei Schüssen. Jemand flieht mit einer großen Summe Bargeld.

Die Furcht lässt dich tief und schmerzhaft aufschnauben, als wollte sie dir den Atem rauben. Unruhig windest du dich im Lehnstuhl deines Penthouses in Las Tacas. In der vagen Hoffnung, dich getäuscht zu haben, liest du die Nachricht ein zweites Mal. Nein. Du hast richtig gelesen. Du weißt jetzt nicht nur, dass es sich bei dem Deutschen in der Oase um Willi Balsen handelt, dir wird auch klar, dass von nun an auch dein eigenes Leben in Gefahr ist.

Sie haben ihn aus dem Weg geräumt, daran gibt es nichts zu rütteln. Das Blut schießt dir in dein schmales Gesicht, du gerätst in Panik. Du musst auf der Stelle handeln, irgendetwas tun. Deine zitternden, schweißnassen Hände falten den *Mercurio* zusammen, während du überlegst, vor die Presse zu treten und alles ans Licht zu bringen. Selbst wenn du dafür deine Karriere an den Nagel hängen musst. Noch heute wirst du die Cessna nehmen, um gleich am Montag in der Früh eine Pressekonferenz einzuberufen. Durch den Tod des Deutschen verliert alles seinen Sinn, sogar das Wochenende mit deiner Sekretärin.

Du lässt die Zeitung auf den Boden fallen und richtest deinen Blick auf die kleine Bucht, die der Pazifik um diese Uhrzeit mit seinen kühlen, grauen Händen umschmeichelt. Du gehst zur Bar, wo du dir einen doppelten Hennessy einschenkst, den du hastig hinunterstürzt. Leise betrittst du das im Halbdunkel liegende Zimmer – die Fensterläden sind noch immer geschlossen –, in dem Solange Farías schläft. Man hat dich reingelegt, denkst du, während ein angenehm tröstendes Brennen durch deine Eingeweide strömt, man hat dich betrogen, und jetzt wird sich zeigen, ob der Angriff, so wie im Krieg oder in der Politik, immer noch die beste Verteidigung ist. Du beugst dich zu der Frau im Bett hinunter und küsst mit einer väterlichen Geste ihre Augenlider.

»Wohin gehst du?«, fragt sie schläfrig. Ein paar lange, dunkle Haarsträhnen sind ihr in das Gesicht mit der Adlernase gefallen, zwischen den Laken schaut ein straffer, appetitlicher Oberschenkel hervor, während sich ihr Hintern auf prächtige Weise unter der Bettdecke abzeichnet.

»Schwimmen«, flüsterst du, bevor du das stille, in Dämmerlicht gehüllte Zimmer verlässt und auf die Terrasse hinaustrittst, wo du deine Glieder streckst und dein verschwommenes Spiegelbild in der Fensterscheibe betrachtest. Du siehst schlank aus, drahtig, hast etwas von einem Jagdhund. Die Angst hat noch keine Spuren in deinem Gesicht mit den hellen Augen, der geraden, fast griechisch anmutenden Nase und den zarten Lippen hinterlassen, einem Gesicht, das dein größter Trumpf bei den Frauen ist. Bedächtig lässt du den Blick über die Spuren der letzten Nacht streifen: Reste einer Pizza Marinara, zwei halbleere Gläser mit Margarita, ein Rock, der sich auf magische Weise in einen weichen Ring auf dem glänzenden Boden aus italienischem Marmor verwandelt hat. In diesem Augenblick erscheint plötzlich mit der Flüchtigkeit eines Blitzes das Bild von Solange vor deinem geistigen Auge. Solange, die mit entblößtem Busen und fest auf deine Brust gestützten Händen ungestüm auf deinen Hüften reitet und ihr spitzes Stöhnen in der Nacht erklingen lässt. Du liegst regungslos auf dem Rücken, eingeschüchtert von der pulsierenden Lebenskraft dieser Frau, unfähig, ihre hemmungslose Leidenschaft zu zähmen, während du ihren halboffenen Mund betrachtest, aus dem sich eine Zunge windet und die fülligen Lippen befeuchtet, Lippen, die nicht müde werden zu flüstern, diese Nacht möge niemals zu Ende gehen.

Der laute Schrei einer Möwe reißt dich mit einem Schlag wieder in die Wirklichkeit dieses verfluchten

Sonntagmorgens zurück. Als würde deine Angst es verscheuchen, löst sich das Bild von Solange in Luft auf. Morgen wirst du vor die Presse treten müssen. Dir bleiben nur wenige Stunden, um zu entscheiden, was du deiner Partei und der Öffentlichkeit erklären wirst. Mach dir nichts vor, du weißt genau, keiner deiner Kollegen wird dir zur Seite stehen. Du kannst dir gut vorstellen, wie einige von ihnen sogar Moralpredigten halten werden, um dich von deinem Stuhl im Parlament zu stoßen.

Du verlässt die Wohnung, steigst die Treppe hinab und gehst mit eiligen Schritten an den Palmen und ockerfarbenen Gebäuden mit spanischen Ziegeldächern entlang, während du dir sagst, dass du mit allergrößter Besonnenheit vorgehen musst. Der Strand ist menschenleer. Du weißt, du bist von grenzenloser Einsamkeit umgeben. Du erreichst das Ufer, wo das sanfte Rauschen der Brandung zu hören ist, atmest den salzigen Duft ein, als wolltest du alle Luft dieses hohen, klaren und transparenten Himmels in dich einsaugen, und wirfst das Handtuch, das gerade noch deine Schultern bedeckte, in den Sand. Dann tauchst du fröstelnd in das Wasser ein, und dein Körper schaukelt sanft auf den Wellen, fern den parlamentarischen Ausschüssen, dem ständigen Zigarettenqualm und den aufdringlichen Interviews. In der Weite des Pazifiks zu treiben und zu wissen, dass Solange ganz in deiner Nähe ist, hilft dir, dich von dem Schrecken zu erholen.

Solange könnte deine Tochter sein. Du weißt nicht, warum dir dieser Gedanke gerade jetzt durch den Kopf geht. Vielleicht weil deine Eifersucht dich ständig daran denken lässt, viel zu oft in letzter Zeit. Sie ist dreißig und hat einen fröhlichen, sinnlichen Charakter, den ihre langen Aufenthalte in Medellín mit allen möglichen tropischen Zutaten gewürzt haben. Du brauchst sie. Jetzt mehr denn je. Mehr als einmal ist dir der Gedanke gekommen, dass du keine Sekunde gezögert hättest, dich von Olaya zu trennen, wenn dir Solange etwas früher begegnet wäre. Aber im Moment hast du weder Lust, dich von romantischen Gefühlsausbrüchen leiten zu lassen, noch, an die große Liebe zu glauben. Was jetzt allein zählt, ist, der Öffentlichkeit eine solide Familie zu präsentieren, die deine Karriere sichert.

Du schwimmst zurück und betrachtest den Küstenstreifen. Die Terrassen mit den geschlossenen Fensterläden, den grünen Teppich der Mittagsblumen rund um das Restaurant El Chiringuito, die sanft geneigten Palmen und, über allem, die kargen Hügel mit ihrer primitiven, ursprünglichen Atmosphäre – das schüchterne Vorspiel der Atacamawüste. Dir fällt auf, dass diese Landschaft eine faszinierende Ähnlichkeit mit der nordafrikanischen Küste besitzt.

Du kennst dich aus in der arabischen Welt. Ein Teil der Produktion deiner Konservenfabrik ist für den dortigen Markt bestimmt. Und auch wenn es nicht einfach ist, sich an die muslimische Mentalität zu gewöhnen, so entwickeln sich die Geschäfte doch prächtig, und die Zahlungen erfolgen, wenn auch nicht immer pünktlich. Auf Drängen deiner Frau begannen die geschäftlichen Beziehungen mit der arabischen Welt vor fünf Jahren mit einer bescheidenen Ladung getrockneter Zitronen und kandierter Früchte nach Ägypten. Für die genialen Ideen in deinem Haus war schon immer Olaya zuständig gewesen, die älteste Tochter libanesischer Einwanderer, eine Frau mit großen schwarzen Augen, fein gezeichneten Augenbrauen und dunklem Teint. Dein neuster Plan ist – immer vorausgesetzt, du kommst bei dieser ganzen Geschichte mit dem Leben davon, denkst du, während du spürst, wie dir ein eisiger Schauer über den Rücken läuft –, deine Aktivitäten in die Karibik auszuweiten, vor allem nach Kuba, die Insel, die sich in den letzten Jahren in wirtschaftlicher Hinsicht von einer einfachen Raupe in einen hübschen Schmetterling verwandelt hat.

Du breitest die Arme aus, öffnest ein wenig die Augen und lauschst dem Wellenschlag an deinen Ohren. Du musst an deine Frau denken, die um diese Uhrzeit wahrscheinlich längst wieder, auch heute, am Sonntag, in dem von ihr geleiteten Institut für politische Forschung in Santiago ihrer Arbeit nachgeht.

Olaya träumt davon, eines Tages Abgeordnete zu werden. Mit einem Abschluss an der Sorbonne und einer Promotion in Washington weist sie eine Laufbahn auf, um die sie ihre Kollegen beneiden. Vor Kurzem bot ihr der Präsident den Posten des Botschafters in irgendeinem osteuropäischen Land an, doch sie lehnte mit der Begründung ab, lieber bei ihren zwei studierenden Söhnen und ihrem Ehemann in Chile bleiben zu wollen.

»Bist du verrückt?«, rief sie, als du mit ihr über das Angebot reden wolltest. »Ich weiß doch ganz genau, wer alles davon träumt, dass ich in einem dieser trostlosen und rückständigen ehemaligen kommunistischen Länder abtauche. Mir kann keiner was vormachen!«

Womit sie recht hat. Täglich liest du in ihren hübschen, hellwachen Augen, die begierig alles zu verschlingen scheinen, was sie hinter der Versace-Brille erblicken, dass sie über deine Affäre Bescheid weiß, es aber in ihrem besessenen Streben, gewählte Abgeordnete der Republik zu werden, hinnimmt. Sie ist sich bewusst, dass es von Vorteil ist, im Land zu bleiben und ein klares Image von sich zu pflegen, fern der Vetternwirtschaft der traditionellen Politik, fern einer möglichen Scheidung, die die katholische Kirche nach wie vor scharf verurteilt. Und du weißt, Olaya wird ihr Ziel erreichen. Sie verfügt über den Ehrgeiz, die Fähigkeit und die nötigen finanziellen Mittel.

Du machst ein paar kräftige Schwimmzüge, während du dir eingestehen musst, dass sie dir als Parlamentarier überlegen wäre. Du bist ein Mann, der dazu verurteilt ist, eine Region zu vertreten, die nicht die deine ist. Du stammst aus Santiago, vom Norden weißt du nur, was du in der Schule, während der Ausflüge in die Gegend, und aus Solanges eifrigen Berichten gelernt hast, und trotzdem vertrittst du die Bergbauregion im Abgeordnetenhaus. Dir ist klar, dass du diesen Posten nur bekleidest, weil du bei den letzten internen Wahlen auf zahlreiche finstere Machenschaften, Lügen und miese Tricks zurückgegriffen hast, um den Kandidaten aus dem Norden zu besiegen.

Die Kälte zwingt dich, zum Ufer zurückzuschwimmen. Völlig starr tauchst du aus dem Wasser auf, und die sanfte Frühlingssonne empfängt dich. Du läufst über den Sand, greifst hastig nach dem Handtuch und beginnst dich kräftig abzureiben, als wären allein schon diese energischen Bewegungen imstande, deinen Entschluss in die Tat umzusetzen.

»Ich mach sie fertig«, sagst du, während deine Zähne vor Kälte klappern. »Gleich morgen werde ich alles erzählen.«

Es sollte dir nicht gelingen.

Deine Cessna 180, die du erst vor Kurzem einem in Boca Raton lebenden kolumbianischen Millionär abgekauft hattest, gelangte nie an ihr Ziel. Eine Stunde nachdem sie von der Startbahn des kleinen Flugplatzes von Las Tacas abgehoben hatte, zerschellte sie am Boden.

Zwei Tage später wurdest du in der Hauptstadt beigesetzt. Mit allen Ehren, wie es einem Abgeordneten der Republik gebührt.

Valparaíso, Mittwoch, der 6. Mai, 11:35 Uhr

»Und jetzt verkauft dieser Castro das amerikanische Eigentum tatsächlich an die Spanier! So lange mussten sie warten, um sich für die Niederlage von '98 zu rächen!«, murmelte Cayetano Brulé, legte die Zeitung auf den Berg von Dokumenten auf dem Schreibtisch seines kleinen Büros und strich sich über die Spitzen seines Pancho-Villa-Schnurrbarts.

»Sieht so aus, als hätten die Kubaner statt Big Macs, Coca-Cola und Disneyworld bald nur noch Stierkampfarenen, *churros*, katalanische Schweinswürste und Kutteln auf Madrider Art, Chef«, erwiderte Suzuki.

»Wenn überhaupt, mein Freund! Wenn das so weitergeht, bleiben meinen Landsleuten bloß die Arenen, aber kein einziges Kalb für den Stierkampf! Nein, nein, Castro kennt kein Pardon, meine Herren. Er hat meine Insel in eine Art Zeittunnel verwandelt, und jetzt befinden wir uns mitten in der Reconquista. Re-con-quis-ta. Was sagst du dazu, Suzukito?«

Der Assistent des Privatdetektivs hörte auf, aus den Zeitungen, die er sich immer abends in den Friseursalons am Hafen besorgte, Artikel auszuschneiden, und ein vorwurfsvolles Grinsen, das seine kleinen, ebenmäßigen Zähne aufblitzen ließ, huschte über sein Gesicht.

Seine schmalen asiatischen Augen verwandelten sich in horizontale Striche.

»Was soll ich schon sagen, wo ich doch keine Ahnung von Politik habe?«, fragte er lächelnd.

»Egal, irgendwas, Hauptsache man hat eine Meinung, mein Freund. Oder willst du vielleicht auch diese berühmte chilenische Gewohnheit annehmen, zu allem zu schweigen, um es sich mit niemandem zu verscherzen?«

»Wenn ich ehrlich sein soll, Chef, mir ist da gerade ein ziemlich beunruhigender Gedanke gekommen.«

»Ich höre.«

Suzuki stand vom Schreibtisch auf, den er sich mit seinem Chef teilte, und begann mit ernster Miene wie ein in einem Käfig eingesperrter Löwe im Zimmer auf und ab zu gehen. Das Büro befand sich in einer Ecke des Dachbodens eines alten, in der Innenstadt gelegenen Gebäudes von Valparaíso, dem Turri. Durch das gardinenlose Fenster konnte man bedrohlich dunkle Wolken sehen, die der Südwind über den Pazifik fegte. Das Meer glitzerte wie ein Becken voll Blei. Suzuki wusste, dass das erste Gewitter des Jahres unmittelbar bevorstand. Bedrückt fragte er: »Kann es sein, Chef, dass Sie planen, für immer nach Kuba zurückzukehren, jetzt, wo sich die Situation dort zu beruhigen scheint? Wie ich Sie einschätze, werden Sie uns von einem Tag auf den anderen verlassen. Aber denken Sie dabei nicht nur an mich, denken Sie auch an Doña Margarita de las Flores. Oder wollen Sie die etwa mit nach Havanna nehmen?«

Schweigend rückte Cayetano seine dicke Brille gerade, strich sich einen Moment lang über die Glatze und sagte dann philosophisch: »Um ehrlich zu sein, Suzukito, eines Tages werde ich wahrscheinlich wirklich auf den grünen Kaiman zurückkehren. Heimat bleibt Heimat, mein Freund, und manchmal vermisse ich mein Land tatsächlich, verdammt noch mal, vor allem, wenn es kalt ist und ich die chilenische Mentalität wieder einmal nicht begreife.«

»Und jetzt beichten Sie mir bestimmt, dass ich die ganzen Jahre für einen Hungerlohn in Ihrer Detektei gearbeitet habe, weil Sie das Geld gespart haben, um sich ein Haus in der Karibik zu kaufen?«

»Du kennst mich wirklich gut«, sagte der Detektiv und erhob sich, um die Flamme des Spirituskochers hinter sich auszudrehen. Auf dem Kocher neben dem Fenster stand eine Espressokanne aus Aluminium, in der der Kaffee zu brodeln begonnen hatte. »Aber was ich spannend finde, ist nicht die Aussicht auf ein Haus in Havanna, sondern die Möglichkeit, das Haus meines Alten zurückzubekommen, auch wenn das ziemlich unwahrscheinlich ist.«

»Ihre Eltern hatten ein eigenes Haus?« Suzuki machte große Augen.

»In Luyanó. Es war klein, mein Freund, mit einem überdachten Eingangsbereich, wo morgens die Sonne hinschien. Meine Eltern – Gott hab sie selig – saßen dort jeden Abend, um sich von der erfrischenden Kühle liebkosen zu lassen.«

»Machen Sie jetzt einen auf Dichter? Ich warne Sie«, sagte Suzuki und versuchte, ernst zu bleiben. »Wir haben in diesem Land schon genug Dichter und Gitarristen.«

»Es gibt Schlimmeres ... Verflucht!« Er hatte den heißen Deckel der Espressokanne berührt und zuckte zurück. Schon wieder hatte er sich verbrannt. Wie jeden Tag. »Aber was die Hitze in den Tropen angeht, mein Freund« – er leckte sich über die Fingerspitzen –, »kannst du dir gar nicht vorstellen, wie wertvoll so ein kleiner überdachter Eingangsbereich an den Hundstagen ist. Einfach himmlisch.«

Er goss zwei Tassen mit dem schwarzen, extrem süßen Kaffee auf kubanische Art auf und stellte sie auf den Schreibtisch. Dann nahmen sie wieder Platz.

»Ich glaube, der Kommunismus ist für die Kubaner das, was die Erdbeben für die Chilenen sind, Chef. Auf Kuba hatte jeder sein Haus oder seine Finca, bis Castro kam und alles enteignete; hier in Chile hatten alle ihr feines europäisches Geschirr, bis irgendein Erdbeben kam und alles in einen Haufen Scherben verwandelte.«

»Oder Höfe, die Allende während der Agrarreform enteignen ließ ...«

Genüsslich schlürfte Cayetano seinen Kaffee. Als Kubaner, der vor einem halben Jahrhundert in Havanna geboren worden war, hatte es ihn vor mehr als zwanzig Jahren in den Hafen von Valparaíso verschlagen, mitten hinein in die von Salvador Allendes Regierung ausgelösten politischen Wirren. Er war damals einer sozialistischen Chilenin aus aristokratischem Hause, in die er sich in Florida verliebt hatte, nach Chile gefolgt. Jetzt war er ein reifer Mann, der ein paar Kilo zu viel auf den Rippen hatte, immer kahler wurde und eine dicke schwarze Brille und einen buschigen Schnurrbart trug. Von seiner damaligen Frau war ihm nichts als eine lästige Erinnerung und das Echo ihrer herrischen Säuferstimme geblieben.

»Hör zu, ich werd dir was sagen«, kündigte er mit erhobenem Zeigefinger an, verstummte aber augenblicklich, als er jemanden zur Tür hereinschauen sah.

Es handelte sich um eine große rothaarige Frau mit blauen Augen und kurzem, borstigem Haar, das ihn an ein Stachelschwein erinnerte. Sie trug einen grauen Mantel, der trotz seiner Länge und des weiten Schnitts ihre üppigen Rundungen nicht verbarg. Sie schien überrascht über das winzige Detektivbüro auf dem kühlen, feuchten Dachboden des Turri-Gebäudes.

»Detektiv Cayetano Brulé?«

Valparaíso, Mittwoch, der 6. Mai, 11:45 Uhr

»Zu Ihren Diensten, Señorita. Nur herein«, antwortete Cayetano Brulé mit kehliger Stimme, während er auf die Frau zuging, um ihr die Hand zu reichen, eine große, lange und kalte Hand. »Nehmen Sie bitte Platz. Das ist Bernardo Suzuki, mein Assistent.«

»Sehr erfreut«, entgegnete sie mit einem zarten Lächeln auf den Lippen. »Ich heiße Cornelia Kratz.«

Sie ließ sich nieder und schlug ihre kräftigen Beine übereinander, die zwischen den Falten des Mantels unter ihrem Rock hervorschauten und wegen der dunklen Nylonstrümpfe, die sie trug, von undefinierbarer Farbe waren. An ihrer Schulter baumelten eine Lederhandtasche und ein Fotoapparat, ihre Füße steckten in klobigen Stiefeln mit dicken Gummisohlen. Auch wenn sie keine ausgesprochene Schönheit war und ihre Haut etwas trocken und faltig aussah, so verliehen ihr das feuerrote Haar, die blauen Augen in ihrem ungeschminkten Gesicht und ihre imposante Statur doch eine ganz eigene Attraktivität – wie die einer europäischen Intellektuellen um 1968.

Cayetanos Stimme zerriss das Schweigen, das sich im Büro breitgemacht hatte.

»Kaffee?«

»Keine schlechte Idee.«

Der Detektiv musterte sie von oben bis unten, während Suzuki ihr eine Tasse Kaffee und eine Zuckerdose reichte. Dann verließ der Assistent diskret das Büro und ließ sie allein. Erneut trat Stille ein, sie saßen sich gegenüber, er über das Chaos auf seinem Schreibtisch gebeugt, während sie ihren Kaffee umrührte und das kleine Zimmer musterte.

Ihr Blick fiel auf einen alten, zu einem Aktenschrank umfunktionierten Kleiderschrank voller Unterlagen, die jeden Moment herauszufallen drohten, einen beigefarbenen, hinter der Tür aufgehängten Trenchcoat, eine nackt von der Zimmerdecke baumelnde Glühbirne und, direkt hinter dem schnurrbärtigen Typ, ein Detektivdiplom, das Cayetano vor Jahren per Fernstudium an einem Institut in Miami erworben hatte. Auf dem Schreibtisch ragten eine uralte, rostige Olivetti und ein schwarzes Telefon mit Wählscheibe wie die Spitzen zweier Eisberge aus einem Meer von Papieren hervor.

»Nun?«, fragte Cayetano, als er der Meinung war, dass die Musterung seines Büros lange genug gedauert hatte. »Ich bin ganz Ohr.«

»Und ich Deutsche, Auslandskorrespondentin der *Frankfurter Allgemeinen Zeitung* in Buenos Aires«, verkündete sie großspurig in einem Spanisch, das dem Detektiv nahezu perfekt vorkam. »Ich bin hier, um Ihre Dienste in Anspruch zu nehmen.«

»Zunächst einmal muss ich wissen, worum es geht.« Obwohl er schon seit Wochen ohne Beschäftigung war, schlug er einen verhaltenen Ton an und gab vor, nur mäßiges Interesse an ihrem Fall zu haben. »Erzählen

Sie, und dann werden wir sehen, ob meine Zeit es mir erlaubt, mich darum zu kümmern.«

»Das hoffe ich doch sehr.«

Cayetano lehnte sich in seinem Bürosessel zurück und strich sich zärtlich über die Schnurrbartspitzen, während er das saftige Honorar vor Augen hatte, das man von einer Zeitung mit Weltruf erwarten konnte.

»Stärken Sie sich erst mal mit einem Schluck Kaffee, und dann erzählen Sie mir alles in Ruhe.«

Sie nippte an ihrer Tasse und bemerkte mit leuchtenden Augen: »Schmeckt ausgezeichnet, wie in Italien.« Dann stellte sie die Tasse auf die Untertasse zurück und fügte mit gerunzelter Stirn hinzu: »Herr Brulé, ich bin wegen eines deutschen Ingenieurs namens Balsen hier, Willi Balsen.«

»Der Typ, der vor gut einem Monat in San Pedro de Atacama ermordet wurde?«

»Genau der«, antwortete sie verblüfft und stellte ihre Tasse mit leicht zitternden Händen auf dem Schreibtisch ab. »Sie haben also von ihm gehört?«

Cayetano wühlte in seinen Taschen, zog eine Schachtel Lucky Strike hervor und steckte sich mit wollüstigem Gesichtsausdruck eine Zigarette an. Er war zufrieden mit sich, er hatte die Frau beeindruckt. Er schätzte sie auf etwa vierzig, auch wenn in ihrem Gesicht ein gewisser Ausdruck von Sorglosigkeit und Tatendrang lag, der eher zu einem neugierigen Mädchen gepasst hätte. Er hatte sie überrascht. Natürlich, es war kaum anzunehmen, dass die deutsche Presse der Ermordung eines chilenischen Einwanderers allzu große Beachtung schenken würde, aber hier in Chile, wo es in den Nachrichten fast ausschließlich um Verkehrsunfälle, Wohnungseinbrüche, Streitigkeiten zwischen Politikern, Romanzen von Telenovela-Schauspielern und Fußballergebnisse ging, war ein derartiger Fall ein gefundenes Fressen, an dem sich die Zeitungen wochenlang labten.

»Wenn ich mich nicht täusche«, protzte er mit seinem guten Gedächtnis, »hat Balsen ein Projekt geleitet, bei dem es um technische Unterstützung für die Oase ging, bevor er in seinem Haus brutal ermordet wurde. Man hat zweimal auf ihn geschossen, mit einem Kopfkissen als Schalldämpfer, ein paar Millionen Pesos geklaut, und bis heute ist niemand gefasst worden.«

»Was auch kaum geschehen wird, denn die Polizei geht davon aus, dass es sich um einen gewöhnlichen Raubüberfall handelt«, ergänzte sie Cayetanos Ausführungen und trank einen Schluck Kaffee. »Aber hinter der Sache steckt etwas anderes. Ich glaube nicht an ein gewöhnliches Verbrechen.«

»Und warum nicht?« Cayetano zog erstaunt die Brauen hoch.

»Weil Willi mich kurz vor seinem Tod in Buenos Aires angerufen hat, um mir mitzuteilen, dass er etwas sehr Interessantes für die Presse entdeckt hatte. Er wollte mich dringend sehen. Deshalb bin ich so schnell wie möglich nach Chile geflogen.«

»Und?«

»Kurz vor dem Flug nach San Pedro habe ich von seinem Tod erfahren.«

»Wann hatte er Sie angerufen?«

»Zehn Tage vor seinem Tod.«

Cayetano stieß ein Knurren aus.

»Haben Sie das der Polizei erzählt?«

Sie fuhr sich mit der Hand durch das kurze Haar, dann starrte sie auf ihre Schuhspitzen. Ihre Fingernägel waren dunkelrot lackiert, wie die Farbe von geronnenem Blut. Mit Grabesstimme antwortete sie: »Das hat die überhaupt nicht interessiert.«

Er konnte sich sehr gut vorstellen, dass es bei ihrem Aussehen nicht leicht war, ernst genommen zu werden. Statt Journalistin bei einer einflussreichen Zeitung zu sein, schien sie eher einer dieser Hardrock-Bands anzugehören, die er sich hin und wieder in dem vergeblichen Versuch, die musikalischen Vorlieben der Jugend zu teilen, auf MTV ansah. Bestimmt hatte man sie für eine durchgedrehte Europäerin mit Polizeikomplex gehalten. Und von denen gab es reichlich. Nein, es sah ganz so aus, als wäre das Verbrechen von San Pedro die Folge eines normalen bewaffneten Raubüberfalls gewesen, bei dem das Opfer Widerstand geleistet hatte. Mit anderen Worten, die mangelnde Kooperationsbereitschaft des Deutschen hatte die tödliche Reaktion der Angreifer provoziert. Zumindest behaupteten das die Zeitungen. Er konnte sich noch gut daran erinnern.

»Und wo haben Sie Balsen kennengelernt?«

Jetzt schien sie ein Terrain zu betreten, das ihr mehr behagte. Sie griff nach der Tasse und nippte nachdenklich an ihrem Kaffee. Draußen blies der kräftige Südwind, trieb dicke Regentropfen gegen die Fensterscheiben und ließ das Dachgebälk des Turri-Gebäudes erzittern. Es war nur eine Frage der Zeit, bis die übliche Zahl an Schiffbrüchen und abgedeckten Dächern zu beklagen wäre.

»Eigentlich kannte ich ihn gar nicht besonders gut. Das erste Mal haben wir uns auf einem Empfang der deutschen Botschaft in Santiago unterhalten. Ich war dort, um ein Interview mit dem deutschen Entwicklungshilfeminister zu führen, der gerade auf Staatsbesuch in Chile war. Das war vor drei Jahren, im Mai 1991. Willi war ein paar Tage zuvor in Chile eingetroffen, um Gemeinden in der Atacamawüste bei ihrem Kampf gegen die Wasserknappheit zu helfen.«

Für einen Moment stellte sich Cayetano die Stimmung auf dem Botschaftsempfang vor, den Parfümduft der schmuckbehängten Damen, das Klirren der Sektgläser und das Geflüster der einflussreichen Herren, und dann sah er Balsen vor sich, wie er unter der sengenden Sonne durch die Wüste schritt. In diesem Moment gab eins der Fenster unter dem Ansturm des Windes nach und schlug sperrangelweit auf. Ein kühler Wasserschwall ergoss sich über die Espressokanne und den Holzfußboden, während lose Papiere durch das Zimmer wirbelten. Cayetano sprang auf und stürzte zum Fenster.

»Lassen Sie die Papiere, die sind nicht so wichtig«, sagte er, die Zigarette zwischen den Lippen, während er sich bemühte, das Fenster zu schließen. »Und wann haben Sie Balsen das letzte Mal gesehen?«

Sein Unterfangen war nicht ganz einfach. Er stieß ein paar Flüche gegen das Fenster und den Regen aus, während er sich ausmalte, wie die Journalistin von ihrem gemütlichen Stuhl aus genüsslich den ungleichen Kampf beobachtete, den er gegen die Elemente führte. Doch stattdesssen hörte er, wie sie Papiere vom Boden aufsammelte und zurück auf den Schreibtisch legte. Er hatte nicht gewusst, dass der Regen im Mai so kalt sein konnte. Endlich gelang es ihm, das Fenster zu schließen. Mit einem triumphierenden Ausdruck wandte er sich um. Seine Jacke und sein Hemd waren völlig durchnässt, und seine dicken Brillengläser bedeckten winzige Tröpfchen.

»Wann haben Sie ihn das letzte Mal gesehen?«, wiederholte Cayetano seine Frage, während er ein Taschentuch aus der Hose zog, um sich die Hände abzutrocknen.

»Vor einem halben Jahr, als ich hier war, um über das Verhältnis von Militär und Zivilgesellschaft zu recherchieren. Wir sind uns bei einem Essen begegnet, das unser Presseattaché gegeben hat.«

Cayetano drückte seine feuchte Zigarette in der großen Schale einer chilenischen Abalone aus, die als Aschenbecher diente, und nahm die Brille ab. Sofort wirkten die Augen in seinem pausbäckigen Gesicht noch kleiner und ließen ihn wie ein hilfloses Kind aussehen. Halbblind wischte er die Gläser mit dem Taschentuch trocken und setzte sich die Brille wieder auf.

»Er hat also tausende von Kilometern zurückgelegt, nur um an einem diplomatischen Empfang teilzunehmen«, bemerkte er, bemüht, den peinlichen Vorfall mit dem Fenster herunterzuspielen. Inzwischen fühlte er sich schon wieder etwas behaglicher und steckte das Taschentuch zurück in die Hosentasche. Im selben Augenblick spürte er, wie dessen kalte Feuchtigkeit an sein Bein drang. »Hat er nichts erzählt, woraus Sie hätten schließen können, dass er brisante Informationen besaß?«

»Nein, nichts. Er schwärmte nur von seiner Arbeit. Anscheinend lief es gut bei seinem Hilfsprojekt für die armen Kleinbauern. Den Armen Geld zu geben, ist ziemlich kompliziert. Das hat nur selten Erfolg. Menschen kümmern sich nur um das, was ihnen gehört und was sie etwas gekostet hat. Aber eigentlich haben wir an jenem Abend mehr über die zunehmende Fremdenfeindlichkeit in Deutschland gesprochen. Finden Sie das nicht auch schrecklich, dass der Rassismus ausgerechnet in meinem Land so ausgeprägt ist, bei der Geschichte, die wir haben?«

Cayetano zog es vor, seine Meinung für sich zu behalten. Er war der Ansicht, dass Menschen nur selten aus den Fehlern lernen, die sie im Laufe ihres Lebens begehen – und ganze Länder noch viel seltener. Russland würde immer das Zentrum gescheiterter Revolutionen sein, China ein Labor gefährlicher, unersättlicher Ameisen, Großbritannien ein ehemaliges Weltreich im unaufhörlichen Verfall und Kuba trotz allem ein Ort zum Tanzen und Feiern zu Conga-Rhythmen unter einer unvergleichlichen Sonne.

»Mich wundert nur«, sagte er, um das Thema zu wechseln, »dass *Sie* mich mit dieser Sache beauftragen wollen und keiner von Balsens Familienangehörigen.«

»Er war das einzige Kind einer verwitweten Mutter.« – Cayetano war versucht, ihr zu sagen, dass Balsen unter diesen Umständen in Chile nicht zum Militärdienst eingezogen worden wäre, ließ es aber bleiben und unterbrach sie nicht. – »Die Arme leidet unter Alzheimer, und die Botschaft sagt, dass ihr nicht einmal bewusst sei, dass ihr Sohn tot ist. Sie lebt allein. Sie können sich gar nicht vorstellen, was Alleinsein für alte Menschen in Deutschland bedeutet.«

»Nicht nur für alte«, bemerkte der Detektiv. Er konnte sich noch gut an die Zeit erinnern, die er in der Nähe von Frankfurt verbracht hatte, damals, als er als eingebürgerter Kubaner als Freiwilliger bei den US-amerikanischen Streitkräften gedient hatte. Es waren harte, kalte, einsame und beklemmende Jahre gewesen, in einer Welt, die ihm so steril und unpersönlich wie eine Apotheke vorgekommen war.

»Da haben Sie recht«, pflichtete sie ihm bei. »Aber die Alten leiden am meisten. Hier kümmern sich wenigstens die Kinder, Enkel oder Nachbarn um sie. Bei uns werden sie in Altersheime gesperrt, die wie Friedhöfe für Lebende sind, wo niemand sie besucht.«

»Übertreiben Sie nicht. Was gäben unsere armen Alten dafür, in solchen Heimen zu wohnen.«

»Hm, schon möglich.«

Weil er keine Lust hatte, länger um den heißen Brei herumzureden, um an diesen vielversprechenden Auftrag zu gelangen, sagte er kühl: »Aber Sie scheinen einen triftigen Grund zu haben, um Ermittlungen über jemanden zu finanzieren, den Sie kaum gekannt haben.«

»Ganz einfach: Ich glaube nicht, dass die Polizei etwas herausfindet. Sie ist unfähig und korrupt, so wie überall in Lateinamerika.«

»Es ist nicht meine Aufgabe, andere in Schutz zu nehmen, aber in diesem Land arbeitet die Polizei sehr gewissenhaft. Aber sagen Sie, machen Sie das nicht eher aus Eigeninteresse?«

»Was wollen Sie damit sagen?«

Er sah sie mit einem hämischen Grinsen an und antwortete leise: »Ich könnte mir vorstellen, dass ein Artikel über die Aufklärung des Todes eines Deutschen in der Atacamawüste ziemlich lukrativ für Sie ist.«

Sie warf ihm einen finsteren Blick zu und erwiderte kühl: »Denken Sie doch, was Sie wollen, mich interessiert nur, ob Sie den Auftrag annehmen oder nicht.«

»Erzählen Sie mir erst, für wen Balsen gearbeitet hat.«

»Für SOS-Dritte-Welt, eine kleine private Hilfsorganisation, die den Bau von Brunnen und Bewässerungsanlagen in San Pedro finanziert.«

Der Wind heulte auf, es hörte sich wie das Pfeifen eines Eisenbahnschaffners an, und der Regen prasselte immer heftiger gegen die Fensterscheiben. Sie sahen zur Bucht hinaus. Die Schiffe liefen ein und versuchten sich in Sicherheit zu bringen, während die kleineren Kähne an der Mole heftig auf und ab schaukelten. Der ideale Tag für ein paar leckere *sopaipillas* mit Sirup und ein Glas Rum, dachte Cayetano.

»Und, sind Sie an dem Fall interessiert?«

Unschlüssig drückte er sich in seinen Sessel. Der Gedanke, in die Wüste fahren zu müssen, behagte ihm nicht sonderlich. Er kam aus einer feuchten, immergrünen Gegend mit dichten Wäldern und warmen Regenschauern, heißen Rhythmen und anmutigen Mulattinnen mit atemberaubenden Taillen, und nichts verband ihn mit der rauen, kargen Landschaft der Atacama. Außerdem verhießen parallel zu den offiziellen Untersuchungen geführte Ermittlungen immer irgendwelche unerwarteten Schwierigkeiten, weil man jemandem zu nahe trat, und die Carabineros oder die Kriminalpolizei herauszufordern, gehörte nicht unbedingt zu seinen Vorlieben.

»Ich rufe gleich bei der Botschaft an, damit man Ihnen sämtliche Informationen zukommen lässt.« Cornelia Kratz' Augen funkelten erwartungsvoll. »Außerdem biete ich Ihnen das Honorar eines deutschen Privatdetektivs und zusätzlich, hören Sie gut zu, eine saftige Beteiligung an meinem Honorar für den Artikel über das Geheimnis, das Willi Balsen mit ins Grab genommen hat. Na, was sagen Sie nun?«

Santiago, Donnerstag, der 7. Mai, 9:30 Uhr

Die deutsche Botschaft in Santiago nahm zwei Stockwerke eines alten, gegenüber dem Teatro Municipal gelegenen Gebäudes ein, in dem die Funktionäre und Angestellten dazu verurteilt schienen, die Luftverschmutzung und den nervenaufreibenden Lärm der chilenischen Hauptstadt zu ertragen.

Nichts an der Fassade – es sei denn die dreifarbige Flagge, die sich um den Fahnenmast gewickelt hatte, und das ausgeblichene deutsche Wappen – deutete darauf hin, dass hier die Delegation der wichtigsten europäischen Wirtschaftsmacht in einem der für sie interessantesten lateinamerikanischen Länder ansässig war.

Cayetano verließ den Aufzug in seinem nassen Trenchcoat und betrat einen geräumigen Wartebereich mit vergitterten Türen und Fenstern.

»Brulé ist mein Name, ich habe einen Termin bei Herrn Kahlau«, wandte er sich an einen Botschaftsangestellten, der, verschanzt hinter dickem Panzerglas, Zeitung las. Der Mann, ein schwarzhaariger, dunkeläugiger Chilene in einem dreiteiligen Anzug, warf ihm einen prüfenden Blick zu, während er eine Nummer wählte und seine Anwesenheit meldete. Es schien, als hätte er im Laufe der Jahre den strengen, gewissenhaften Stil seiner europäischen Arbeitgeber übernommen.

Kurz darauf verlangte der Mann seinen Personalausweis. Cayetano schob ihn unter der Glasscheibe durch und erhielt im Gegenzug einen Passierschein in einer Plastikhülle.

»Den heften Sie sich bitte ans Revers und nehmen ihn unter keinen Umständen ab«, unterwies ihn der Mann. »Seien Sie so freundlich und nehmen Sie im Wartezimmer Platz.«

Bevor er der Aufforderung nachkam, warf Cayetano einen raschen Blick auf seine russische Poljot, die er vor Jahren in einem Laden in der Altstadt von Havanna erstanden hatte. Es war exakt neun Uhr dreißig, die Zeit, die er am Tag zuvor mit dem Botschaftsmitarbeiter vereinbart hatte. An den Wänden des Wartezimmers hingen Plakate, die das Bundespresseamt in Bonn vertrieb. Er betrachtete sie eins nach dem anderen: die schöne Stadt Lindau am glitzernden Bodensee, der Hamburger Hafen voller Schiffe, der in den Himmel ragende Kölner Dom, die angestrahlte Ruine der Gedächtniskirche in Berlin. Immer wieder war er beeindruckt von dem wolkenlosen Himmel auf den Fotos europäischer Städte. Wann gab es je einen so strahlend blauen Himmel über Bonn, München oder Karlsruhe, wo er doch aus eigener Erfahrung wusste, dass die Einwohner dieser Städte die meiste Zeit des Jahres unter einer grauen Wolkendecke verbringen mussten? Warteten die Fotografen monatelang auf einen sonnigen Tag, um irgendwann die Fotos zu schießen, die das Bundespresseamt von ihnen forderte? Warum scheuten sich diese Städte mit ihren Ziegenbärte und golden eingefasste Brillen tragenden Bürgermeistern, sich so zu präsentieren, wie sie nun einmal waren: in ständigen Nebel gehüllte Wunder der Architektur?

Eine Frau mit kurzem grauem Haar trat auf Cayetano zu, begrüßte ihn knapp und bat ihn, eine gläserne Kabine zu betreten, wo ihn ein Sicherheitsbeamter mit einem elektronischen Gerät überprüfte. Dann folgte er der Frau durch ein Treppenhaus und lange Flure, bis sie vor einer Tür stehen blieben. An der Decke flackerte eine Neonröhre. Sie forderte ihn auf, einzutreten, und entfernte sich.

Cayetano betrat den Raum und stand einem blassen, etwas von der Sonne vernachlässigten Mann mit grünen Augen und dunklem Haar gegenüber, der etwas von einem Lateinamerikaner an sich hatte. Seine Augen verrieten den gelangweilten, wenn auch gut bezahlten Bürokraten, der wusste, dass man ihn angemessen für seine Dienste entlohnte. Gehüllt in einen tadellosen grauen Anzug mit grüner Seidenkrawatte musterte er den imposanten Schnurrbart, das violette Hemd und die mit kleinen Guanakos verzierte Krawatte seines Besuchers.

»Seien Sie willkommen, Herr Brulé«, begrüßte er den Detektiv und drückte ihm mit einem höflichen Lächeln die Hand. Dann nahm er ihm den Mantel ab und hängte ihn an einen Kleiderständer. »Ich bin Ralph Kahlau, der hiesige Botschaftsrat. Bitte, setzen Sie sich doch.«

Sie nahmen an einem runden Tisch Platz, auf dem sich zwei Tassen, eine Thermosflasche, eine Schachtel mit Süßstoff und zwei Papierservietten befanden.

»Darf ich Ihnen eine Tasse Kaffee anbieten?«

»Gerne.«

Während Kahlau ihm einschenkte, sah sich Cayetano im Büro um. Außer dem Tisch und dem Kleiderständer gab es einen Schreibtisch, einen Computer, mehrere Stühle und die obligatorischen Plakate mit deutschen Landschaften. Es herrschte eine Ordnung und Sauberkeit wie in einem Operationssaal. Diese Deutschen waren wirklich beflissene, pünktliche und verantwortungsvolle Menschen, musste Cayetano zugeben, während er an seine Zeit in Frankfurt zurückdachte. Sie fegten voller Inbrunst den Bürgersteig vor ihrem Grundstück, zahlten immer pünktlich, wenn auch zähneknirschend, ihre Steuern, und jeder hatte gut sichtbar für den Postboten die Hausnummer an seiner Tür angebracht. Nur Freundschaft mit ihnen zu schließen war nicht so einfach.

»Sie sind also der Privatdetektiv, der im Auftrag von Frau Kratz' Zeitung den Mord an Balsen untersucht«, begann Kahlau in einwandfreiem Spanisch, während er bedächtig seinen Kaffee umrührte. »Sie scheinen an der Effizienz der Polizei zu zweifeln.«

»Wir glauben nur, dass vier Augen mehr sehen als zwei.«

»Nichts für ungut, ich freue mich für Sie«, bemerkte Kahlau mit einem verhaltenen Lächeln. Wenn er nicht gerade mit seinen Fingern den Rand der Untertasse streichelte, rieb er sich die Hände oder blickte auf die Uhr. »Na schön, Señor Brulé, wie können wir Ihnen helfen? Sämtliche Informationen, die wir über Herrn Balsen besitzen, haben wir der chilenischen Polizei zur Verfügung gestellt, so wie es sich gehört.«

Cayetano nahm den Passierschein von seinem Revers ab und verstaute ihn in der Jackentasche. Er gab etwas Süßstoff in seinen Kaffee und probierte ihn. Es war ein wässriges Gesöff, aber zumindest heiß. Mit ernster Miene zog er einen BIC-Kugelschreiber und ein Notizbuch aus der Jackentasche. »Mich interessieren da ein paar Aspekte in Balsens Leben, und ich glaube, Sie können mir weiterhelfen, schließlich war der Verstorbene häufig Gast in Ihrer Botschaft.«

»Nun ja, er hat einmal im Monat an unseren gesellschaftlichen Veranstaltungen teilgenommen, wenn Sie verstehen«, erwiderte der Diplomat fast entschuldigend. »Er war eher zurückhaltend, nicht sehr gesellig. Ich glaube, er ist nur hergekommen, um den Kontakt zu seinem Heimatland nicht völlig zu verlieren. Aber ich möchte Sie daran erinnern, dass SOS-Dritte-Welt, Balsens Organisation, rein privater Natur ist und wir folglich keine institutionellen Beziehungen miteinander pflegen.«

Cayetano strich sich nachdenklich über den dichten Schnurrbart.

»Ich wäre Ihnen dankbar, wenn Sie mir alles zur Verfügung stellen, was wichtig für mich sein könnte.«

Kahlau ließ seine Fingergelenke knacken und ging zu seinem Schreibtisch, wo er in einer Schublade zu wühlen begann. Die Politur seiner dünnsohligen, mit Schlaufen verzierten Slipper glänzte so intensiv, als hätte er die Schuhe gerade erst gekauft. Kurz darauf kehrte er mit einer grünen Mappe in der Hand zurück.

»Hier, bitte.« Er legte die Mappe auf den Tisch, bevor er nach einem Seufzer hinzufügte: »Ich habe ein

Dossier mit sämtlichen Daten über Herrn Balsen und das Hilfsprojekt zusammengestellt.«

Schweigend blätterte Cayetano in der Mappe. Sie enthielt Informationen über das Projekt und seine Bedeutung, die er in Ruhe zu Hause studieren musste, sowie Fotos von Brunnen und Bewässerungskanälen und verschiedene Zeitungsausschnitte. Daneben fand er Unterlagen über den Ingenieur und Fotos von ihm. Alle zeigten ihn lächelnd, umgeben von Bauern mit indigenen Zügen. Er stach deutlich heraus mit seiner blonden, zu einem Pferdeschwanz gebundenen Mähne, seiner hoch aufgeschossenen Figur und seinem attraktiven Gesicht, das Cornelia Kratz am Tag zuvor so gepriesen hatte.

»Legen Sie so ausführliche Dossiers über alle Deutschen an, die in Chile leben?«

»Selbstverständlich nicht. Balsen hat ein Entwicklungshilfeprojekt geleitet und uns hin und wieder um informelle Beratung ersucht. Sie sehen ja, das Projekt dient einem guten Zweck. Es geht darum, die Oase von San Pedro de Atacama mit mehr Wasser zu versorgen, um die Landwirtschaft auszuweiten. Das Projekt startete vor drei Jahren, unter Balsens Leitung.«

»Wissen Sie, wie Balsen nach Chile gekommen ist?«

»Das war allseits bekannt.« Kahlau zupfte an seinen Manschetten. Goldene Knöpfe kamen zum Vorschein. »SOS hat ihn mit dem Projekt beauftragt, weil er Hydrograf war und viel Erfahrung im Brunnenbau besaß.«

»Ein Experte also«, sagte der Detektiv, als ein Regenschauer gegen das Bürofenster zu trommeln begann.

»Mehr als das. Sie müssen wissen, dass er in einem bescheidenen Häuschen gewohnt hat, genau wie die

Menschen aus dem Ort, Seite an Seite mit ihnen gearbeitet und perfekt Spanisch gesprochen hat. Etwas Besseres hätte einer kleinen Organisation wie SOS gar nicht passieren können.«

Cayetano nickte mit gesenktem Kopf und zog die Schachtel Lucky Strike aus seiner Jacke. Sofort nahm Kahlaus Gesicht einen nervösen Ausdruck an.

»Ich muss Sie bitten, hier nicht zu rauchen.«

»Keine Sorge, mir reicht es schon, ein paar Sekunden die Schachtel zu berühren, um meine Rauchgelüste zu stillen. Aber fahren Sie ruhig fort.«

Kahlau wartete, bis Cayetano die Schachtel zurückgesteckt hatte, und erklärte in freundlichem Ton: »Ich wollte Ihnen nur sagen, dass Balsen ein Partner in der Entwicklungshilfe war, wie wir sie brauchen. Er war nicht nur ein Experte auf seinem Gebiet, er war mit Leib und Seele für die Menschen da, denen er half. Glauben Sie bloß nicht, dass es einfach ist, aus Berlin wegzugehen, um hier in der Wüste zu leben.«

Cayetano fing erneut an, in der Mappe zu blättern, und blieb bei einem kurzen Lebenslauf von Balsen hängen.

»Das hier ist interessant«, bemerkte er, ohne den Blick zu heben, gebannt von dem, was er da las. »Balsen wurde in der DDR geboren und war Anfang der Achtzigerjahre in verschiedenen afrikanischen Ländern für die ostdeutsche Regierung tätig.«

»Er hat bei den Internationalen Brigaden der FDJ, der kommunistischen Jugendorganisation der ehemaligen DDR, gearbeitet«, bestätigte Kahlau mit ernster Stimme, »aber ich würde dem keine allzu große Bedeutung beimessen. Technische Hilfsprojekte zu unterstützen, die befreundeten Regierungen in Afrika halfen, war eine der wenigen Möglichkeiten für die Ostdeutschen, ins Ausland zu kommen.«

»Libyen, Ägypten, Angola«, las Cayetano. »War SOS-Dritte-Welt früher eine kommunistische Organisation?«

Kahlau bemühte sich erfolglos, ein Grinsen zu unterdrücken, dann verschränkte er die Arme.

»SOS ist eine private Organisation, die in den Siebzigerjahren in Westberlin gegründet wurde«, präzisierte er. »Sie kümmert sich mehr um humanitäre Hilfe, gibt Broschüren heraus, berichtet über die Diskriminierung von ethnischen Minderheiten und organisiert Kampagnen gegen Projekte, die die Umwelt zerstören.«

»Und finanziert eigene Projekte.«

»Das auch, kleine Projekte«, korrigierte ihn Kahlau.

»Balsen stieg im Dezember 1989 bei dieser Organisation ein.«

»Ja, kurz nach dem Fall der Mauer. Wie Millionen anderer Ostdeutscher, die die DDR-Organisationen verließen und sich westlichen Gruppierungen und Vereinen anschlossen. Das war ihr gutes Recht.«

Cayetano schloss die Mappe und schwieg. Ihm kam dieser Schritt seltsam vor. Gut möglich, dass Balsen ein zuverlässiger Funktionär der kommunistischen Jugendorganisation gewesen war, deshalb hatte man ihn auch nach Afrika geschickt. Und trotzdem hatte er nicht gezögert, sich sofort einer anderen, ganz anders gearteten Organisation anzuschließen.

»Ich weiß, was Sie denken«, sagte Kahlau mit einer

gewissen väterlichen Herzlichkeit. Die Arme hatte er noch immer verschränkt. »Die kommunistischen Organisationen so schnell wie möglich zu verlassen, war nach dem Mauerfall das Normalste von der Welt. Vergessen Sie nicht, dass die Ostdeutschen im kommunistischen System keine großen Alternativen hatten. Sie konnten nur ihren Organisationen beitreten. Das war die einzige Möglichkeit, sich in die Gesellschaft einzufügen, in Ruhe zu leben und aufzusteigen. Ich hätte dasselbe getan, Sie etwa nicht?«

Kahlaus Augen hatten etwas Durchdringendes. Cayetano senkte den Blick, als wollte er sich versichern, dass die Mappe noch immer in seinen Händen lag. Balsen war mit vierzig Jahren gestorben. Er hatte fünfunddreißig Jahre unter dem kommunistischen Regime gelebt. Wie schaffte man es bloß, in seinem Alter einfach so die Ideologie zu wechseln, ohne depressiv zu werden, weil einem die eigene Inkonsequenz zu schaffen macht? Letztlich wird Geschichte nicht von den Völkern geschrieben, dachte er, sondern von den Konvertiten. Er trank den letzten Schluck Kaffee, blätterte noch einmal in der Mappe und fragte schließlich: »Wenn Balsen zu den Treffen in der Botschaft kam, wo hat er dann in Santiago übernachtet?«

Mit einer schnellen Bewegung rückte sich Kahlau den Krawattenknoten zurecht und neigte den Kopf, als wollte er auf diese Weise seinem Gedächtnis auf die Sprünge helfen.

»Ich glaube, in einer Pension im Stadtteil Bellavista«, antwortete er und warf einen flüchtigen Blick auf seine Uhr.

»Kennen Sie jemanden, der mir das genau sagen kann?«

»Meine Sekretärin müsste es wissen«, sagte Kahlau ungeduldig und stand mit ernster Miene auf. »Sie können gerne mit ihr reden, bevor Sie gehen. Es war mir ein Vergnügen, Ihnen geholfen zu haben, und Sie wissen ja, ich bin jederzeit für Sie da, Herr Brulé. Auf Wiedersehen!«

Santiago, Donnerstag, der 7. Mai, 15:20 Uhr

Dank der Hinweise der Sekretärin fiel es ihm nicht schwer, die Pension zu finden. Sie lag tatsächlich in Bellavista, schräg gegenüber dem El Otro Sitio, einem auf peruanisches Essen spezialisierten Restaurant, und war in einer betagten, unscheinbaren grauen Villa mit zwei Stockwerken untergebracht, die zu Beginn des neunzehnten Jahrhunderts bestimmt bessere Zeiten gesehen hatte. Es nieselte, als Cayetano Brulé an die milchige Glastür klopfte.

Doña Macarena Rosas, die Pensionswirtin, eine schielende, schreckhafte alte Dame mit einem dichten Frauenbart, hatte aus der Zeitung von Balsens Tod erfahren und rechnete damit, jeden Augenblick von der Polizei vernommen zu werden. Deshalb verwechselte sie Cayetano auch mit einem Polizeibeamten und bat ihn, ohne groß nachzufragen, herein. Sie gehörte zu den Leuten, die lieber auf gutem Fuß mit der Staatsgewalt standen und das auch gern zur Schau stellten.

»Das hier war sein Lieblingszimmer.« Die Frau öffnete die erste Tür in einem langen, sich wie ein dunkler Tunnel durch das Haus ziehenden Korridor. Dann rückte sie sich die schwarze Mantille zurecht, die sie über ihren spitzen Schultern trug. »Er mochte es, weil es zur Straße geht und er die Bäume sehen konnte. Er meinte, wenn er aus der Wüste käme, könne es nicht schaden, hin und wieder etwas Straßenlärm zu hören.«

Cayetano schaltete das Licht an und warf einen Blick in den Raum. Hinter den Brillengläsern verfolgten die wachsamen Augen der Alten, die jetzt wie abwesend vor sich hin kaute, jede seiner Bewegungen und Gesten.

Es war ein geräumiges Zimmer mit zwei Betten, die ein Nachttisch aus amerikanischer Eiche trennte. Darauf stand eine kleine Lampe mit Stoffschirm. Ein antiker, dreiteiliger Kleiderschrank und ein Schreibtisch mit zwei Stühlen komplettierten das Mobiliar des spartanisch eingerichteten Zimmers. Durch die Gardinen schimmerte fahles Tageslicht.

»Er war ein stiller Mensch«, erklärte Doña Macarena mit gerunzelter Stirn. »Obwohl, als ich ihn das erste Mal mit diesem Pferdeschwanz sah, dachte ich, er wäre etwas affig und würde bestimmt Marihuana rauchen. Später habe ich gemerkt, dass er ein guter Mensch ist, aber dass er einmal so enden würde, damit hätte ich nie gerechnet.«

Sie blickte Cayetano an, als täte es ihr leid, dass einer ihrer Gäste unter so rätselhaften Umständen ums Leben gekommen war.

»Ich vermute, Herr Balsen hat gelegentlich Besuch empfangen …«

»Davon weiß ich nichts«, behauptete sie entschieden, während sie weiter unablässig vor sich hin kaute. »Ich will Ihnen mal was sagen, mir genügt es, wenn meine Gäste seriös und anständig sind. Abgesehen von gelegentlichen Reisenden gibt es Leute, die schon seit Jahren hier wohnen, und ich kann Ihnen versichern, dass das ein ehrenwertes Haus ist.«

»Schon gut, Señora, ganz ruhig«, beschwichtigte sie der Detektiv und musste insgeheim lächeln. Offensichtlich hatte sie Angst, man könne ihre Pension mit einem Stundenhotel verwechseln, und das war dieser Ort wahrscheinlich auch, auch wenn sie es nicht wusste oder so tat, als wüsste sie es nicht. »Niemand ist für die Taten der anderen verantwortlich.«

Er durchquerte das Zimmer und trat ans Fenster, zog die Gardinen auf und sah auf die von kahlen Bäumen gesäumte Straße hinaus. Am Himmel vermischte sich der Smog mit den schwarzen Wolken. Unten luden zwei Männer in Regenmänteln Rindfleisch aus einem Kühlwagen.

»Doña Macarena, haben Sie ein Telefon?«

»Ja, im Speisesaal.« Sie schien zufrieden, dass der vermeintliche Polizist nichts Verdächtiges entdeckt hatte. »Ein dreiminütiger Anruf kostet hundert Pesos.«

»Ich gehe davon aus, dass Sie wie alle Pensionen ein System haben, um die Anrufe Ihrer Gäste zu kontrollieren.«

»So ist es«, antwortete sie knapp und zupfte an ihrer Mantille. »Alle müssen zahlen, sonst wäre ich schnell ruiniert. Kommen Sie, ich zeig es Ihnen, und halten Sie die Münzen bereit, hier wird nämlich nicht angeschrieben.«

Sie folgten dem gebohnerten Flur und gelangten in einen großen Speisesaal mit hoher Decke, in dem eine Kommode, ein langer Tisch mit karierter Tischdecke und etwa ein Dutzend Stühle standen. Es roch nach

Feuchtigkeit und gebratenem Essen. Auf dem Tisch sah der Detektiv einen großen schwarzen Tonkrug, der seine Aufmerksamkeit erregte.

»Und das da?«

»Ein Geschenk von Don Willi«, erklärte die Frau. Über ihr Gesicht huschte ein verträumtes Lächeln, das nicht so recht zu ihrem ernsten Aussehen passen wollte. »Aus der Atacama, er hat ihn mir zu meinem letzten Geburtstag geschenkt. Er war ja so höflich, der Arme!«

Cayetano trat näher an den Krug heran und betrachtete ihn eingehend. Er schien sehr alt zu sein, wahrscheinlich indianisch. Mit den Fingerspitzen fuhr er über die Oberfläche, die sich kühl und glatt anfühlte. Dann steckte er die Hände wieder in die Manteltaschen.

»Hat er so was öfter aus dem Norden mitgebracht?«

»Ja, hin und wieder.«

»Hat er die Sachen an jemanden verkauft?«

»Zweimal ist er mit großen Koffern gekommen, in denen irgendwas Zerbrechliches zu sein schien, so vorsichtig, wie er die behandelt hat.«

Erneut betrachtete Cayetano den Krug, der mitten auf dem Tisch elegant und geheimnisvoll funkelte.

»Und hat da jemand nach ihm gefragt?«

»Einmal«, sagte die Frau und trat dicht an Cayetano heran. Sie wirkte erschrocken. »Da hat ihn so ein Kerl mit einer Halbglatze abgeholt. Die restlichen Haare hatte er sich zu einer langen Mähne wachsen lassen. Der hat mir überhaupt nicht gefallen. Glauben Sie, dass er …?«

»Nein, nein. Aber sagen Sie, hat dieser Typ vielleicht einen dieser Koffer mitgenommen?«

»Ja, alle beide. Zusammen mit Willi.«

»Konnten Sie das Auto sehen, mit dem sie weggefahren sind?«

»Sie sind zu Fuß gegangen, in Richtung Mapocho.«

Cayetano strich sich über den Schnurrbart. Sehr weit konnten Balsen und der Langhaarige an jenem Tag nicht gegangen sein. Es sei denn, der Langhaarige hatte seinen Wagen in einer Straße um die Ecke geparkt. Er wandte seine Aufmerksamkeit wieder der Frau zu, die jetzt einen Schlüssel aus ihrer Schürze zog und eine Schublade der Kommode aufschloss. Darin befanden sich das Telefon, ein Telefonbuch und ein rotes Heft.

»Und dieses Heft?«

»Da trage ich die Gespräche ein. Ich notiere Tag, Uhrzeit und Nummer, also alles, was zu einem Anruf dazugehört. Auf diese Weise gibt es keine Missverständnisse bei der Abrechnung.«

»Das heißt, es gibt kein anderes Telefon im Haus.«

»So ist es«, murmelte sie, während ihr Blick gedankenverloren auf dem Krug ruhte. »Wollen Sie jemanden anrufen?«

»Hat Willi Balsen alle seine Gespräche von hier aus geführt?«

»Aber sicher. Das ist doch viel bequemer als von der Straße aus.«

»Hören Sie, Doña Macarena, wenn Sie jeden Anruf kontrollieren, dann sind doch alle Anrufe der letzten Monate in diesem Heft vermerkt. Richtig?«

Sie beugte sich hinunter, nahm das Heft in ihre zittrigen Hände und legte es aufgeschlagen auf den Esstisch.

»Hier trage ich die Telefonnummer und den Namen des Gasts ein.« Mit ihrem knöchrigen Zeigefinger tippte sie auf zwei Spalten. »Die Nummern wähle ich immer selbst, das ist am sichersten. Später überprüfe ich bloß noch, wie lange das Gespräch gedauert hat, und notiere es hier rechts. Nach dem Auflegen müssen die Gäste hier unterschreiben« – sie deutete auf eine vierte Spalte, die letzte – »dann wird gezahlt, und das war's.«

Interessiert blätterte er die zerknitterten Seiten voller Namen und Telefonnummern durch. Die ersten Einträge waren etwa zwei Jahre alt.

»Könnte ich mir die Nummern aufschreiben, die Balsen angerufen hat?«

Er notierte sich die Nummern, die ihm die Frau diktierte. Es waren insgesamt zwölf. Recht wenige, wenn man bedachte, dass der Deutsche jedes Mal hier abgestiegen war, wenn er Santiago besucht hatte. Wahrscheinlich hatte er die meisten seiner Anrufe von woanders getätigt. Cayetano begann, die Nummern der Reihe nach anzurufen. Vielleicht ergab sich ja etwas.

Zwanzig Minuten später hatte er herausgefunden, dass es sich um die Nummern der deutschen Botschaft, des Wohnsitzes des Botschafters, dreier auf den nördlichen Routen verkehrender Buslinien, der Fluggesellschaften Ladeco und Lan Chile, eines Antiquitätengeschäfts namens Quitor, das ganz in der Nähe lag und dem Cayetano später einen Besuch abstatten wollte, um sich Klarheit zu verschaffen, und die der Telefonzentrale des Nationalkongresses handelte. Was hatte Balsen mit dem Parlament zu tun gehabt?

Bei zwei der Nummern nahm niemand ab, und er beschloss, es im Laufe des Tages noch einmal zu versuchen, fern von Doña Macarenas Blicken, die bei jedem Anruf den Kopf schüttelte und wiederholte, dass es ihn ein Vermögen kosten würde, sämtliche Telefonnummern zu überprüfen.

Als er die letzte Nummer gewählt hatte, meldete sich ein Anrufbeantworter. Eine warme Frauenstimme teilte ihm mit, er könne ein Fax senden oder eine Nachricht hinterlassen. Cayetano wusste nicht, warum, aber ihn brannte es auf den Nägeln, herauszufinden, wer diese Frau war. Vielleicht handelte es sich um eine Geliebte von Balsen, jemanden, der ihm etwas Neues über den Mord erzählen konnte.

»Ich bin ein alter Freund von Herrn Balsen«, log er, »und muss Sie dringend sehen. Ab morgen werde ich eine Woche lang täglich um Punkt zwölf Uhr mittags im Restaurant La Terraza an der Plaza Ñuñoa auf Sie warten. Ich trage eine lila Krawatte mit kleinen grünen Guanakos.«

Santiago, Donnerstag, der 7. Mai, 16:00 Uhr

Nachdem er im Otro Sitio ein *ceviche* auf peruanische Art, gefüllte Champignons und eine halbe Flasche weißen Santa Carolina genossen und zum Dessert einen zuckersüßen *suspiro limeño* und dazu einen Espresso bestellt hatte, der ihn wegen seiner Konsistenz und seines Aromas an die besten Kaffees seiner Heimat erinnerte, machte sich Cayetano Brulé, in der Hand eine Tüte mit dem schwarzen Tonkrug, zum Antiquitätengeschäft Quitor auf.

Die Glockenschläge einer nahen Kirche unter dem schmutzigtrüben Himmel verrieten, dass es vier Uhr nachmittags war. Gehüllt in seinen Trenchcoat, steckte sich der Detektiv mit einem wohligen, wenn auch etwas vagen Gefühl der Zufriedenheit eine Zigarette an und ging mit gemächlichem Schritt an den geparkten Autos und kahlen Bäumen des Barrio Bellavista entlang.

Jedes Mal, wenn er sich die peruanische Küche schmecken ließ, die fast ätherischen *ceviches*, das zarte Fleisch und die erlesenen Soßen mit ihren asiatischen Aromen, empfand er ein geradezu sinnliches Vergnügen. Vielleicht lag es daran, dass diese Küche, die ihre Ursprünge in der indigenen, spanischen, afrikanischen und asiatischen Welt hatte, mit den köstlichsten kubanischen

Gerichten verwandt war, die ihrerseits von den Taínos, Galiciern, Yorubas und Chinesen beeinflusst worden waren. Ehrlich gesagt, dachte Cayetano, während er zärtlich über das warme Zigarettenpapier strich – das einzig Wärmende an diesem fast winterlichen Nachmittag –, standen die peruanischen Speisen dem knusprigen Spanferkel, dem Reis mit schwarzen Bohnen, dem aufregenden Bananenkompott, dem in Knoblauchsoße eingelegten Maniok, der zarten, lockeren Konsistenz der Malangaknolle, dem erdigen Grün der Kochbananensuppe, dem Geheimnis der geschmorten Maispasteten, dem lustigen Farbenspiel des *chilindróns* mit Lamm oder dem *fufu*, diesem Botschafter des fernen Afrika, in nichts nach. Ja, gestand er sich ein, während er die Straße entlangging, wenn es ums Kochen ging, durfte man die Peruaner nicht unterschätzen.

Er war so in seine Vergleiche versunken, dass er um ein Haar an dem Geschäft vorbeigelaufen wäre, das sich zwischen einer deutschen Konditorei und einer Galerie befand. Die Vorderseite des Ladens bestand lediglich aus einer Glastür und einem schmalen, mit Antiquitäten überladenen Schaufenster. Er ließ den Blick über die einzelnen Gegenstände schweifen, die in keinerlei Beziehung zueinander standen. Vielmehr sah es so aus, als hätte sie jemand, der sich ihres wahren Wertes nicht bewusst war, eilig dort abgeladen. In dem wirren Durcheinander konnte Cayetano uralte Kohle-Bügeleisen, matt schimmernde Silberkandelaber, Laternen aus der Kolonialzeit, ausgeblichene persische Gobelins, Gemälde in goldenen Rahmen, Pendeluhren, bunte Karnevalsmasken und irdene Gefäße ausmachen.

»Kann ich Ihnen behilflich sein?«, hörte er plötzlich eine Stimme neben sich fragen.

Er drehte den Kopf und sah einen kleinen Mann in einem fleckigen Parka, der ihn aus schmalen, freundlichen Augen anschaute. Obwohl er eine ausgeprägte Glatze besaß, hatte er sich die verbliebenen Haare lang wachsen lassen.

»Arbeiten Sie hier?«

»Ich heiße Pablo Ubilla und bin der Besitzer dieses Geschäfts, ganz zu Ihren Diensten.« Der Mann zog einen Schlüsselbund aus seinem Parka und schloss die Tür auf. »Nur herein. Sie können sich gar nicht vorstellen, was es dort drinnen sonst noch alles gibt.«

Er schaltete mehrere, mit kitschigen Glastropfen verzierte Kronleuchter an, die den Laden in helles Licht tauchten und die Antiquitäten zum Glitzern brachten. Im Grunde war der Laden nicht viel mehr als ein langer, schmaler Gang, den alte Kommoden, Schreibtische, Anrichten und Tische flankierten. Auf den Möbeln drängten sich Figuren aus Glas und Porzellan. Ali Babas Höhle, sagte sich der Detektiv, während er die kühle, modrige Luft einatmete und sein Blick auf eine kostbare Vase aus Limoges fiel.

»Suchen Sie etwas Bestimmtes?«, erkundigte sich der Antiquitätenhändler, legte den Parka ab und hängte ihn über eine Stuhllehne. Er trug Stiefel mit dicken Sohlen, Jeans und einen Alpakapullover mit andinen Motiven.

Kein Zweifel, das war der Mann, den Doña Macarena beschrieben hatte, sagte sich Cayetano, während er ein paar ukrainische Briefmarken in einem silbernen Rahmen bewunderte. Der Typ, der Willi Balsen in der Pension abgeholt hatte. In was für einem Verhältnis mochten der Deutsche und dieser Händler gestanden haben? Er ließ die Asche auf den Holzboden fallen, schob sich die Zigarette in den Mundwinkel und zog den Tonkrug aus der Tüte.

»Ich bin eigentlich nur hier, weil ich einen Experten suche, der mir sagen kann, ob das hier wirklich antik ist«, erklärte er, während er den Krug auf eine Kommode stellte. »Den hab ich vor Kurzem gekauft, und es hieß, er stamme aus der Atacama und sei über dreihundert Jahre alt.«

Behutsam, fast ehrfürchtig nahm Pablo Ubilla den Krug in die Hände und prüfte ihn schweigend von allen Seiten. Cayetano nutzte die Gelegenheit, um sich das Profil des Mannes genauer anzusehen. Die Hakennase, die breite Stirn, die großen, grünlichen Zähne und sein glänzender Schädel verliehen ihm das Aussehen einer Karikatur.

»Der ist nicht älter als die letzte *Newsweek*«, erklärte der Mann trocken, nachdem er den Krug zurückgestellt hatte.

»Man hat mir gesagt, er wäre mindestens dreihundert Jahre alt«, stammelte Cayetano.

»Dann hat man Sie übers Ohr gehauen. Die werden im Norden hergestellt, die Fälscher imitieren die Kultur von San Pedro de Atacama. Auf den Märkten kosten sie dreißig Dollar. Die kriegt man überall.«

Cayetano sah, wie der Mann ungläubig lächelte und mehrmals den Kopf schüttelte, als fragte er sich, wie es sein konnte, dass solche Einfaltspinsel auf der Welt herumliefen.

»Ich bin beschissen worden.«

»So ist es, und daran sind Sie selbst schuld.« Jetzt gab sich der Mann fast väterlich. Seine Stirn glänzte wie feinstes deutsches Porzellan. »Wenn man wirklich wertvolle Stücke kaufen will, muss man sich an einen anerkannten Experten wenden. Wie viel haben Sie dafür hingelegt?«

Cayetano errötete.

»Erinnern Sie mich besser nicht daran. Man hat mich einfach verarscht.«

»Wenn Sie etwas Authentisches und Kostbares sehen wollen, dann folgen Sie mir.«

Er führte Cayetano zum Ende des Flurs, wo sie ein kleines, nicht minder chaotisches Zimmer betraten. Ubilla öffnete eine Schublade und nahm eine Mappe mit Fotos heraus, die Keramik aus schwarzem, rotem und ockerfarbenem Ton zeigten.

»Das hier ist wirklich antik«, versicherte er. »Man erkennt es sofort an Farbe, Form und Beschaffenheit. Die schwarze, glatte Keramik stammt aus der Blütezeit der Atacameños, der Ureinwohner der Atacamawüste. Ich spreche von einer Zeit, die etwa eintausendsiebenhundert Jahre zurückliegt. Sie werden bestimmt nicht behaupten wollen, der Krug, den man Ihnen da angedreht hat, wäre genauso alt, oder?«

»Na ja, jetzt wo ich die Fotos sehe, fällt es mir schwer, das zu glauben«, gestand Cayetano ein.

»So ist es«, bemerkte der Antiquitätenhändler und zeigte ihm weitere Fotos. »Die rote Keramik hier ist noch älter. Das verraten die Einfarbigkeit und die Schlichtheit der Formen. Sie markiert den Beginn der

Kultur von San Pedro, vor zweitausend Jahren. Waren Sie schon einmal in San Pedro de Atacama?«

»Nein.«

»Dann sollten Sie mal hinfahren. Der Ort liegt mitten in der Wüste, im Angesicht des Vulkans Licancabur.«

»Irgendwann werde ich das machen.«

»Das sollten Sie, vor allem, wenn Sie sich für alte Gefäße interessieren. Diese roten Vasen mit den Gravuren«, fuhr er fort und richtete den Blick wieder auf die Fotos, »sind etwa dreitausend Jahre alt. Man weiß noch immer nicht, was die geometrischen Symbole bedeuten. Diese Vasen sind wirklich echt, mein Freund, echt und einzigartig. Sie wurden bei Ausgrabungen in der Umgebung von San Pedro gefunden.«

»Ich kann mir vorstellen, was die kosten.«

»Das bezweifle ich.« Es klang bissig. »Aber es ist möglich, nicht ganz so alte Keramik aus der Atacama zu einem vernünftigen Preis zu bekommen. Wollen Sie etwas sehen?«

Cayetano stieß ein Schnauben aus und sah sich im Zimmer um. Unsicher sagte er: »Das interessiert mich schon, aber es hängt ganz vom Preis ab, und die Sache muss legal sein.«

»Ich will ganz offen zu Ihnen sein. Eigentlich müssten die Leute solche Funde dem Staat übergeben. Aber dann würden sie nur in den Lagerräumen irgendwelcher Museen verstauben. Sie verstehen?«

»Ja, aber ich will keine Schwierigkeiten.«

»Wollen Sie die Gegenstände ins Ausland schaffen?«

»Möglicherweise.«

»Sehen Sie, falls Sie das vorhaben«, sagte der Antiquitätenhändler und schluckte – er hatte einen großen Mund mit dünnen, violetten Lippen, so violett wie seine Hände –, »kann ich Ihnen selbstverständlich offizielle Zertifikate besorgen, die besagen, dass es sich um Imitate handelt oder dass die Stücke legal erworben worden sind. Das lässt sich alles regeln. Sie verstehen, was ich meine.«

»Das klingt schon besser.«

»Allerdings ist die Keramik aus der Atacama, die ich besitze, nicht ganz so alt«, fügte er hinzu und fuhr sich langsam mit der Hand durch seinen Haarschopf. »Dafür ist sie preiswerter, obwohl sie genauso schön ist. Dreihundert bis fünfhundert Jahre alt. Hier, sehen Sie.«

Cayetano nahm einen Zug an seiner Zigarette, stieß den Rauch durch die Nase aus und sah in die Richtung, in die der Mann zeigte. Auf einem Tisch standen mehrere schwarze, blank polierte Gefäße. Es handelte sich um Vasen, Krüge und Amphoren mit geometrischen weißen Gravuren. Er trat näher heran. Sie kamen ihm nicht nur wunderschön, sondern auch geheimnisvoll vor, was an der Schlichtheit der Formen und der glatten, polierten Struktur ihrer Oberflächen lag. Da standen sie und warteten darauf, gekauft zu werden, um als Wohnzimmerschmuck in irgendeiner Villa in Boston oder Amsterdam zu enden, wo man sie während einer Geburtstagsfeier oder eines Silvesterempfangs bewundern würde.

»Was kostet eins von diesen Gefäßen?«

»Zweitausend Dollar.« Der Antiquitätenhändler sah ihn fest an. »Stellen Sie sich vor, die Atacameños haben diese Gefäße hergestellt, als sie unter dem Einfluss des Inka-Reiches standen, zur selben Zeit, als Kolumbus seine Karavellen in Puerto de Palos startklar gemacht hat. Sind Sie interessiert? Preislich könnte ich Ihnen noch etwas entgegenkommen …«

»Haben Sie vielleicht etwas noch Preiswerteres?«

Ubilla sah ihn misstrauisch an. Cayetanos plötzliche Vorliebe für billige Gegenstände schien ihm nicht zu behagen. In scherzhaftem Ton entgegnete er: »Erzählen Sie mir nicht, dass Sie sich letzten Endes doch für Imitationen interessieren.«

Cayetano griff in eine Tasche seines Trenchcoats, zog den Detektivausweis hervor, den er sich in einer Druckerei in Valparaíso anfertigen und in eine Plastikhülle hatte einschweißen lassen, und erklärte mit lauter Stimme: »Ich bin von der Polizei, Señor Ubilla.« Der Antiquitätenhändler riss seine wässrigen Augen weit auf, überrumpelt von der Falle, in die er getappt war. »Aber keine Panik, Ihre Geschäfte mit dem alten Kram interessieren mich nicht. Mir geht es um einen Deutschen, der etwas mit solchen Sachen zu tun hatte. Willi Balsen.«

»Der Typ, der in San Pedro ermordet wurde?«

»Genau der«, antwortete Cayetano kühl und steckte rasch den Ausweis weg, bevor der Schwindel auffiel. »Balsen war ein paarmal in Ihrem Laden. Warum?«

Theatralisch verschränkte Pablo Ubilla die Arme über der Brust und lehnte sich Halt suchend an die Wand. Während er sich zu erinnern versuchte, traten tiefe Falten auf seiner Stirn hervor. Seine hellen Augen blitzten vor Wut.

»Er war hier, um Tonkrüge zu verkaufen.«

»Wie oft?«

»Zwei, drei Mal, dann war er plötzlich wie vom Erdboden verschluckt. Ich habe erst wieder von ihm gehört, als ich in der Zeitung von dem Verbrechen las. Schreckliche Geschichte.« Er gab sich Mühe, ein betroffenes Gesicht zu machen, aber mehr als eine Grimasse wollte ihm nicht gelingen.

»Was waren das für Krüge, die er Ihnen verkauft hat?«

»Wertloses Zeug wie das von Ihnen«, sagte er mit gesenktem Blick. »So falsch wie ein Siebendollarschein. So was konnte man nicht mal bescheuerten amerikanischen Touristen andrehen.«

»Wo haben Sie Balsen kennengelernt?«

Ein gewaltiger Müllwagen, gefolgt von einer langen, ungeduldig hupenden Autoschlange, hielt mit lautem Schnauben vor dem Laden. Zwei Männer ließen sich von dem Wagen herab und begannen, die auf der Straße herumliegenden Mülltüten einzusammeln.

»Ein gewisser Inti Palomares hat ihn mir vor zwei Jahren vorgestellt.«

»Woher stammt dieser Palomares?«

»Ich weiß nicht. Ich glaube, er ist *cholito*.«

»Cholito?«

»Peruaner.«

»Und was treibt dein Freund so?«

»Er ist Händler«, erklärte Ubilla mürrisch. »Er handelt mit Keramik, Grabbeigaben, alten Stoffen und Tabletts für Halluzinogene.«

»Er hat mit Drogen gehandelt?«

»Sie verstehen nicht.« Auf Ubillas Gesicht zeigte sich ein mitleidiges und zugleich hochmütiges Lächeln. »Die Tabletts stammen aus präkolumbischer Zeit, die Atacameños haben damit Schnupftabak inhaliert. Sie sind aus Holz, und manchmal sind Türkise oder Gold eingearbeitet. Sie sind ein Vermögen wert.«

»Haben Sie so was hier?«

Der Antiquitätenhändler machte eine abwehrende Geste: »Nein, nein. Alles, was ich hier anbiete, ist legal. Ich musste Palomares mehrmals rausschmeißen, weil er solche Sachen bei sich hatte. Das ist verdammt gefährlich. Es ist verboten.«

Cayetano kam es bezeichnend vor, dass Ubilla einen Bekannten, der ihn mit Waren versorgte, einfach so denunzierte. Wahrscheinlich wollte er auf diese Weise eine alte Rechnung mit Palomares begleichen. Die Ermittlung lief Gefahr, vom Kurs abzukommen. Aber ihm fehlten die Mittel, um Ubilla unter Druck zu setzen. Der Antiquitätenhändler war nicht dumm und hatte bestimmt Leute hinter sich, die ihn schützten. Wenn dem so war, würde es nicht lange dauern, bis der Typ herausgefunden hätte, dass er ein Schwindler war. Und dann würde sich Ubilla rächen wollen. Cayetano beschloss, das Verhör zu beschleunigen und mit seinem Krug zu verschwinden.

»Wo finde ich diesen Palomares?«

Ubilla wollte gerade antworten, als sie die Ladentür knarren hörten. Sie gingen nachsehen, wer gekommen war. Auf der Türschwelle stand ein junges Paar Rucksackreisender in Jeans und Pullovern aus Alpakawolle und wartete schweigend. Mit Sicherheit Touristen.

»Nur herein«, rief Pablo Ubilla von einem Ende des Ladens zum anderen. Seine Stimme klang kraftvoll, erleichtert, gesprächig. »Ich bin sofort für Sie da.«

Er schickte sich an zu gehen. Cayetano packte ihn am Arm.

»Wo finde ich Palomares?«, wiederholte er, diesmal mit leiserer Stimme. Die Touristen schlenderten langsam durch den Laden und bewunderten die Gegenstände. »Wo?«

Ubilla zuckte mit den Schultern. Unter der Lampe glänzte seine Glatze wie eine kleine, runde Sonne. Cayetano drückte seinen Arm noch fester.

»Kommen Sie, Ubilla, strengen Sie Ihr Gedächtnis an. Und reizen Sie mein karibisches Temperament nicht, hier stehen wertvolle Sachen rum. Nicht, dass mir der Kragen platzt und ich einen Wutanfall bekomme.«

Er sah, wie ihn Ubilla ängstlich anstarrte. Aber auch wenn er ihn ein paarmal schlucken hörte, seine violetten Lippen blieben trocken und fest verschlossen.

»Zum letzten Mal, Ubilla. Wo steckt Palomares?«

»Ich weiß es nicht«, stammelte der Antiquitätenhändler. Das Pärchen wandte sich der Tür zu. Noch einen Moment, und sie würden wieder allein im Laden sein. »Er kam her, wir haben ein bisschen gehandelt, und dann verschwand er wieder. Aber es dürfte nicht allzu schwierig sein, ihn ausfindig zu machen. In der Oase von San Pedro de Atacama leben keine zweitausend Menschen.«

Santiago, Freitag, der 8. Mai, 12:30 Uhr

Die Frau vom Anrufbeantworter gab kein Lebenszeichen von sich, und sehr wahrscheinlich würde sie das auch nie tun. Ohne den Blick von den Bäumen zu wenden, die auf dem Platz gegenüber dem leeren Restaurant gen Himmel ragten, leerte Cayetano Brulé lustlos sein zweites Glas Bier. Er saß an einem kleinen Tischchen unter einer verblichenen Markise, die eine Terrasse mit dicht gedrängten Tischen und Stühlen überspannte.

Mit einem Mal überfiel ihn das unangenehme Gefühl, dass er nur seine Zeit verschwendete und es ziemlich naiv gewesen war zu glauben, dass die Frau am vorgeschlagenen Treffpunkt erscheinen würde. Er steckte sich die nächste Zigarette an und beschloss, sich nicht die Laune verderben zu lassen und die Zeit zu nutzen, um in Ruhe seine nächsten Schritte zu überdenken.

Von einer anderen Warte aus betrachtet, so sagte er sich, während er träge den Rauch durch die Nase ausstieß, war die Sache zumindest insofern klar, als dass er sich so schnell wie möglich mit Cornelia Kratz treffen musste, um sie von der Notwendigkeit einer Reise nach San Pedro zu überzeugen. Nach dem etwas heiklen Gespräch mit dem Antiquitätenhändler am Tag zuvor konnte er nicht ausschließen, dass der Deutsche in den illegalen Handel mit archäologischen Fundstücken verwickelt gewesen war. Wenn Balsens Tod nicht auf einen gewöhnlichen Raubüberfall zurückzuführen war, wie seine Klientin vermutete, sollte er vorerst besser nichts ausschließen und alle möglichen Szenarien in Betracht ziehen. Der illegale Handel war eines von ihnen. Cayetano strich sich über den Schnurrbart und sah sich um. Der Regen der vergangenen Nacht hatte den Himmel vom Smog rein gewaschen und bewahrte die Menschen für ein paar Stunden davor, die giftige Luft der Hauptstadt einzuatmen. Inzwischen schien eine zaghafte, unentschlossene Sonne, während die klare, transparente Luft das vollständig mit Schnee bedeckte Gebirgsmassiv der Anden zum Greifen nah erscheinen ließ.

Cayetano hatte in Doña Macarenas Pension übernachtet, in demselben Zimmer, in dem Willi Balsen abzusteigen pflegte, wenn er sich in Santiago aufgehalten hatte. Alle anderen Zimmer waren belegt gewesen. Dennoch war Cayetano rasch eingeschlafen, ohne dass ihn irgendwas erschreckt hätte. Im Grunde genommen war das nur normal, versuchte er sich einzureden. In wie vielen Zimmern hatten schließlich Menschen gewohnt, die mittlerweile tot waren? In vielen Häusern, vor allem alten, schwebten seit Ewigkeiten die Leidenschaften und Dramen, die Hoffnungen und Enttäuschungen der Menschen, die dort einmal gelebt hatten. Erwies man den früheren Bewohnern den nötigen Respekt, ging alles gut. Er glaubte nicht an Geister, sagte er sich voller Überzeugung, als läse er eine Grundsatzerklärung vor, aber wenn es sie gab, dann gab es sie. Während ihm all das durch den Kopf ging, rief er sich die heißen Liebesnächte ins Gedächtnis, die er von Zeit zu Zeit mit Margarita de las Flores bei sich zu Hause verbrachte. Bei der Vorstellung an die vielen Geheimnisse, die die Fachwerkwände seines Hauses für lange Zeit bewahren würden – und von denen einige so delikat waren, dass man sie kaum erzählen konnte –, musste er schmunzeln.

Margarita, seine langjährige chilenische Geliebte, war eine dunkelhaarige Frau in den Vierzigern mit hübschem Gesicht. Sie mochte ein bisschen mollig sein, besonders um den Hintern und den Busen herum, aber gerade Letzteres stellte bekanntlich eine Grundvoraussetzung dar, die jede Kubanerin erfüllen musste, wollte sie als echte Kreolin durchgehen. Margarita war attraktiv, klug und willig, was die Liebeskunst betraf. Von den Chileninnen hatte sie den resoluten, unnachgiebigen Charakter, die Ordnungsliebe und Disziplin und das Verlangen, sich nach den recht starren Regeln zu lieben, die ihr einmal jemand eingeimpft haben musste. Doch als jemand, der aus der Karibik stammte und ein glühender Verfechter zwangloser Kleidung und Gestik war, hatte er, Cayetano, ihr die erste und wichtigste Regel in Liebesdingen beigebracht: dass es keine Regeln gab.

Je mehr Zeit verging und in ihm das Verlangen wuchs, Margarita mit den verworrenen, üppigen Pfaden der tropischen Leidenschaft vertraut zu machen, die weder Gesetz noch Umkehr kannten, desto öfter bot er ihr exakt dosierte, nur ganz geringfügig trunken machende Mengen alkoholischer Getränke an. Dabei spielte es keine Rolle, ob es sich um einen Mojito mit der aromatischsten Minze aus Havanna oder Matanzas oder einen Pisco Sour mit den süßesten und saftigsten Zitronen aus Pica handelte – das Entscheidende war, dass sie die intimsten, köstlichsten und inspirierendsten Säfte von Zuckerrohr oder Weintrauben genoss, bevor das eigentliche Abenteuer ihrer Körper begann. Bei diesen Gelegenheiten legte Cayetano stets einen Bolero des unvergesslichen Beny Moré und dessen Orchester auf, vor allem den gehauchten, ergreifenden Bolero aus der Feder von Eduardo »Cabrerita« Cabrera mit dem Titel »Oh Vida«. Oder »Que me hace daño« des Tojo Ramírez. Oder »Hoy como ayer« von Pedro Vega oder jeden x-beliebigen anderen des *Meisters des Rhythmus.* Und das alles im sanften, opalen Licht einer Kaktusholzlampe in einem wohltemperierten Zimmer. Denn um sich nach allen Regeln der Kunst zu lieben, brauchte es – abgesehen von einem großen Bett mit einer dicken, harten Matratze, die selbst der wildesten Liebesschlacht standhielt – die Wärme des Tages oder der Nacht. Und dann flüsterte ihr Cayetano mit Hilfe seiner braunen Hände, seines Körpers, der für seine fünfzig Jahre noch recht stramm war, und seines losen, aber gleichzeitig gerissenen Mundwerks – wie es sich für jeden guten Detektiv gehört – nicht nur schlüpfrige, aufregende Dinge ins Ohr, sondern überredete sie auch zu diesen, so dass Margarita schon bald nicht mehr unterscheiden konnte, was ihr Liebhaber getan und was er erzählt hatte oder was er noch mit ihr vorhatte. Doch zu diesem Zeitpunkt war ihr das längst egal, und am Ende ließ sie alles mit sich machen.

Der Morgen hatte gut begonnen, dachte Cayetano

und schob die Erinnerung an Margarita beiseite. Nachdem er einen Milchkaffee in einer kleinen Cafeteria in Bellavista getrunken, dazu eine kleine Pfanne Spiegeleier gegessen und sich durch die Lektüre der Morgenzeitungen auf den neusten Stand gebracht hatte – der tägliche Verkehrsunfall, der übliche Streit irgendwelcher Politiker aus den hinteren Reihen und die Lobeshymnen auf das Wirtschaftswachstum des Landes –, war er ziellos und ohne Eile durch das Viertel geschlendert, bis er in ein Taxi gestiegen und zu dem Restaurant in Ñuñoa gefahren war.

Inzwischen war fast eine Dreiviertelstunde vergangen. Wenn die Frau nicht innerhalb der nächsten fünf Minuten auftauchte, würde er die Rechnung verlangen, nach Valparaíso zurückkehren und sich mit Cornelia Kratz treffen.

Er sah erstaunt auf, als jemand ihm gegenüber Platz nahm. Es war Viertel vor eins.

Santiago, Freitag, der 8. Mai, 13:00 Uhr

Sie trug eine große, getönte Brille, war sportlich gekleidet und hatte eine Strandtasche über der Schulter hängen. Sie war groß und schlank, das dunkle, glatte Haar hatte sie sich zu einem Dutt hochgesteckt, während die schmale Nase ihrem gebräunten Gesicht ein elegantes Aussehen verlieh.

»Ich wusste, dass Sie kommen würden«, bemerkte Cayetano, nachdem er ein Perrier mit Eis für sie und ein weiteres Bier für sich bestellt hatte. Er steckte sich seine letzte Zigarette in den Mund, zerknüllte die Schachtel und warf die Papierkugel wie einen Basketball in das leere Glas vor ihm. »Allerdings hatte ich Sie mir etwas anders vorgestellt, weniger attraktiv, wenn Sie mir gestatten, das zu sagen.«

Er schätzte sie um die fünfundvierzig, auch wenn sie sich dank der Hilfe von Cremes und viel Sport gut gehalten hatte. Der goldene Armreif, der an ihrem Handgelenk klimperte, die Seidenbluse und die italienischen Schuhe zeugten eher von einem ostentativ zur Schau gestellten denn von einem gefestigten Wohlstand. Sie gehörte dem Club der Neureichen an, dem mächtigsten im Land, dachte Cayetano und unterdrückte ein Aufstoßen.

»Wer sind Sie?«, fragte sie angespannt und nahm die Sonnenbrille ab, so dass ihre Augen zum Vorschein kamen. Die Farbe schwankte zwischen grün und kaffeebraun.

Der Detektiv wartete, bis der Kellner, der die Getränke gebracht hatte, gegangen war, bevor er spöttisch entgegnete: »Offenbar sind Sie etwas überstürzt aufgebrochen und haben Ihren Ehering vergessen.«

Die Frau betrachtete ihre linke Hand und bemerkte beschämt den blassen Streifen am Ringfinger, der sich auffällig vom Rest ihrer gebräunten Haut abhob.

»Was wollen Sie?«, hakte sie verunsichert nach.

»Vielleicht sollten wir uns erst einmal vorstellen, Señora, und dabei auf die üblichen Formalitäten verzichten, Sie sitzen nämlich ganz schön in der Patsche. Ich bin Cayetano Brulé, ich arbeite als Privatdetektiv und untersuche den Mord an Willi Balsen, Gott hab ihn selig.«

»Sie kannten ihn?«

»Sonst hätte ich Ihre Telefonnummer nicht«, antwortete er ironisch. »Aber ich bin hier derjenige, der die Fragen stellt, Señora, und wenn Sie mir helfen, wird niemand etwas von dieser Unterhaltung oder ihrem Verhältnis zu Willi erfahren, das versichere ich Ihnen. Was hatten Sie gesagt, wie war noch mal Ihr Name?«

»Sie können mich Cote nennen.« Sie setzte ihr Glas an die Lippen, trank genussvoll einen Schluck und ließ einige Augenblicke verstreichen, dann fügte sie hinzu: »Schauen Sie, vielleicht war die Geschichte mit Willi ein Fehler, aber ich bin keine Frau, die sich einschüchtern lässt. Ich stecke mitten in einer Ehekrise, und mein Mann und ich haben beschlossen, dass jeder von uns tun und lassen kann, was er will. Falls Sie also vorhaben, mich zu erpressen, dann kommen Sie nicht weit damit.«

»Wer ist Ihr Mann?«

»Das geht Sie nichts an.«

»Beruhigen Sie sich, Cote. Ich bin nur hier, damit Sie mir helfen, den Mord an einem gemeinsamen Freund aufzuklären.«

Sie wirkte gekränkt und durcheinander. Als sie sich vorbeugte, glitten ihre üppigen Brüste über den Tisch, bis sie das Perrierglas berührten.

»Ich warne Sie«, sagte sie mit leiser Stimme. »Wenn Sie hier sind, um mir irgendwelche Fotos von meinen Treffen mit Willi anzubieten, dann muss ich Sie enttäuschen. Sie haben ja keine Ahnung, mit wem Sie sich da einlassen.«

Sprach sie die Wahrheit, oder versuchte sie bloß, einen möglichen Erpresser einzuschüchtern? Nach dem Treffen würde er ihr folgen, um ihr Autokennzeichen herauszufinden. Später könnte er dann überprüfen, wem der Wagen gehörte.

»Wie gesagt, Cote, ich bin Detektiv. Ich bin nicht hier, weil ich Geld brauche. Auch nicht, um Ihnen Fotos anzubieten oder Sie zu bitten, sonst etwas für mich zu tun. Ich möchte lediglich ein paar Informationen über Balsen. Ich glaube kaum, dass wir uns danach noch einmal wiedersehen.«

Sie biss sich skeptisch auf die Lippen, wobei sich ihre Backenknochen deutlich abzeichneten, was ihr hübsches Gesicht noch besser zur Geltung brachte. Sie war ohne Frage eine Frau, die die Aufmerksamkeit der Männer auf sich zog. Ihrer geraden Haltung und den grazilen Bewegungen ihrer Hände nach zu urteilen schien sie Ballett zu tanzen. Warum auch nicht? Auch Alicia

Alonso, die große kubanische Tänzerin, tat dies nach wie vor mit großem Geschick, auch wenn sie inzwischen über siebzig Jahre alt, blind und gebrechlich war.

»Ich kann Ihnen nicht viel erzählen«, begann sie, nachdem sie sich etwas beruhigt hatte. »Ich habe Willi vor anderthalb Jahren in einem Restaurant in Bellavista kennengelernt. Er war aus beruflichen Gründen in Santiago. Wir unterhielten uns, fühlten uns zueinander hingezogen und trafen uns ein paarmal heimlich. Das war alles.«

»Wann haben Sie ihn das letzte Mal gesehen?«

»Vor einem Jahr. Glauben Sie mir. Wir haben aufgehört, uns zu treffen.«

»Warum?«

Ihre Augen suchten in den Ästen der Bäume nach einer Antwort, dann entgegnete sie mit einem Schulterzucken: »Die Sache zwischen uns war nichts als ein belangloses Abenteuer zweier Menschen, die gerade eine einsame Phase durchmachen, etwas, das wir schnell wieder vergessen wollten und das man sein ganzes Leben lang bereut. Es hat mich meine Ehe gekostet. Können Sie das nachvollziehen?«

»Untreue ist immer irrational«, bemerkte Cayetano leise, »aber das Schlimme ist, dass Eifersucht noch irrationaler ist.«

»Ich weiß, was Sie denken.«

»Dann sagen Sie es mir bitte, denn ich weiß es nicht.«

»Sie denken, ich sei eine leicht zu habende Frau. Wenn ihr Männer Frauen erobert, fühlt ihr euch wie Helden, aber Frauen, die sich erobern lassen, sind nichts als Nutten für euch.«

»Da irren Sie sich.« Seelenruhig ließ er die Asche seiner Zigarette in den Aschenbecher fallen. »Mir ist es völlig gleichgültig, was die Leute mit ihrem Leben anstellen.«

»Klingt schön, aber das glaube ich Ihnen nicht.«

Er stieß eine Rauchwolke aus und nahm einen großen Schluck von seinem Bier, während die Frau zum Platz hinübersah. Ein Auto bremste mit quietschenden Reifen. Wenige Meter vor einem Bus kam es zum Stehen. Die Menschen sterben wie Fliegen auf den Straßen und benehmen sich immer häufiger wie Kamikazeflieger, dachte Cayetano, bevor er erneut einen erfrischenden Schluck von seinem Bier trank.

»Wo haben Sie Willi Balsen das letzte Mal gesehen?«

»In Santiago. In seiner Pension.«

»Hat er Ihnen gegenüber mal erwähnt, dass ihn etwas beunruhigte, was mit San Pedro zu tun hatte? Irgendeine Bemerkung über jemanden, mit dem er dort Ärger hatte?«

»Nein, nie. Er war ein guter Mensch. Aber hieß es nicht, er sei bei einem Raubüberfall umgebracht worden?«

»Bei der Untersuchung eines Mordes muss man mit dem Unwahrscheinlichsten beginnen und mit dem Plausibelsten aufhören. Irgendwo dazwischen liegt der Schlüssel. Aber das ist bloß Theorie. Sie hatten nicht den Eindruck, dass Willi etwas mit illegalen Geschäften zu tun hatte?«, wechselte er plötzlich das Thema.

Sie betrachtete den Platz. Dann steckte sie sich ein paar Eisstückchen in den Mund und antwortete mit einer Gegenfrage: »Sie glauben, er wurde ermordet, weil er in eine krumme Sache verwickelt war?«

»Vielleicht hat er ja mit Drogen gehandelt?«

Sie fuhr sich sanft mit den Fingern über die Stirn, als würde sie schwitzen. Ganz nebenbei vergewisserte sie sich mit einer schnellen, harmonischen Handbewegung, die ihre Brüste unter der Seidenbluse zum Wippen brachte, ob ihre Frisur gut saß.

»Willi war ein guter Mensch«, wiederholte sie. Eine winzige Ader zeichnete sich auf ihrer Stirn ab. »Er hat ausschließlich für sein Bewässerungsprojekt gelebt. Nichts wäre ihm ferner gewesen, als sich auf illegale Geschichten einzulassen.«

»Sind Sie sicher?«

»Er war einer dieser europäischen Idealisten, die sich, kaum sind sie in Lateinamerika, die Ärmel hochkrempeln, um gegen Armut und soziale Ungerechtigkeit zu kämpfen, aber am Ende alle bei einem Chemiekonzern oder EDV-Unternehmen landen und in einer feinen Gegend wohnen. Sie tauschen die Ideale ihrer Jugend gegen ein volles Konto. Aber ich will diese Leute gar nicht verurteilen. Wenn ich jemals Ideale gehabt hätte, hätte ich dasselbe getan. Sind Sie Linker?«

»Ich glaube nicht an diese Zuschreibungen, für die Politiker in ihren Kampagnen so viel Geld ausgeben, um auch ja von ihren Stammwählern gewählt zu werden.«

»Ich habe nur gefragt, weil das das Einzige ist, um das ich die Linken beneide. Im Allgemeinen hat die Rechte keine anderen Ideale als Geld zu verdienen.«

»Wenn ich Sie recht verstanden habe, war Balsen Kommunist.«

»Früher einmal«, erklärte sie ernst. Auf ihrem Hals zeigten sich erste unausweichliche Falten, ein Hinweis auf das Alter, das hinter einer nahen Ecke auf sie lauerte. »Deshalb war er als Freiwilliger in Afrika, um den Menschen dort zu helfen. Nach dem Zusammenbruch des Kommunismus und dem Fall der Berliner Mauer begriff er, dass man ihn betrogen hatte.«

»Verdammt spät.« Der Detektiv strich mit den Fingern über sein Bierglas. »So ein plötzlicher Sinneswandel ist selten von langer Dauer.«

»Mag sein«, gab sie mit schneidender Stimme zu, »aber Willi hat sich auch weiterhin um die Armen gekümmert. Was ihm fehlte, war ein Sinn für die Realität, für das wahre Leben. Er hat sich immer nur für die Belange der anderen eingesetzt und ist wahrscheinlich bettelarm gestorben. Ich hab's ihm prophezeit.«

Er sah einen Anflug von Wehmut in ihrem Gesicht aufblitzen. Ihren Worten nach zu urteilen, war sie noch immer in den Deutschen verliebt. Auch wenn sie aus Pragmatismus darum kämpfte, doch noch ihre Ehe zu retten. Schließlich war Balsen tot.

»Ich muss noch einmal darauf zurückkommen, Cote.« Cayetano drückte ihre Hand, während er sie mit seinen kurzsichtigen, melancholischen Augen ansah. »Hat er nie über irgendwelche dubiosen Geschäfte gesprochen oder über etwas, das Ihnen illegal vorkam?«

»Nein.«

»Auch nicht über den Schmuggel von archäologischen Gegenständen?«

»Nie. Ich kann mir beim besten Willen nicht vorstellen, dass er je etwas Verbotenes getan hat.«

»Haben Sie ihn einmal in San Pedro besucht?«

»Nein, nie.«

»Weil Sie verheiratet waren.«

»So ist es«, gab sie mit herausfordernder Stimme zu.

Cayetano drückte seine Zigarette im Aschenbecher aus.

»Hat die Polizei schon mit Ihnen gesprochen?« Er stieß den Rest Rauch durch die Nase aus.

Als er sah, wie ihr hübsches Gesicht errötete und sich ihre Hände verkrampften, wusste er, dass er ins Schwarze getroffen hatte. Ihre Nervosität ließ vermuten, dass die Geschichte mit der gescheiterten Ehe bloß erfunden war. Die Möglichkeit, die Polizei könnte sie in der einen oder anderen Form mit Balsen in Verbindung bringen, würde ihre Ehe tatsächlich in Gefahr bringen. Er stellte sich ihren Mann vor: leitender Angestellter bei irgendeinem Finanzinstitut, Anzug mit Krawatte, japanisches Auto, mit Teppich ausgelegtes Büro in einem »intelligenten Gebäude«, ein Sklave seiner Arbeit, fern der Familie und den geheimsten Sehnsüchten seiner attraktiven Frau.

»Die wissen nicht mal, dass es mich gibt«, antwortete sie nervös. »Ich bitte Sie, mich nicht in diese Sache hineinzuziehen, Herr Brulé. Die Geschichte mit Willi war bloß ein flüchtiges Abenteuer, das der Vergangenheit angehört, glauben Sie mir.«

Cayetano kratzte sich am Ohrläppchen, dann strich er sich über den Schnurrbart und sagte: »Lassen wir es dabei bewenden, Cote. Ich ruf Sie an, falls ich Sie noch einmal brauche. Und machen Sie sich keine Sorgen, von mir erfährt die Polizei kein Sterbenswörtchen.«

Viña del Mar, Freitag, der 8. Mai, 21:00 Uhr

Es ist nicht leicht, das ausgezeichnete französische Restaurant La Cuisine zu finden, eins von Cayetano Brulés Lieblingslokalen in Viña del Mar.

Das Restaurant – ein kleiner, gemütlicher Raum im Stil der Bistros von Montmartre, mit Holzdielen und vollgestopft mit Antiquitäten – befindet sich in einem alten einstöckigen Haus in einer schattigen Gasse hinter dem Busbahnhof. Das La Cuisine bietet die köstlichsten Gerichte der französischen Küche, zubereitet von einem chilenischen Chefkoch, dessen Spezialität gallische Speisen sind. Wer immer in die nostalgische Atmosphäre des Lokals eintaucht, in das gedämpfte Licht, in dem von Zeit zu Zeit ein Chanson von Juliette Gréco, Gilbert Bécaud oder Yves Montand erklingt oder jemand ein trauriges »Paris canaille« von Ferré auf dem Akkordeon anstimmt, ist auf der Stelle überwältigt von dem alten Klavier, auf dessen glänzender, schwarzer Oberfläche sich die Gäste spiegeln, von dem blank polierten RCA-Phonographen, der nur darauf zu warten scheint, dass jemand seine Kurbel betätigt, um die Stimme von Edith Piaf zu neuem Leben zu erwecken, von der kleinen verchromten Wurlitzer-Jukebox mit den 45er-Schallplatten und von den vom vielen Qualm vergilbten Lampenschirmen, die über jedem der Tischchen hängen und die Gäste in warmes, behagliches Licht hüllen und die rot-weiß karierten, hier und da mit Flecken eines guten Rotweins besprenkelten Tischdecken zur Geltung bringen.

»Es gibt viele Restaurants in Viña del Mar, die von sich behaupten, französisch zu sein«, sagte Cayetano Brulé zu Cornelia Kratz, als sie an einem Tisch am Fenster Platz nahmen, das auf den Busbahnhof hinausging. Während draußen der Regen niederprasselte, ertönte im Lokal aus einem Kassettenrecorder »Pigalle«, interpretiert vom Ensemble Pierre Solange. »Viele würden es gern sein, aber nur La Cuisine ist wirklich französisch.«

Auf einer Art Empore, zu der man über eine enge Wendeltreppe aus Metall gelangte, wurden in einem kleinen, gut sortierten Laden fast verstohlen Kostüme verkauft. Dort oben vermischten sich der köstliche Duft der Miesmuscheln, der gefüllten Champignons, der *filets mignons* oder der *languste thermidor* mit den Masken und Verkleidungen von Robin Hood, Heinrich VIII., Caligula, Charlie Chaplin oder der des Lone Ranger. Und wer vor dem Gehen noch einen flambierten *crêpe suzette* oder einen kräftigenden Rémy Martin zu sich nahm, sah nicht selten einen hoffnungsvoll an seiner Wunderlampe reibenden Aladin, einen wütend sein Schwert schwingenden Sandokan oder ein wunderschönes, von Rotkäppchen begleitetes Schneewittchen die Treppe herunterkommen.

»Ich hab das Gefühl, am Pariser Gare du Nord zu sein«, schwärmte die Journalistin, während sie die Registrierkasse vom Anfang des Jahrhunderts betrachtete, die, in das Licht einer kleinen Art-nouveau-Lampe getaucht, auf dem Holztresen stand. »Apropos«, fügte sie an ihn gewandt hinzu, »woher stammen die Brulés?«

»Aus Grandville. Sagt Ihnen das was?«

»Nein.«

»Eins der schönsten Fischerdörfer in der Normandie. Die Brulés waren einfache Bauern, die nach Amerika ausgewandert sind. Ein Familienzweig landete Ende des neunzehnten Jahrhunderts in Chile, auf der Insel Chiloé. Ein anderer, von dem ich abstamme, lebte im achtzehnten Jahrhundert in Haiti. Sie schafften es, vor Toussaint Louvertures ›Negerrevolution‹ zu fliehen, und ließen sich in Santiago de Cuba nieder.«

»Jetzt wird mir Ihre kubanische Herkunft klar.«

»Die Brulés waren schon immer ehrliche und unternehmungslustige Leute mit Pioniergeist. Sie bleiben nie lange an einem Ort.«

»Das sehe ich«, erwiderte sie lächelnd und sah Cayetano in die Augen.

»Entschuldigen Sie, meine Dame, mein Herr. Darf ich Ihnen einen Aperitif anbieten?«

Sie bestellten zwei Pisco Sour und mit Spinat gefüllte Garnelen bei einem gebrechlichen, schon etwas betagten Mann mit schlohweißem Haar und kleinem Schnurrbart, der sofort wieder hinter dem Tresen verschwand.

»Und, was gibt's Neues? Sind Sie mit Ihren Ermittlungen vorangekommen?«

Cayetano deutete auf die Mappe vor sich auf dem Tisch. »Es geht voran, wenn auch langsam.«

Das Restaurant war voll. Draußen heulte der Südwind, und ein kräftiger Platzregen ging auf die mit Pfützen übersäten Straßen nieder. Wie jedes Mal würde das Unwetter seine übliche Quote an havarierten Schiffen und überschwemmten Straßen fordern. Jeder Regen in Chile war wie der erste seiner Geschichte.

»Erzählen Sie.«

»Balsen war ein reservierter, fleißiger Mensch, und so wie es aussieht, auch ein kleiner Frauenheld. Keiner kannte ihn so richtig. Obwohl mir die Botschaft diese Mappe mit Informationen über ihn und sein Projekt und ein paar Fotos gegeben hat, kann ich mir noch kein rechtes Bild von ihm machen.«

»Was meinen Sie mit Frauenheld?«

Der Detektiv zerriss die Banderole der Lucky-Strike-Schachtel und nahm eine Zigarette heraus. Während er mit abwesendem Ausdruck die Streichhölzer in seiner Jacke suchte, ließ er den Blick über die restlichen Tische schweifen, um festzustellen, ob er jemanden kannte. Zwei als Franziskanermönche verkleidete Männer kamen in Sandalen die Treppe herunter und blieben am Tresen stehen, wo sie etwas zu trinken und Oliven bestellten.

»Nun«, insistierte die Journalistin. »Was meinen Sie mit Frauenheld?«

»Nichts Bestimmtes, nur dass er eine Freundin in Santiago hatte.«

»Schön, aber das bringt uns auch nicht weiter.«

»Die Frau aus Santiago, mit der ich gesprochen habe, hat nicht viel erzählt«, musste er eingestehen. Durch die Kerzenflamme hindurch bemerkte er den besorgten Gesichtsausdruck der Journalistin. »Sie sagte, sie habe sich vor mehr als einem Jahr von Balsen getrennt, aber das kann natürlich auch gelogen sein, um mich loszuwerden.«

»Und der Besuch in der Botschaft, hat der wenigstens etwas gebracht?«

»Diese Informationsmappe. Sonst nichts.«

»Wenn Sie nicht so stur wären und mir erlaubt hätten, persönlich mit den Leuten von der Botschaft zu reden, sähe die Sache jetzt anders aus«, beschwerte sich Cornelia und trommelte mit den Fingernägeln auf den Tisch. »Mir als Deutsche hätten sie bestimmt mehr gesagt. Entschuldigen Sie meine Offenheit, aber jemand wie Sie, ein Detektiv aus der Dritten Welt, wird dort nicht besonders ernst genommen.«

»Mir kam dieser Kahlau ziemlich ernst vor. Und nebenbei, in unseren Ländern stellt nicht mal der Präsident seinen Ministern eine solche Mappe zur Verfügung, wie ich sie in der Botschaft bekommen habe.«

»Unsinn!«

»Unsinn?«

»Wenn Sie ein nordamerikanischer Detektiv wären, hätte man Sie nicht mit so einer lächerlichen Mappe aus der Presseabteilung abgespeist. Der Botschafter persönlich hätte Sie empfangen und Sie zum Mittagessen zu sich nach Hause eingeladen.«

»Ich bestreite nicht, dass das aufregender und wahrscheinlich auch leckerer gewesen wäre, denn das einzig Gute an dem Kaffee, den mir Kahlau serviert hat, war, dass er heiß war. Dass er auch süß war, ist eine andere Geschichte, Zucker wird nun mal aus Zuckerrohr gewonnen.«

»Es ist eine Frage des Ansehens«, fuhr die Journalistin mit ernster Miene fort, während sie ihre Gabel mit einer Papierserviette abwischte. »Verstehen Sie? Die Menschen in meinem Land sind mit amerikanischen Kriminalromanen und Detektivfilmen aufgewachsen und begreifen nicht, dass es in einem kleinen Dritte-Welt-Land wie diesem Leute gibt, die als professionelle Ermittler arbeiten.«

Er zog es vor zu schweigen, er war nicht in der Stimmung, sich auf einen Streit mit seiner Klientin einzulassen. Es war immer dasselbe mit Leuten, die einem Privatdetektiv begegneten. Sie erwarteten einfach zu viel. Wer einen Detektiv einschaltete, war gewöhnlich von der Langsamkeit der Polizei enttäuscht und glaubte, von einem Privatdetektiv eine raschere Aufklärung des Falls erwarten zu können. Die Erfahrung zeigte, dass es das Beste war, wenn man ihnen zugestand, ihren Unmut loszuwerden, bis sich die Wogen wieder geglättet hatten. Am Ende war es ohnehin er, der vorgab, wie die nächsten Schritte auszusehen hatten.

»Wie dem auch sei«, murmelte Cayetano nach einer Weile, während er zusah, wie Batman und Robin die Wendeltreppe herunterstiegen. Er hielt inne und beobachtete, wie sie zum Tresen gingen und freudig die beiden Franziskanermönche umarmten. »Ich glaube nicht, dass wir in Santiago noch irgendetwas über Balsen herausbekommen.«

Der Kellner stellte die Gläser und ein kleines Tablett mit den gefüllten Champignons auf den Tisch und nahm die weitere Bestellung auf. Die Journalistin hatte sich für Spargelcremesuppe und *salade niçoise* entschieden, der Detektiv für eine Suppe mit Meeresfrüchten, ein *filet mignon* und flambierte Banane, gereicht mit einem Eclair. Dazu bestellten sie eine Flasche Côtes du Rhône.

»Nachspeisen sind schlecht für Ihren Cholesterinspiegel«, warnte ihn Cornelia, um gleich darauf eine Predigt über die Vorteile der vegetarischen Ernährung vom Stapel zu lassen. »Wenn Sie sich weiterhin so ernähren, werden Sie nicht lange leben«, schloss sie nach einer Weile ihren Vortrag.

»Wenn ich ehrlich sein soll, sterbe ich lieber, statt auf so ein Essen zu verzichten.« Er schob sich einen Champignon in den Mund. »Aber zurück zu unserer Angelegenheit. Kahlau und Cote, Balsens frühere Geliebte, stimmen darin überein, dass Balsen keine Feinde hatte und ein ehrlicher Mensch war.«

»Das habe ich Ihnen von Anfang an gesagt.«

»Schon gut, ich geb's zu. Aber jetzt, wo ich meine Nachforschungen in Santiago abgeschlossen habe und es erforderlich ist, nach San Pedro de Atacama zu reisen, sollten wir über meine Reisespesen reden. Sie verstehen.«

Ihr Gesichtsausdruck verriet, dass sie sich unwohl fühlte. Wahrscheinlich gefiel ihr der Gedanke an eine Reise in den Norden nicht besonders. Sie war jung und entschlossen, diese Frau, vor allem wenn man ihr an den Geldbeutel wollte.

»Sieht fast so aus, als würden Sie die Wüstensonne vermissen«, bemerkte sie bissig.

Er blickte auf die Straße hinaus, wo sein alter schwarzer Lada stand. Ab und zu fiel das Scheinwerferlicht eines Busses auf das Fenster und machte den Regen sichtbar, der die Nacht durchschnitt.

»Ein bisschen Sonne würde mir nicht schaden«, pflichtete Cayetano ihr bei und rückte seine Brille gerade. Am Tresen hatte Batman mittlerweile seine Maske abgenommen und leerte jetzt ein großes Glas Bier. Währenddessen kehrte Robin von der Toilette zurück und griff ungestüm nach seiner Flasche Cola light. »Aber eigentlich geht es um etwas anderes.«

»Und um was?«

»Es sieht ganz so aus, als hätte Balsen mit irgendwas Verbotenem gehandelt.«

Ihr Gesicht nahm einen finsteren Ausdruck an, drei Falten zerfurchten ihre blasse Stirn. Nervös breitete sie sich die Serviette über den Schoß und fragte ängstlich: »Drogen?«

»Ich weiß es nicht.«

»Was sonst?«

»Vielleicht archäologische Fundstücke.«

»Sind Sie sicher?« Sie senkte den Blick, als bestätigte der Detektiv nur einen Verdacht, den sie schon lange gehegt hatte.

»Zumindest gibt es Hinweise. Ich denke, ich sollte nach San Pedro fahren, Cornelia.«

»Weshalb?«

»Ich würde mich gern mit ein paar Leuten von SOS unterhalten, mit Balsens Bekannten und einem gewissen Palomares, der uns vielleicht weiterhelfen kann. Er hat ihm die Sachen geliefert.«

»Und wann wollen Sie aufbrechen?«

Zufrieden bemerkte Cayetano, dass sie endlich bereit

war, mit ihm zu kooperieren. Er vergewisserte sich wie eine Katze, dass keine Spinatreste an seinem Schnurbart klebten, und antwortete: »Wenn möglich gleich morgen früh.«

»Und wie lange wollen Sie bleiben?«

»Das kann ich noch nicht sagen.«

»Warum nicht?«

Er zuckte mit den Achseln.

»Die Ermittlung kann Wochen dauern oder nur Tage. Aber keine Sorge, ich werde Sie telefonisch auf dem Laufenden halten. Außerdem können Sie mich jederzeit im Trópico de Capricornio erreichen, einer bescheidenen, aber anständigen Pension.«

»Wenn das so ist«, erklärte die Journalistin mit einem verschwörerischen Lächeln, »werde ich Sie begleiten. Ich bin ganz wild darauf, einen echten Detektiv aus der Dritten Welt in Aktion zu sehen.«

San Pedro, Samstag, der 9. Mai, 13:15 Uhr

Zwölftausend Jahre, nachdem die Entdecker des Ortes einen Taubenschwarm über der Hochebene verfolgt und – bereits schwindlig von der Höhe – die von wasserreichen, rötlich braunen Flüssen gespeiste Oase unter sich erblickt hatten, trafen Cayetano Brulé und Cornelia Kratz in San Pedro de Atacama ein. Es war Mittag, der Vulkan Láscar stieß eine Rauchwolke aus, und die Sonne brannte erbarmungslos auf den steinigen Boden herab.

Etwas weniger als drei Stunden nach dem Start in Santiago war die Boeing 737-200 von Lan Chile auf der Landebahn des Flughafens von Calama aufgesetzt, deren Verlauf kaum vom steinigen Untergrund der trockensten Wüste der Welt zu unterscheiden war. Schon aus der Luft hatte der Detektiv seinen Augen kaum trauen können. Die Landschaft unter ihm hatte sich in eine endlose, wie von Karamell überzogene, zerklüftete Fläche verwandelt. Im Osten wurde sie von riesigen, die Flughöhe der Boeing überragenden Bergen flankiert, im Westen vom Pazifischen Ozean, der fast so türkis wie die karibischen Gewässer am Morgen funkelte und mit jeder Welle weiße Gischtfäden an der Küste hinterließ. Der asphaltierte Weg vom Flughafen nach San Pedro stieg zu Beginn in Richtung der Gebirgskette an, dann folgte er der Senke des Valle de la Luna. Für die einhundert Kilometer benötigte der Bus anderthalb Stunden.

Cayetano schleppte die Koffer zum Hauptplatz, wo sie sich auf einer Bank unter der dichten Krone eines Pfefferbaums niederließen. Die Sonne brannte aus einem leuchtend blauen, unglaublich klaren Himmel herab, und die weiß getünchten Mauern der Pfarrkirche und ihres kleinen Glockenturms reflektierten das Licht, als hätte Gott dort an diesem Morgen eine kleine Pause eingelegt. Die schmalen, von kleinen Häusern aus Lehmziegeln gesäumten Wege erstreckten sich geradlinig und öde wie die Straßen eines Geisterdorfs.

»Die Pension muss ganz in der Nähe sein.« Mit knurrendem Magen betrachtete Cayetano die übrigen Passagiere, die im Patio eines Restaurants neben der Kirche zu Mittag aßen. Ein Schilfdach schützte sie vor der Sonne. »Sobald ich wieder etwas Luft bekomme, geht's weiter.«

»Und wer hat Ihnen die Pension empfohlen?«, keuchte die Journalistin und stand auf. Ihr schien die Höhenkrankheit zu schaffen zu machen.

»Ein Freund, dem ein Stundenhotel in Valparaíso gehört. Aber keine Sorge, ich glaube nicht, dass jemand sich die Mühe macht, die Wüste zu durchqueren, nur um hier Sex zu haben. Die Pension ist genau das Richtige für uns, sie hat saubere Zimmer, warmes Wasser, Strom und Frühstück, und abgesehen davon ist sie billig.«

Sie folgten der Calle Tocopilla, bis sie nach einigen Straßenblocks auf die Pension Trópico de Capricornio stießen. Sie lag ein ganzes Stück hinter der Kreuzung mit der Calle Caracoles, wo sich ein paar Restaurants, Reisebüros und Läden niedergelassen hatten und so etwas wie ein kleines Geschäftszentrum bildeten. Vor ihnen erstreckte sich eine ausgedehnte Brache, auf der mehrere Hütten aus Adobe mit steinernen Fundamenten, Dachstühlen aus Chañarholz und Dächern aus Pech und getrocknetem Lehm im authentischen Atacamastil standen. Vor einer der Hütten empfing sie ein Mann mit dichten Brauen und tiefen Ringen unter den Augen, aus denen er sie prüfend ansah. Über ihnen am Himmel kreisten Geier.

»Ich hab nur noch ein Zimmer frei«, verkündete er. »Wollen Sie es haben?«

Der Detektiv stellte die Koffer auf dem staubigen Boden ab und atmete die schwere Luft des Nachmittags ein. Er spürte, wie ihn Müdigkeit überkam, nicht so sehr wegen der Hitze, die er sogar als angenehm empfand, wenn er sich die in diesem Augenblick in Valparaíso herrschende Kälte ins Bewusstsein rief, sondern wegen des kurzen, aber extrem anstrengenden Fußmarschs, den sie gerade in zweitausendfünfhundert Metern Höhe hinter sich gebracht hatten. Es hieß, die Höhenkrankheit sei in zwei, drei Tagen überwunden, immer vorausgesetzt, man würde wenig essen und reichlich Wasser zu sich nehmen. Abgesehen von der Höhe störte ihn die Aussicht, ein Zimmer mit der Deutschen teilen zu müssen. Er zog es vor, allein zu schlafen, frei von irgendwelchen Zwängen, statt neben einer Frau, die er in erster Linie als seine Klientin betrachtete, auch wenn er sie durchaus attraktiv fand –

obwohl ihm eher schwarzhaarige Frauen mit zimtfarbener Haut, runden Hüften und kleinen Brüsten zusagten, versprachen sie doch eine größere Beherrschung, wenn es um Rhythmus, Tanz und nicht zuletzt die Liebe ging. Am besten hielt er sich also an die goldene Regel: strikte Trennung zwischen Arbeit und Vergnügen. Bei seinen Klienten zog er klare Verhältnisse vor, klar wie der Umriss der Gebirgskette, die sich vor dem Himmel abzeichnete.

»Sollen wir lieber woanders etwas zum Schlafen suchen?«, fragte Cayetano unschlüssig.

Auf einmal spürte er einen bitteren Geschmack am Gaumen, während seine Beine zu zittern und sich die Welt immer schneller um ihn zu drehen begannen. Zwei Koffer gleichzeitig vom Platz hierher zu schleppen, war eindeutig zu viel gewesen. Er brauchte dringend etwas Erholung.

»Was mich angeht« – Cornelia strich sich mit der Hand durch das kurze feuerrote Haar –, »ist mir das egal. Ich schnarche nicht.«

»Ich vermute, der Herr hat auch nichts dagegen, das Zimmer zu teilen ...«, mischte sich der Pensionswirt ein.

Sie folgten ihm über den großen, von den Hütten umgebenen Hof. Vor den Unterkünften hatte jemand Schnüre zwischen den Chañarbäumen gespannt, an denen Unterhosen und T-Shirts zum Trocknen hingen. Weiter hinten konnten sie mehrere dürre Pfefferbäume und ein Lamapaar ausmachen.

»Man nennt mich Don Roque, mir gehört das Ganze hier«, erklärte der Mann, während er die Tür zu einer der Hütten aufschloss. Sie betraten einen winzigen Raum, in dem eine Temperatur wie in einer Sauna herrschte. Es gab nur ein einziges, gardinenloses Fenster, das auf eine Steinmauer und die Kordilleren hinausging, zwei schmale Betten, zwischen die mit Mühe ein Nachttisch passte, und ein leeres Regal. Der Boden war mit roten Tonfliesen ausgelegt, die weiße Zimmerdecke mit Fliegen übersät. »Ausländer?«

»Die Señorita ist Deutsche.«

»Und Sie?«

»Kubaner.«

Er musterte ihn misstrauisch.

»Schreiben Sie über die Oase?«, fragte Don Roque Cornelia.

»Ja, genau. Für eine deutsche Zeitung.«

Don Roque warf der Journalistin, die an diesem Tag einen indischen Sari trug, unter dem sich ihre Brüste auffällig abzeichneten, einen erwartungsvollen Blick zu, doch sie begutachtete bereits jeden Winkel des Zimmers, auf der vergeblichen Suche nach einem geeigneten Ort, um ihre Wäsche aufzuhängen.

»Ich hoffe, Sie schreiben nur Gutes über uns«, bemerkte Don Roque. »Die meisten ausländischen Journalisten kommen nämlich bloß hierher, um uns in den Dreck zu ziehen.«

Cornelia drehte sich um, die Arme in die Hüften gestemmt.

»Sie haben also schlechte Erfahrungen mit ausländischen Journalisten gemacht?«, fragte sie herausfordernd.

»Reichlich, und es ist immer dasselbe. Zuerst sind sie

begeistert von der Wüste, aber zum Schluss mäkeln sie nur noch an uns herum. Der Umweltschutz, der Tourismus, die Armut, die Preise ... Sie bringen die Touristen gegen uns auf und richten uns damit zugrunde, schließlich leben wir vom Tourismus, Señorita.«

»Ich kann Ihnen versichern, dass ich eine seriöse Journalistin bin«, antwortete Cornelia beleidigt, legte ihre Kamera auf den Nachttisch und fing an, den Koffer auszupacken.

Der Pensionsbesitzer trat ans Fenster und öffnete die Flügel, um etwas kühle Luft in die Hütte zu lassen. Ein laues, trockenes Lüftchen strömte herein, das gleich wieder nachließ. Stattdessen hörten sie einen Esel schreien und mehrere Schafe blöken.

»Ich kann mir vorstellen, dass jetzt, wo der Deutsche gestorben ist, alles noch schlimmer wird«, bemerkte Cayetano.

Don Roque drehte sich abrupt um und ging zum Bad, als hätte er die Bemerkung des Detektivs gar nicht gehört. Offensichtlich mochte er keine Kubaner. Er öffnete die Tür und inspizierte schweigend die Risse im Waschbecken und die tropfende Dusche hinter dem Plastikvorhang. Anschließend zog er an der Kette des Spülkastens, lauschte dem Rauschen des Wassers und trocknete sich zufrieden die Hände an einem der Gästehandtücher ab. Cornelia schaute ihm verblüfft zu.

»Ich bin mir sicher, dass alles noch viel schlimmer wird.« Don Roque machte ein bedrücktes Gesicht und schüttelte den Kopf. Cayetano wusste nicht, ob wegen des toten Deutschen oder wegen des jämmerlichen Zustands, in dem sich das Bad befand.

»Natürlich«, bemerkte Cayetano mit sarkastischem Unterton. Auch ihm waren trockene Handtücher lieber. »Wenn das Verbrechen nicht aufgeklärt wird, kommen weniger Europäer in die Oase.«

»Was wirklich schade wäre, auch wenn sie nicht viel Geld dalassen. Die meisten von ihnen sind Rucksackreisende, die zu zweit oder in kleinen Grüppchen unterwegs sind«, erwiderte Don Roque, während er die Badezimmertür hinter sich schloss. »Aber um eins klarzustellen, Balsen ist sein Leichtsinn zum Verhängnis geworden«, erklärte er mit verändertem Tonfall.

»Wieso das?«

»Man sagt, er hätte einen Haufen Kohle bei sich im Haus gehabt, Geld für das Projekt. Und als sie das Geld geklaut haben, haben sie ihn umgebracht. Er hatte zu viel Vertrauen. Die Leute von hier sind gute Menschen, unfähig, so etwas zu tun, aber hier kommen viele Touristen vorbei. Ich bin sicher, das waren Touristen.« Im selben Moment hielt er sich die Hand vor den Mund. »Entschuldigen Sie, ich wollte Sie nicht beleidigen, aber hier passiert nie etwas Schlimmes, hier kennt jeder jeden.«

»Und was meint die Polizei?«, hakte der Detektiv nach.

Cornelia hatte ihre Kleidungsstücke in das Regal gelegt und sich auf eins der Betten gesetzt, um das Gespräch zu verfolgen.

»Stellen Sie sich vor: Hierher kommen mehr als tausend Leute in der Woche, und das Dorf hat eintausendfünfhundert Einwohner. Soll man die alle überprüfen? In Santiago? In den USA, in Europa? Obwohl, ich glaube, man hat bereits ein verdächtiges Paar festgenommen. Aber egal ...« Er schien gehen zu wollen. »Sie müssen müde sein, es wird Zeit, dass ich Sie in Ruhe lasse. Übrigens, wie lange haben Sie vor zu bleiben?«

»Ein paar Tage wahrscheinlich. Hängt davon ab, wie's läuft«, antwortete Cornelia.

Don Roque öffnete die Tür.

»Sie müssen noch mit Ihren Pässen zur Rezeption kommen und sich registrieren lassen. Die Polizei ist da jetzt noch strenger als früher, wegen der Sache mit dem Deutschen.«

»Machen wir.« Cayetano trat zu Don Roque und legte ihm kameradschaftlich eine Hand auf die Schulter. »Kannten Sie Balsen?«

Der Pensionsbesitzer runzelte die Stirn. Er sah den Detektiv mit seinen tiefschwarzen Augen an und strich sich über das Kinn und die eingefallenen, unrasierten Wangen.

»Wollen Sie über ihn schreiben?«

»Möglicherweise.« Cayetano versuchte Cornelia einen Blick zuzuwerfen, doch sie lag auf dem Bett und starrte mit halb geöffneten Augen an die Decke. »Wissen Sie, wer uns etwas über ihn erzählen könnte?«

Don Roque stieß ein resigniertes Schnauben aus. Cayetano betrachtete ihn genüsslich. Als Kind hatte er sich Aladin immer so ähnlich vorgestellt wie Don Roque. Aber dem kläglichen Zustand seiner Unterkünfte nach zu urteilen, hatte dieser hier noch nicht gelernt, wie man die Wunderlampe richtig rieb.

»Ich weiß nicht, ob ich Ihnen Namen nennen kann,

die Atacameños hier sind sehr reserviert und mögen es nicht, in irgendwelche Angelegenheiten von Chilenen oder Ausländern hineingezogen zu werden.«

»Betrachten sich die Menschen aus der Atacama nicht als Chilenen?«, fragte Cornelia vom Bett aus.

Der Pensionsbesitzer lächelte herablassend.

»Nicht im Geringsten. Sie sind Atacameños. Es gab sie schon tausende von Jahren vor uns Chilenen. Als sie durch Schluchten und Flusstäler in die Oase hinabstiegen, haben die Mapuche noch gar nicht im heutigen Chile gelebt, und ich hab keinen Schimmer, was die Spanier zu jener Zeit auf ihrer Halbinsel getrieben haben.«

»Entschuldigen Sie«, unterbrach ihn Cayetano, um auf sein Anliegen zurückzukommen. »Aber es muss doch jemanden geben, der mir etwas über Balsen erzählen kann.«

»Vielleicht Saúl Puca.«

»Wer ist das?«

»Er ist für das Bewässerungsprojekt zuständig, das der Deutsche geleitet hat. Ein intelligenter Bursche. Er hat vorher die Bibliothek des Padre-Le-Paige-Museums betreut.«

»Puca«, wiederholte Cayetano und ließ den Namen auf der Zunge zergehen. »Klingt, als wäre er Atacameño.«

»Aus dem *ayllu* von Solor.«

»Was ist ein *ayllu?*«, fragte der Detektiv.

»Eine Art Dorfgemeinschaft mit familiären Bindungen. *Ayllus* gab es schon vor den Spaniern. Es sind insgesamt fünfzehn. Manche haben engere Bande als andere. Sie werden von *achaches* regiert, den Alten.«

Nachdenklich strich sich der Detektiv über die Schnurrbartspitzen.

»Und Sie glauben, Puca wird mit mir reden?«, fragte er nach einer Weile.

»Das sollte er.« Don Roque zuckte mit den Achseln. »Schließlich war er Balsens rechte Hand bei diesem ganzen Schwachsinn.«

»Welchem Schwachsinn?«

»Die *achaches* davon zu überzeugen, man könne die Wüste besiegen.«

San Pedro, Samstag, der 9. Mai, 18:20 Uhr

Nach einer ausgedehnten Siesta – Cornelia Kratz, die nichts außer Unterhose und T-Shirt trug, schlief noch tief und fest in ihrem Bett und schnarchte – duschte sich Cayetano Brulé und verließ die Hütte auf der Suche nach dem Beauftragten von Balsens Projekt. Vor der Tür empfing ihn ein eisiger Wind, der von den Bergen herunterblies und durch die schattigen Gassen fegte, und die silbern glänzende Mondscheibe, die bereits am Himmel stand.

Er erreichte den zentralen Platz von San Pedro genau in dem Moment, als seine russische Poljot halb sieben anzeigte und die Kirchenglocken zu läuten begannen. Unter einem der Pfefferbäume blieb er stehen, mit dem Rücken zum Restaurant Juanita, wo schon die ersten Touristen saßen, und betrachtete einen Moment lang die Fassade des Hauses, in dem das Büro von SOS untergebracht war.

Es war ein Gebäude wie viele andere in der Oase: ein Stockwerk, Wände aus Lehmziegeln, Lehmdach, bestrichen mit mehreren Schichten Kalk. Zwei Fenster mit einer Tür in der Mitte, die geschlossen waren, gingen auf die Calle Valdivia hinaus und boten sicherlich einen privilegierten Blick auf den Platz und den Westflügel der kleinen Pfarrkirche. Cayetano klappte den

Kragen seines Trenchcoats hoch und ging entschlossen auf das Haus zu. Neben der Tür hing ein Holzschild, auf dem in rotgrünen Lettern *SOS* stand. Er klopfte drei Mal.

Es dauerte nicht lange, bis ihm ein schlanker junger Mann mit schwermütigem Gesichtsausdruck und dunklen Augen öffnete.

»Saúl Puca?«

»Ja, was kann ich für Sie tun?«

Obwohl er ein kariertes Flanellhemd, Jeans und Turnschuhe trug, verrieten seine mittlere Statur, die dunkle Haut, das schwarze, glatte Haar und die gebogene Nase, dass er Atacameño war. Von irgendwo im Haus drangen die Klänge eines mexikanischen Corridos auf die Straße.

»Ich heiße Cayetano Brulé.« Er beobachtete die Reaktion, die der Detektivausweis im Gesicht des Mannes auslöste. In Chile öffnete ein solcher Ausweis Türen und war ein lebensnotwendiges Dokument. Es war seltsam, dachte Cayetano, aber nur hier und in Deutschland konnte einem ein einfaches, in Plastik eingeschweißtes Stück Pappe so viele Wege bahnen. Ob das an der Hierarchiegläubigkeit lag, die in beiden Ländern herrschte? »Ich untersuche den Mord an Willi Balsen. Haben Sie ein paar Minuten Zeit?«

Pucas Miene verriet Zweifel und Misstrauen, aber mit einem gezwungenen Lächeln auf den Lippen forderte er ihn auf, hereinzukommen.

Sie betraten einen Raum mit Zementfußboden, der nur spärlich von einer an einem Deckenbalken baumelnden Glühbirne beleuchtet war. Als Erstes entdeckte Cayetano ein Regal voller Bücher, Ordner und CDs, neben denen ein Radiorecorder mit großen Boxen stand, dann einen Tisch, der offensichtlich als Schreibtisch diente – zumindest ließ das die auf ihm stehende Schreibmaschine vermuten –, und schließlich mehrere Stühle. An der hinteren Wand machte er ein schmales Bett mit einer bunten Decke aus, über dem einige gerahmte Fotos hingen, und an der Seite einen Nachttisch mit einem kleinen Radio, aus dem die Ranchera tönte.

»Nehmen Sie Platz«, forderte ihn Puca mit ernster Stimme auf. Er hatte den schlanken Hals eines agilen, wachsamen Menschen. »Die Polizei war bereits vor ein paar Wochen hier. Sie haben mir ein paar Fragen gestellt und sind wieder gegangen. Schrecklich, was mit dem armen Don Willi geschehen ist.«

»Das hier war Balsens Büro, oder?«, erkundigte sich Cayetano, während er einen der Stühle an den Tisch rückte und es sich bequem machte.

»So ist es«, erwiderte Puca und tat es dem Detektiv gleich. »Sein Büro und sein Zuhause. Er hatte alles in diesem Zimmer. Das Haus hat übrigens vor fünfhundert Jahren Pedro de Valdivia bauen lassen. Es gibt nur das, was Sie hier sehen, und einen kleinen Hinterhof, wo Feigen- und Birnbäume wachsen und ein Bad mit Dusche angebaut wurde. Hier hat Don Willi gelebt und gearbeitet.«

»Und jetzt wohnen Sie hier.«

»In gewisser Weise«, stammelte Puca verlegen. »Nur vorübergehend.«

»Und worum geht es bei dem Projekt?«

Puca räusperte sich, faltete die Hände auf dem Tisch

und sagte: »In einer ersten Phase ging es darum, Brunnen zu graben, später dann um den Bau von Bewässerungsgräben und Becken, um nachts Wasser speichern zu können. Viele in San Pedro bewässern ihre Felder, sie erhalten alle zwanzig Tage Wasser, pro Hektar eine Stunde lang. Wer Pech hat, bekommt sein Wasser nachts, und wer kein Becken hat, kann es nicht speichern, so einfach ist das.«

»Und das Projekt wurde mit Mitteln von SOS finanziert?«

»Und viel ehrenamtlichem Engagement.«

»Soviel ich weiß, kam das Projekt hauptsächlich dem *ayllu* von Solor zugute. Warum nur Solor?«

»Ich bin aus Solor. Die *achaches* des *ayllu* waren die Einzigen, die sich für Balsens Projekt interessiert haben. Alle anderen waren misstrauisch und sind nicht mal in die Nähe des Büros gekommen.«

Puca hatte eine hohe Stimme, fast wie ein Junge. Seine langen, kupferfarbenen und knochigen Hände waren pausenlos damit beschäftigt, seine Worte mit ruhigen Gesten zu untermalen.

»Erklären Sie mir noch etwas«, sagte Cayetano. »Ich verstehe nicht, warum Balsen das ganze Geld für das Projekt hier im Haus aufbewahrte.«

»Weil er das Material oder die Arbeiter immer gleich bezahlen wollte«, erklärte Puca und legte einen Stapel Papiere vor die Schreibmaschine. »Hier gibt es nicht mal einen Safe. Ich hab ihm gesagt, dass ich es gefährlich finde, so viel Geld im Haus aufzubewahren. Alle wussten davon.«

Cayetano sah, dass die Fotos an der Wand Szenen

mit arbeitenden Menschen zeigten. Er stand auf, um sie genauer zu betrachten. Er erkannte Männer, die gruben, Bewässerungsgräben reinigten oder mit ernstem Gesichtsausdruck neben Balsen posierten. Genau wie auf den Fotos in der Mappe, die er in der Botschaft erhalten hatte, stach der Deutsche auch hier durch seine Statur und sein langes blondes Haar heraus. Auf sämtlichten Aufnahmen war ein strahlend blauer, wolkenloser Himmel zu sehen. Cayetano überflog die Titel der Bücher im Regal. Die meisten waren auf Deutsch und befassten sich mit Hydraulik.

Aber er entdeckte auch ein paar spanischsprachige Werke: *Die offenen Adern Lateinamerikas* von Eduardo Galeano, *Fidel y la religión* von Frei Betto, *Der Cimarrón* von Miguel Barnet, *La mala memoria* von Heberto Padilla sowie eine Autobiografie von Stefan Heym und einige Monografien der sozialdemokratischen Friedrich-Ebert-Stiftung. Gleich daneben standen mehrere CDs: Silvio Rodríguez, Pablo Milanés, Leo Brouwer und Joan Manuel Serrat. Alles in allem, dachte Cayetano seufzend, konnte er bereits jetzt mit ziemlicher Genauigkeit die politische Ausrichtung des Deutschen rekonstruieren. Er war einer dieser späten Zugvögel. Jetzt ruhte er für immer weit weg von der sandigen Atacama. Cayetano setzte sich wieder und fragte: »Und wie geht es jetzt ohne Balsen weiter?«

Puca stützte die Ellenbogen fest auf den Tisch.

»Ich warte noch auf Anweisungen aus Berlin«, sagte er nach einer Weile. »Bis jetzt haben sie noch niemanden geschickt. Ich weiß nicht, wie es weitergeht, und das ausgerechnet jetzt, wo wir ernste Probleme haben.«

»Die Botschaft meinte, alles würde gut laufen.«

»Die haben ja keine Ahnung.« Puca senkte den Blick. »In drei Jahren haben wir zwölf Schächte, drei Kilometer Bewässerungsgräben und fünf Becken gebaut, was ganz ordentlich ist und den Zielen des Projekts nahekommt, aber das Schlimme ist, dass der Wasserspiegel in den Brunnen zu sinken begonnen hat. Anscheinend ist die Grundwasserschicht in einigen Gebieten betroffen.«

»Und dann?«

Puca schüttelte enttäuscht den Kopf.

»Anfangs haben die Schächte gut funktioniert, das Wasser ist von ganz allein gestiegen«, fuhr er fort. »Aber dann mussten wir Pumpen kaufen, um das Wasser zu fördern. SOS hat sich schließlich bereit erklärt, die Anschaffung zu finanzieren. Aber dann hieß es plötzlich aus Berlin, sie könnten keine weiteren Pumpen finanzieren. Alles war umsonst. Die Schächte, die Bewässerungsgräben, alles! Die Leute haben sich aufgeopfert, andere Arbeiten liegen lassen, sich verschuldet, und dann gab es kein Wasser mehr.«

Cayetano sah, wie Puca schweigend die gemaserte Tischoberfläche betrachtete, unfähig, den Blick zu heben. Er nutzte die Zeit, um sich eine Zigarette anzustecken und in Ruhe einen Zug zu nehmen. Balsens Projekt war nicht so erfolgreich, wie man in Santiago annahm, im Gegenteil, es schien ein Reinfall zu sein. Der äußerst sensible Mechanismus der Wasserregulierung, jahrtausendelang in den geheimnisvollen Tiefen unter der Oase verborgen, war möglicherweise auf alle Ewigkeit gestört worden. Mehr als ein Bewohner von

San Pedro wird Balsen dafür Rache geschworen haben, dachte Cayetano und spürte, wie ihn ein leichter Schauer überkam.

»Wann hat Balsen erfahren, dass Berlin den Kauf der Pumpen nicht weiter finanzieren würde?«

»Ein paar Wochen vor seinem Tod.«

»Hat er das den Leuten von SOS sofort mitgeteilt?«

»Ja, aber er hat ihnen nicht erzählt, dass alles verloren ist, sondern ihnen versprochen, alles dafür zu tun, dass die deutsche Regierung zusätzliche Mittel freigibt und die Schulden begleicht. Aber«, fügte er nachdenklich hinzu, während er seine braunen Hände faltete, »ich glaube, dass er keine Chance hatte. Wir sind am Ende.«

Cayetano stieß eine Rauchwolke aus.

»Wirklich?«, fragte er. »Sie konnten nichts tun?«

»Als wir mit den Schächten begannen«, fuhr Puca fort, während er einen Daumennagel in die Tischplatte bohrte, »haben viele, die nichts mit dem Projekt zu tun hatten, die Achtung vor dem Wasser verloren. Sie glaubten, es sei ganz einfach, an Wasser zu kommen, und fingen an, auf eigene Faust Brunnen zu graben und sich Pumpen zu kaufen. Sie dachten, sie könnten das Wasser verkaufen oder ihre Anbaufläche vergrößern.«

»Ein Teufelskreis«, bemerkte Cayetano.

»Das passiert, wenn man die *pachamama* nicht entlohnt, sagen die *achaches*.«

»Wer ist die *pachamama*?«

»Das wissen Sie nicht?«, fragte Puca ungläubig. »Die Mutter Erde«, stellte er klar und zeigte auf den Boden. »Die *pachamama* muss für alles bezahlt werden, sonst …«

Der Detektiv nahm einen tiefen Zug an seiner Zigarette, überrascht von der ökologischen Weltanschauung der Atacameños. Es war eine Form des Umweltschutzes, die tausende von Jahren zurückreichte und nicht im Jumbo mit den europäischen Hippies herübergeschwappt war, dachte er. Er schüttelte den Kopf, während er einen bitteren Geschmack im Mund und Pucas schwer auf ihm lastenden Blick spürte.

»Das Projekt hat also alles nur verschlimmert«, folgerte er.

»Ganz genau«, stimmte ihm Puca bei. »Zwei der Pensionen haben tiefe Brunnen gegraben, wodurch der Wasserspiegel noch mehr abgesunken ist. Jetzt gibt es weder Wasser in den Schächten noch in den Bewässerungsgräben, die Pumpen reichen nicht aus, und SOS ist verschuldet.«

Puca erhob sich und ging zum Fenster, öffnete beide Flügel und ließ das letzte Abendlicht ins Zimmer. Es war ein ockerfarbenes, intensives, dichtes Licht, das Cayetano an die Farbe reifen Rums erinnerte. Im Vergleich dazu kam ihm das winterliche Licht Valparaísos blass und durchlässig vor, wie die Farbe von russischem Wodka. Der Deutsche war Puca immer ein Rätsel geblieben, was Cayetano nicht sonderlich überraschte. In gewisser Weise war jeder Fremde ein Rätsel für die Einwohner der Atacama.

Zwischen Seufzern verriet ihm Puca in einem sanften, melancholischen Tonfall mit ausgeprägten S-Lauten, der an das Spanisch der Bolivianer erinnerte, dass Balsen an kühlen Abenden eine graue Militärjacke zu tragen pflegte, eine Jacke, die er sich auf einem Trödelmarkt am Brandenburger Tor gekauft hatte und die Pucas Beschreibung nach aus den Beständen der Grenztruppen der ehemaligen DDR zu stammen schien. Er habe sich gut mit seinem Chef verstanden, betonte der Projektverwalter, auch wenn dieser eher reserviert gewesen sei und nur für sein Bewässerungsprojekt gelebt habe. Balsen habe geglaubt, der Bau von Brunnen und Gräben würde das Problem des Wassermangels ein für allemal aus der Welt schaffen. Der Deutsche sei ihm wie ein Mann vorgekommen, der nichts mehr vom Leben erwartete und von Gewissensbissen geplagt war, die er vielleicht dadurch verdrängen wollte, dass er sich für andere aufopferte, erklärte Puca. Erneut betonte er, dass Balsen ein verschlossener, wortkarger Mann gewesen sei, der sein Privatleben nur selten mit anderen teilte, kurzum, ein Unbekannter. Aber der Deutsche sei nicht aus Misstrauen so reserviert gewesen, erklärte Puca, während er die Augen weit aufriss und schluckte, es sei einfach seine Art gewesen. Er habe überall geholfen, oder geglaubt zu helfen, aber keiner habe ihn wirklich gekannt.

»Es gibt bestimmt Leute, die sich von Balsen und der SOS hintergangen fühlen«, sagte Cayetano.

»Einige haben fast alles verloren, und jetzt sind sie kurz davor, auch noch ihre Ländereien zu verlieren«, schloss Puca resigniert. »Das alles macht mir Angst, Herr Brulé, das habe ich auch schon der Polizei gesagt. Erst haben die *achaches* Don Willi für alles verantwortlich gemacht, und jetzt beschuldigen sie mich.«

»Hat es Auseinandersetzungen zwischen Balsen und den Dorfbewohnern gegeben?«

»Häufig.«

»Mit wem?« Cayetano zog einen Kugelschreiber und ein winziges Notizbuch aus seiner Manteltasche.

Puca sah ihn ängstlich an und nahm wieder Platz, als suchte er einen sicheren Ort.

»Sie glauben doch wohl nicht …«

»Ich will nur die Namen«, erklärte der Detektiv ruhig. »Mit wem hatte Balsen kurz vor seinem Tod Streit?«

»Das weiß ich nicht mehr. Das waren keine großen Auseinandersetzungen. Nichts Dramatisches, Herr Brulé, glauben Sie mir. Etwas anderes war viel ernster.«

Cayetano runzelte die Stirn. Der Zigarettenqualm stieg zur Decke auf und verfing sich zwischen den schiefen Balken aus Chañarholz.

»Was?«

»Die Todesdrohungen.«

»Todesdrohungen«, wiederholte Cayetano wenig überrascht, als hätte er etwas Derartiges bereits geahnt und fühlte sich jetzt bloß in seinen Befürchtungen bestätigt.

»Die Drohungen kamen mit anonymen Briefen, die unter der Tür durchgeschoben wurden. Es waren insgesamt drei, aber Don Willi hat sie nicht ernst genommen, er hat sie einfach zerrissen und in den Müll geworfen.«

»Haben Sie damals die Polizei informiert?«

»Nein, damals nicht. Aber als die Beamten vor Kurzem hier waren, habe ich es ihnen erzählt.«

»Und was hat Balsen zu den Briefen gesagt?«

»Er meinte, dass Hunde, die bellen, nicht beißen.«

Der Detektiv stand auf und begann, im Zimmer auf und ab zu gehen. Wahrscheinlich war Balsen das Opfer seines eigenen Enthusiasmus geworden. Hatte ihn ein verschuldeter Bauer ermordet, der ihn verantwortlich machte? Irgendein Atacameño, der sich von den Vorwürfen der *achaches* leiten ließ? Oder vielleicht ein Schatzräuber? Einen Moment lang erinnerte sich Cayetano an Pablo Ubillas Mähne und den Glanz in den Augen des Antiquitätenhändlers aus Santiago.

»Armer Balsen«, bemerkte er schließlich. »Da kommt er an den Arsch der Welt, nur um so zu enden.«

»Die *achaches* sagen, als Fremder habe Don Willi die *pachamama* nicht verstanden.« Puca schaute, als schwebte irgendeine unsichtbare Gefahr über seinem Kopf. »Oasen sind äußerst empfindlich, nicht einmal der tropische Regenwald ist so anfällig. Der kleinste Eingriff, und das ganze Gleichgewicht bricht in sich zusammen, und wir sind ruiniert. Wir hätten niemals dulden dürfen, dass ein Fremder seine Finger in etwas steckt, mit dem wir seit Jahrtausenden allein zurechtkommen.«

Cayetano nahm einen Zug an seiner Zigarette, erstaunt über Pucas Inkonsequenz. Warum hatte sich Balsens Assistent nicht von Anfang an an das gehalten, was er gerade gesagt hatte? Des Geldes wegen oder einfach nur, weil er sich an den uralten indianischen Brauch hielt, zu tun, was der Weiße Mann verlangte? Was soll's, sagte er sich mit einem Zungenschnalzen, es war ohnehin zu spät. Der Schaden war angerichtet. Ein bescheidenes Projekt hatte das lebenswichtige Gleichgewicht gestört, das die Atacameños seit Jahrtausenden geachtet hatten. Den Frieden zwischen Mensch und Natur wiederherzustellen, würde ein mühseliges und langwieriges Unterfangen werden. Denn darum ging es: die Friedenspfeife mit der Atacamawüste zu rauchen, sie zu überzeugen, die Eingeweide der Erde wieder mit Wasser zu versorgen, weil alle etwas davon hatten.

Doch nicht nur Wasser war für immer verloren gegangen, sinnierte Cayetano, während er sich über den Schnurrbart strich, sondern auch ein Menschenleben. Balsen hatte sich für eine fremde Sache aufgeopfert, die in einem Debakel geendet war. Vielleicht hatten ihn das Unglück und die Enttäuschung darüber fertiggemacht, vielleicht wurde er genau von den Menschen zurückgewiesen und angefeindet, denen er helfen wollte. Warum war er nicht in Deutschland geblieben, um bei einem guten Espresso oder einer kühlen Cola über die Solidarität mit der Dritten Welt zu diskutieren, die er vielleicht nie wirklich verstanden hatte?

»Eins noch«, hörte er sich selbst sagen. »Sind Sie sicher, dass Balsen nie direkte Todesdrohungen erhalten hat?«

Puca hob ungeduldig den Blick.

»Ich habe Ihnen alles gesagt. Wenn da noch mehr war, etwas noch Schlimmeres, dann müssen Sie Isabel Ayabire fragen.«

»Wer ist das?«

»Eine Frau, mit der Don Willi etwas hatte … Sie verstehen?«

»Lebt sie in der Oase?«

»In der Calle Calama. Aber sagen Sie ihr nicht, dass Sie das von mir haben. Ich will nur, dass SOS die Wasserpumpen bezahlt, die die Leute in Solor gekauft haben. Danach ist Schluss für mich. Vielleicht haben die *achaches* ja recht und der Tata Maico Licanco hat uns verlassen, weil wir hier so viele Fremde dulden.«

San Pedro, Samstag, der 9. Mai, 19:00 Uhr

Er hätte nie gedacht, dass Isabel Ayabire so jung war. Sie war nicht älter als zwanzig und so schön, dass sie selbst bei den ältesten *achaches*, die bereits ihr Augenlicht und Gedächtnis zu verlieren begannen, Begierde erweckte, kaum witterten sie ihre Gegenwart. Sie war schlank, hatte schmale, lebendige Augen, rötlich braune Haut und einen großen Mund mit vollen Lippen, und das Haar, so schwarz, dass es schon ins Blaue spielte, fiel ihr schimmernd über den Rücken. Schaute sie einem in die Augen, wirkte ihre vollkommene Schönheit einer Atacameña verstörend, so verstörend wie ihre kleinen Brüste und die Zartheit ihrer schlanken Taille.

»Ich untersuche den Mord an Willi Balsen und muss Ihnen ein paar Fragen stellen«, stammelte Cayetano Brulé, als Isabel Ayabire den einfachen Raum betrat, der als Wohn- und Esszimmer im Haus ihrer Großmutter diente.

»Mein Mädchen wird Ihnen nicht viel über den Deutschen erzählen können«, bemerkte Eusebia, eine dicke alte Frau mit gegerbter Haut und einem Hut auf dem Kopf. Sie schien nicht bereit, ihre Enkelin auch nur eine Sekunde mit dem Detektiv allein zu lassen.

Die alte Frau hatte ihn in dem Glauben hereingelassen, er sei ein Tourist. Den hinteren Teil des Hauses, der von einer hohen Wand aus Lehm umgeben war, über die Zweige von Feigen-, Johannisbrot- und Birnbäumen ragten, hatte sie in eine kleine Pension verwandelt, die sie gemeinsam mit ihrer Enkelin führte.

»Keine Sorge, Doña Eusebia«, beschwichtigte sie Cayetano. »Es geht nur um ein paar Fragen.«

»Schon gut, Oma«, mischte sich Isabel ein. »Ich weiß, was ich tue.«

Der Detektiv zog noch einmal an seiner Zigarette, drückte sie in einem Aschenbecher aus und wartete, bis die Alte hinausgegangen war. Es war sieben Uhr, die Kühle der Nacht kündigte sich bereits an, und der Mond tauchte die Gassen von San Pedro in silbernes Licht.

»Ich sage es Ihnen gleich, ich kannte Willi nicht so gut, wie die Leute behaupten«, bemerkte Isabel, kaum hatte die Großmutter sie allein gelassen.

Cayetano steckte seine Hände in die Manteltaschen. Er spürte, wie die Kälte aus den Tiefen der Wüste aufstieg und langsam durch die Adobewände und das Dach aus Pech und getrocknetem Lehm drang.

»Wenn Sie möchten, komme ich morgen wieder. Ich weiß, dass Sie erst vor Kurzem mit der Polizei gesprochen haben, aber in meinem Fall geht es lediglich um ein paar kurze Fragen. Ich ermittle für eine deutsche Institution. Soll ich lieber morgen wiederkommen?« Er tat so, als wolle er zur Tür gehen. »Ich kann eine Freundin aus Deutschland mitbringen, falls Sie mir nicht trauen.«

»Willi hat oft von Deutschland erzählt«, sagte Isabel wehmütig. »Obwohl er immer betonte, nie wieder dort leben zu wollen, weil er in der Wüste zu sich selbst gefunden habe.«

»Es gibt Menschen, die ihr ganzes Leben mit der Suche nach sich selbst verbringen«, bemerkte Cayetano leise und strich sich die Schnurrbarthaare glatt, während er die ebenmäßigen Gesichtszüge der jungen Frau bewunderte. Ihm kam ein vage lüsterner Gedanke, doch sofort sagte er sich, dass er ihr Vater sein könnte. »Manche finden sich nie, aber anderen gelingt es an den unwahrscheinlichsten Orten, in der Atacama zum Beispiel oder in Havanna.«

»Havanna?«, wiederholte Isabel, als spräche er von einem fernen Planeten. »Willi hat dort oft an Kongressen und Seminaren teilgenommen. Es war eine seiner Lieblingsstädte.«

»Ich bin dort geboren«, erklärte Cayetano mit kaum verhohlenem Stolz. Gleichzeitig fragte er sich, was zum Teufel er an diesem Ort tat, der so unglaublich weit weg war von den türkisfarbenen Wassern, der feuchtwarmen Luft, dem einnehmenden Rhythmus des karibischen Lebens und dem permanenten Geschrei in den Straßen Havannas. Selbst Willi Balsen hatte Havanna besucht! Wahrscheinlich noch zu der Zeit, als er bei der FDJ gewesen und als Experte durch die Welt gereist war.

»Was wollen Sie über Willi wissen?«

»Alles. Darf ich mich setzen?« Cayetano deutete auf einen Stuhl.

Sie nickte und setzte sich ihm gegenüber.

»Wie gesagt, die Freundschaft zwischen Willi und mir war anders als Sie denken. Als er herkam, haben wir uns angefreundet, mehr nicht. Alles andere sind Gerüchte, die die Leute verbreiten und die niemanden etwas angehen.«

»Ihre Beziehung zu Balsen interessiert mich nur insofern, als dass Sie sich vielleicht an jemanden erinnern können, der Ihnen verdächtig vorkam, oder an irgendeine merkwürdige Situation.«

»Sie glauben nicht, dass das Geld der Grund für Willis Ermordung war?«

»Ich fürchte, es gibt ein anderes Motiv. Zumindest bezweifle ich, dass es um das Geld ging, das gestohlen wurde.«

Er sah, wie ihr hübsches Gesicht einen starren Ausdruck annahm. Auch der Glanz in ihren Augen war nahezu verschwunden.

»Ein anderes Motiv?«

»Vermutlich, aber ich weiß nicht, welches«, antwortete Cayetano nachdenklich nickend, während er auf den Zementfußboden unter seinen Füßen starrte. »Sie waren nicht zufällig kurz vor seinem Tod bei ihm?«

»Wir haben uns nur gelegentlich gesehen. Unsere Beziehung war etwas abgeflaut. Wir kannten uns seit drei Jahren, seit er hier aufgetaucht war. Vor etwas mehr als einem Jahr habe ich eine Zeitlang bei ihm gewohnt.« Sie verstummte einen Moment, und Cayetano wusste nicht, ob das plötzliche Schweigen damit zu tun hatte, dass sie ihre Gedanken ordnen wollte oder weil sie versuchte herauszufinden, ob ihre Großmutter das Gespräch belauschte. »Es ist nicht so einfach für einen Deutschen, eine Frau aus der Atacama zu verstehen.«

»Was wollen Sie damit sagen?«

Sie sah dem Detektiv tief in die Augen.

»Sie brauchen viele Worte, um die Dinge zu verstehen. Sie sollten sich daran gewöhnen, dass wir Atacameños mehr durch Schweigen als durch Worte ausdrücken.«

Cayetano musste eingestehen, Schweigen machte die Menschen der Karibik verrückt und ließ sie melancholisch werden. Vielleicht vergötterte er deshalb die Musik so sehr, den Rhythmus der Trompeten und Pauken, der Pikkoloflöten und Bongos, der Posaunen und Maracas. In der Karibik steigt der Lärm nicht nur aus den steinernen Bogengängen, von den spanischen Ziegeldächern und aus jeder Falte seiner üppigen Vegetation auf, sondern von jedem alltäglichen Gespräch auf der Straße, diesen lüsternen, mit Gesten, schmeichelnden Worten, Seufzern, Gelächter, Wimmern und Schreien gewürzten Dialogen, die von Verrenkungen, Drehungen und schwankenden Bewegungen begleitet werden, von flüchtigen, erotischen Annäherungen, bei denen es manchmal wie bei einem heimlichen Kuss geschieht, dass man auf einmal den betörenden Duft der Innenschenkel einer frisch geduschten, wunderschönen Frau, die appetitlichen schmalen Kurven einer gitarrenförmigen Taille oder das aufwühlende, heiße Säuseln der Lippen einer grünäugigen Mulattin wahrnimmt. Er räusperte sich und beeilte sich, zum Thema zurückzukommen.

»Hatte Balsen einen größeren Streit vor seinem Tod?«

»Nein.«

»Sind Sie sicher?«

»Er musste sich bloß einen Haufen Vorwürfe gefallen lassen, sogar von Leuten, die anfangs von dem Projekt profitiert haben.«

»Ich spreche von heftigen Auseinandersetzungen.«

»Also gut, was soll's, ich hab es ja auch der Polizei erzählt.« Sie sah ihn fest an. »Sergio Azcárate hat ihn mit dem Tod bedroht, weil es auf einigen seiner Ländereien kein Wasser mehr gab. Er ist sehr mächtig, Besitzer zahlreicher Grundstücke in der Oase und in Calama, und ihm gehört eine LKW-Flotte, die zwischen Bolivien und Chile verkehrt.«

»Azcárate, sagen Sie. Lebt er in San Pedro?«

»Die meiste Zeit. Manchmal ist er auch wochenlang woanders, keine Ahnung, wo. Aber seien Sie vorsichtig, der Typ ist gemeingefährlich.«

»Keine Sorge, ich weiß, wie man mit solchen Leuten umgeht.«

»Seien Sie vorsichtig«, wiederholte Isabel, während sie sich nervös das Haar richtete. »Es heißt, Azcárate wäre mit Drogen reich geworden. Sagen Sie später nicht, ich hätte Sie nicht gewarnt.«

San Pedro, Samstag, der 9. Mai, 20:00 Uhr

Er spürte, wie die Kälte allmählich durch den Mantel, die Schuhe und die Wollmütze drang. Der Himmel glich einem riesigen schwarzen Gewölbe, übersät mit Sternen, die mit einer unglaublichen Helligkeit funkelten. Er wusste noch nicht recht, was das Gespräch mit der schönen Isabel gebracht hatte, als er leicht resigniert durch die Calle Caracoles ging und das La Estaka betrat, um sich zu stärken.

Das Restaurant, ein großer Saal mit Adobewänden und offen liegenden Deckenbalken aus Pappelholz, war prall gefüllt mit Touristen, die an rustikalen, reich gedeckten Tischen saßen, sich laut unterhielten, aßen und lachten. Cayetano tauchte ein in die schwache, aber behagliche Wärme, die ein altersschwacher Eisenofen verströmte, und die fast vergessene Musik der legendären Dave Clark Five.

Wenn ihn die Erinnerung nicht täuschte, sagte er sich, während er an einem Tisch in der Nähe der Küche Platz nahm und einen Pisco Sour, Schweinekoteletts, Spiegeleier, gebratenen Reis und einen roten Hauswein bestellte und die anderen Gäste betrachtete, die größtenteils aus den USA oder Skandinavien zu kommen schienen – junge Leute, die Stiefel, weite Hosen und dicke Pullover aus Alpakawolle trugen –, wenn ihn die

Erinnerung also nicht täuschte, wiederholte er im Stillen, denn in diesem Moment betrat ein scheinbar aus einer anderen Zeit stammender Hippie das Lokal, der ein Charango in der Hand hielt und drohte, für ein paar Pesos oder Dollars mit dem Singen anzufangen, dann hatte er in den Sechzigerjahren einmal in einem Salon in Miami mit einer Amerikanerin namens Jane Fogerty zu denselben romantischen Klängen getanzt, die jetzt die süßliche Orgel, das ruhige Schlagzeug und Mike Smiths jugendliche Stimme anstimmten: *»It's right that I should care about you and try to make you happy when you are blue, it's right, it's right to feel the way I do, because, because I love you.«* Genau, das war »Because«, dachte er und summte ergriffen den Song mit. *»Give me one kiss and I'll be happy.«* Verdammt, stieß er in Gedanken aus, er war damals noch keine zwanzig, machte gerade seine ersten Eroberungen in den USA, Kuba war noch ganz nah und Chile unvorstellbar weit weg. *»Give me, give me a chance to be near you, because, because I love you«*, hob Mike Smith erneut an, bevor seine Stimme langsam verklang, sich schließlich ganz auflöste und vom abgehackten Rhythmus des Hippies abgelöst wurde, der jetzt mit eher kläglicher Stimme und zweifelhafter Intonation ein Lied vortrug, das genauso eine Resbalosa oder ein Cachimbo hätte sein können.

»Und Sie, mein Freund, woher kommen Sie?«, hörte er jemanden hinter sich fragen.

Cayetano griff nach dem großen Glas Pisco Sour und schlürfte genüsslich an dem Getränk, das nicht nur seine Eingeweide und seinen korpulenten Körper wärmte, sondern auch nach einem wirklich guten

Pisco, dem Saft von Zitronen, wie es sie nur in Pica gab, dem Eiweiß frischer Landeier und dem stimulierenden, mysteriösen Duft des Zimtes schmeckte. Erst dann drehte er sich um.

Sein Blick fiel auf einen jungen Mann mit Pferdeschwanz und schwarzem Vollbart. Er trug eine Schürze und warf ihm ein verschmitztes Lächeln zu, während er Koteletts in einer Pfanne briet.

»Aus Valparaíso«, erwiderte Cayetano und trank noch einen Schluck. »Der ist köstlich, der beste Pisco Sour, den ich je in Chile getrunken habe.«

»Er schmeckt Ihnen wirklich?«

»Fast so wie ein guter Mojito in der Bodeguita del Medio in Havanna.«

»Den hab ich gemacht, nach einem authentischen Rezept aus Peru, wo er ja auch erfunden wurde. Wenn etwas gut ist, muss man es auch anerkennen können«, bemerkte er und zog dabei eine Augenbraue hoch. »Aus Valparaíso also«, wiederholte er, während er die Koteletts wendete. Es dampfte zischend, und das Fett in der Pfanne spritzte.

»Und Sie? Aus San Pedro?«

»Ich heiße Yerko und komme aus der Hauptstadt. Übrigens« – mit einer flinken Bewegung trocknete er sich die Hände an der Schürze ab –, »falls Sie einen Führer in San Pedro brauchen, es gibt keinen besseren als Don Pompeyo Jara.«

»Ich werd's mir merken. Und wo finde ich ihn?«

»Erkläre ich Ihnen später. Ist nicht so schwierig.«

Wieder spritzte das Fett, und dichter, weißer Dampf stieg aus der Pfanne auf, bis er sich unter der Decke des

Estaka verlor. Yerko wandte seine ganze Aufmerksamkeit dem Fleisch zu. Dabei tänzelte er unaufhörlich vor dem Herd herum und wich unsichtbaren Schlägen aus.

»Und was hat Sie an diesen Ort verschlagen?«, fragte Cayetano, bevor er einen großen Schluck von seinem Pisco Sour nahm.

»Ich bin mit meinem Bruder hergekommen, als ich jung war und mich für einen Hippie hielt.« Jetzt tänzelte er wie Cassius Clay um seine Rivalen. »Das ist jetzt fünfzehn Jahre her. Ich bin hierhergekommen, um nichts zu tun, oder alles, was auf das Gleiche hinausläuft. Ich habe einfach nur die Wüste, die Berge und den Himmel betrachtet und mich mit Liebe und Kunsthandwerk beschäftigt. Halsketten, Kleidung, Keramik, was weiß ich.«

»Und dann sind Sie geblieben?«

Yerko streute reichlich Salz auf das Fleisch, das einen köstlichen Geruch verströmte, dann spießte er eins der Koteletts mit einem langen Messer auf. Jede seiner Bewegungen begleitete er mit großem Gehabe. Inzwischen sang der Hippie mit dem Charango ein Lied, das entfernt an einen *vals chilote* erinnerte und Yerkos Bewegungsdrang nur noch mehr anzustacheln schien.

»Möchten Sie die Koteletts medium oder gut durchgebraten? Das sind nämlich Ihre«, hörte er ihn trotz des Gebrülls des Hippies fragen, der jetzt laut verkündete, eine Bootsreise durch die aufgewühlten Wasser des Chaitao unternehmen zu wollen.

»Gut durch.« Cayetano nahm wieder einen Schluck von seinem Pisco Sour und beobachtete, wie Yerko zwei Eier aufschlug und in die Pfanne goss, wo sie laut zu brutzeln begannen. »Und warum sind Sie in San Pedro geblieben?«

»Daran ist mein Vater schuld.« Yerko grinste und riss die Pfanne mit einer schnellen Bewegung vom Herd. »Als er begriff, dass seine beiden Söhne beschlossen hatten, in einer Oase zu leben, fast zweitausend Kilometer von zu Hause entfernt, kam er her, um uns zu holen. Er war Buchhalter und hatte eine sehr klare Vorstellung vom Leben. Ich glaube, alle wichtigen Dinge seines Lebens hat er in einem Rechnungsbuch vermerkt.«

»Und dann?«

»Er kam, um uns zu holen, und als er hier war, stellte er fest, dass er die meiste Zeit seines Lebens zwischen den Staus und dem Smog, der Aggressivität und den Überfällen Santiagos vergeudet hatte. Er war sechzig Jahre alt, seine Zeit war praktisch abgelaufen.« Yerko entfernte sich ein paar Schritte vom Herd und kehrte mit einem flachen Topf zurück. »Von einem Tag auf den anderen entschied er sich zu bleiben, mein Bruder und ich hätten ihm gezeigt, wie man lebt. Er holte meine Alte nach, wir eröffneten ein Restaurant und eine Pension und sind geblieben.«

»Na dann, auf das Wohl Ihres Vaters.« Cayetano hob sein Glas in die Höhe.

»Er ist vor Kurzem gestorben«, entgegnete Yerko mit feuchten Augen. Seine Bewegungen wurden langsamer und kraftloser. Er legte die Koteletts auf einen Teller, dann die Spiegeleier, und zum Schluss gab er eine großzügige Portion Reis dazu. »Aber er ist glücklich gestorben, mit sechzig hatte er das Leben entdeckt. Sehen Sie die Frau da drüben?«

Mit einer langen Gabel deutete er zur gegenüberliegenden Ecke. Cayetano sah eine alte weißhaarige, ganz in Schwarz gekleidete Frau, die schweigend an einem der Tische saß und zu Abend aß.

»Das ist meine Mutter. In hohem Alter hat sie noch gelernt, mit Ton zu arbeiten, und jetzt macht sie die schönsten Amphoren in der ganzen Atacamawüste.«

Zärtlich betrachtete Cayetano die Frau. Er beschloss, Yerko auf ein anderes Thema anzusprechen.

»Gibt es in der Oase noch mehr Leute, die sich mit Keramik beschäftigen?«

»Nur noch wenige. Die jungen Leute haben keine Lust zu so etwas. Sie verlassen die Oase und schämen sich für ihre Traditionen. Sie stehen mehr auf Plastik. Die wenigen, die noch mit Ton arbeiten, sind alte Menschen. Sie töpfern ohne Drehscheiben und bringen wahre Wunder zu Stande«, erklärte er begeistert und schüttelte den Kopf. Sein Pferdeschwanz schwang einen Moment lang hin und her.

»Es gibt hier jemanden, der Palomares heißt und gut töpfern soll. Kennen Sie den?«

Yerko trat aus der Küche, blieb neben dem Detektiv stehen und stellte den dampfenden Teller mit einer eleganten Bewegung vor ihn auf den Tisch.

»Ich hole Ihnen den Wein.«

Cayetano hielt ihn sanft am Handgelenk fest und wiederholte: »Kennen Sie Palomares?«

»Nein. Was wollen Sie von ihm?«, fragte Yerko mit zusammengekniffenen Augen. Cayetano sah, dass der Mann blasse Haut, eine lange Nase und sehr dichten Bartwuchs hatte.

»Einiges.«

»Er ist nicht von hier.«

»Genau wie Sie.«

»Genau wie ich«, stimmte Yerko ernst zu und blickte dem Detektiv weiterhin fest in die Augen. »Fragen Sie auf dem Kunsthandwerksmarkt nach ihm.« Er schaute auf die Uhr. »Jetzt ist es leider schon zu spät. Fragen Sie dort morgen nach dem Inti Palomares.«

San Pedro, Sonntag, der 10. Mai, 9:30 Uhr

Am nächsten Morgen – keine einzige Wolke zeigte sich am hohen Himmel, die Sonne strahlte und die Vögel zwitscherten lautstark – betrat Cayetano Brulé den Patio des Restaurants Juanita und ließ sich an einem Tisch unter dem Schilfdach nieder. Durch eine der weiß gekalkten Arkaden konnte er die uralten Pfefferbäume und einen betagten Mann ausmachen, der einen Eimer Wasser auf die unbefestigte Straße kippte. Er bestellte Spiegeleier und einen Milchkaffee, während er sich eine Zigarette ansteckte und überlegte, dass die Marktstände in Kürze öffnen müssten.

Die letzte Nacht war ein einziger Alptraum gewesen. Nach den Koteletts und mehreren Pisco Sour im Estaka war er mit der angenehmen Aussicht auf einen erholsamen Schlaf zur Pension zurückgekehrt. Doch als er die Hütte betrat und sich nichts sehnlicher wünschte, als sich auf sein Bett fallen zu lassen, sich in die Decken zu wickeln und die Augen zu schließen, fand er Cornelia Kratz hellwach vor. Im schwachen Schein einer Kerze las sie in einem voluminösen Buch. Es war ein Buch mit hartem Einband, das eine effiziente, auf Akupunktur, makrobiotischer Ernährung und Hypnose beruhende Schlankheitskur anpries. Aber es sollte noch schlimmer kommen, denn nachdem sie das Buch zugeklappt und eine ausführliche Zusammenfassung des Inhalts zum Besten gegeben hatte, ohne dass sie jemand darum gebeten hätte, begann sie sich mit einem so ungezwungenen Gleichmut zu entkleiden, dass man den Eindruck hatte, sie wähne sich auf einer einsamen Insel.

Als sie nur noch Slip und BH trug – einen sehr knappen Slip, der in Wirklichkeit am Hintern kaum mehr als ein schmales Band war, und einen winzigen durchsichtigen BH, der nur mit Mühe ihre großen Brüste hielt –, legte sie sorgfältig ihre Kleidung zusammen und verstaute sie in dem Regal, das jetzt als Kleiderschrank diente. Während ihm fast die Luft wegblieb, konnte Cayetano ihren runden Hintern bewundern, der im flackernden Kerzenschein verstohlen hin und her schwang. Danach cremte sie sich in aller Ruhe das Gesicht ein, fuhr sich mit einer groben Bürste durch das kurze Haar und schlüpfte in ihr Bett, das höchstens einen Meter neben seinem stand.

»Ich verstehe die Europäerinnen jeden Tag weniger«, murmelte er, die Zigarette zwischen den Lippen, als das Frühstück gebracht wurde.

»Was meinen Sie?«, fragte die Kellnerin.

»Nichts«, grunzte er und fing an, träge in seinem Kaffee zu rühren.

Als fünfzigjährigem Mann konnte es ihn nicht gleichgültig lassen, wenn sich eine attraktive junge Frau vor seiner Nase auszog. Hatte sie im Innersten, in ihrer verworrenen weiblichen Seele, darauf gewartet, dass er die Initiative ergriff? Oder hatte sie gar nichts von ihm gewollt und sich einfach nur zum Schlafen ausgezogen, ohne sich der erregenden Güte ihres Körpers bewusst zu sein? Als lateinamerikanischer Macho hätte er natürlich handeln oder wenigstens irgendein Detail ihrer Anatomie loben müssen, dachte er, während er mit einem Stück Spiegelei genussvoll das flüssige Eigelb aufstach. Hätte er etwas sagen sollen, etwas, das seinen Gemütszustand zum Ausdruck brachte angesichts dieser stummen Verführungsszene inmitten der einsamen, weiten Wüste? Oder hätte er einfach zu ihr gehen und die dezente Beihilfe der Dunkelheit ausnutzen sollen?

Er legte den Zigarettenstummel auf der Tischkante ab und kostete das Eigelb. Es war genau richtig, leicht flüssig und noch heiß, so wie er es mochte. Nein, sagte er sich, er war nicht der Typ Mann, der solche Situationen genießen konnte. Natürlich machte es Spaß, die Früchte der Leidenschaft zu ernten, aber er fand es stimulierender, nur die zu ernten, die er auch selbst angebaut hatte. Hatte ihn die Deutsche vielleicht nur auf die Probe stellen wollen? Er musste vorsichtig sein. In Lateinamerika wurde enthaltsames Verhalten nur allzu leicht – und fälschlicherweise – mit Schwulsein verwechselt, sagte er sich besorgt, in seinem tiefsten Inneren getroffen; dabei verschluckte er sich fast an seinem Spiegelei.

Während er einen Schluck Kaffee trank und den Blick über den Platz schweifen ließ, beschloss er, das unangenehme nächtliche Kapitel zu vergessen. Er vertraute darauf, dass Cornelia Kratz schnell ein eigenes Zimmer fand, so dass er sich die ganze Zeit der Ermittlung widmen konnte. Die Anhäufung verdächtiger Umstände, die Balsens Tod umgaben, ließ ihm keine Ruhe.

War der Deutsche ganz einfach von einer Diebesbande umgebracht worden, die es auf das Geld in seinem Haus abgesehen hatte, so wie es die Polizei darstellte? Oder war es die Tat eines bescheidenen Bauern, der die *pachamama* rächen wollte? Oder hatte ihn jemand, der in den Rauschgifthandel verstrickt war, für immer zum Schweigen bringen wollen, aus Motiven, die er noch nicht kannte? Oder war es denkbar, dass der Mord etwas mit den illegalen Geschäften der Schatzräuber zu tun hatte? Resigniert schüttelte Cayetano den Kopf. Balsens Ermordung drohte zum schwierigsten Fall seiner Karriere zu werden. Hinzu kam das jahrhundertealte Misstrauen, das die Atacameños Fremden entgegenbrachten, ein Misstrauen, das er nicht genau definieren konnte, das seine Spürnase aber in der trockenen, schwefligen Wüstenluft witterte. Die Abgrenzung gegenüber den Fremden war manchmal kaum zu spüren, andere Male offensichtlich, wie er am Abend zuvor im Estaka hatte feststellen können, einem Restaurant, das fast ausschließlich von Touristen, aber kaum einmal von Einheimischen besucht wurde. Die Dorfbewohner, seit ewigen Zeiten im Besitz der Oase, beobachteten die Schritte der Fremden von ihren Lehmhäusern und von den Türschwellen ihrer düsteren Läden aus. Mit abwesendem, leerem Blick und einer stoischen Ruhe, die nur ein Erbe ihrer jahrtausendealten Geschichte sein konnte, verfolgten sie das fremde Treiben auf den Straßen. Ihre Blicke gaben Cayetano das Gefühl, nur ein vorübergehendes, provisorisches Dasein zu fristen.

Er leerte den Teller, trank den Kaffee aus und warf

die Zigarettenkippe weg. Anschließend zahlte er und ging über das unebene Pflaster des Platzes zum Kunsthandwerksmarkt. Wenn er Pompeyo Jaras Dienste in Anspruch nehmen wollte, musste er die Augen offen halten. Yerko hatte ihm geraten, sich an ebendiesen Touristenführer zu wenden. Seiner Meinung nach kannte Jara nicht nur die Wüste wie seine eigene Westentasche, sondern auch die Seele der Region, denn schließlich war er der Sohn eines Chilenen und einer Atacameña, ein freundlicher, offener und gesprächiger Mann – was keine Selbsverständlichkeit in dieser Gegend war, vor allem Letzteres nicht –, und deshalb sollte er ihn auch großzügig entlohnen. Er würde ihm helfen können, sich problemlos in San Pedro und den benachbarten Oasen zu bewegen, und ihn über den Dorfklatsch informieren. Ihn zu finden, hatte Yerko behauptet, während er ihm einen Pfefferminzlikör für die Verdauung einschenkte, sei nicht besonders schwierig, da der Touristenführer in einem alten roten Pick-up herumfahre, der so klapprig und verrostet sei, dass er jeden Moment auseinanderzufallen drohe.

»Und damit fährt er durch die Wüste?«, hatte Cayetano gefragt, bevor er das Estaka verließ, wo um diese Uhrzeit melancholische Lieder von Neil Sedaka, Paul Anka, Tom Jones und den Beatles liefen.

»Mit der Kiste, die er selbst zusammengebaut hat, ist er schneller bei den Geysiren von Tatio als der neueste Geländewagen, und die Geysire befinden sich immerhin in viertausend Metern Höhe«, hatte Yerko ihm versichert.

Es stimmte, er brauchte dringend jemanden wie

Pompeyo Jara an seiner Seite. Cornelia hatte vor, Reportagen über das Leben in der Oase zu schreiben und die vermeintlich mystischen Erfahrungen der europäischen Touristen zu studieren, die täglich in die Atacamawüste kamen. Sie wäre ihm also keine große Hilfe. Sie mochte eine weltgewandte, temperamentvolle Frau, ein scharfsinniger, geistreicher und aufgeweckter Mensch sein, aber hier, in San Pedro, war ihre ganze internationale Erfahrung nicht viel wert. Sie war nur eine Fremde mehr, genau wie er. Was er brauchte, war ein Einheimischer, der ihm gleichzeitig als Vertrauter, Übersetzer und Fremdenführer diente.

Cayetano ließ den schattigen Platz hinter sich und drang in die schmale Marktgasse ein, die um diese Uhrzeit bereits gut besucht war. Die Luft war erfüllt von den fröhlichen Trommelrhythmen und Trompetenklängen der Zambo-Tänze, aufgeregten, grellen Stimmen mit bolivianischem Akzent, die schreiend die besten Sonderangebote der Welt anpriesen, dem nervtötenden Quengeln eines gelangweilten Kindes und Gesprächsfetzen auf Englisch und anderen, ihm unbekannten Sprachen. Cayetano kämpfte sich zwischen den Menschen durch, die alle paar Schritte vor einem der Stände zu beiden Seiten der Gasse stehen blieben, um Ponchos, Pullover und Mützen aus grober Wolle, Westen und Decken und traditionelle, auf rustikalen Webstühlen gefertigte *awayos* zu begutachten. Daneben gab es Krüge und Amphoren aus Ton, die genauso schön wie fehlerhaft waren, indianische Flöten, Charangos und Panflöten und sogar ein paar gewaltige, bizarre Brocken aus Chrysokoll, so blau wie der Himmel, Aragonit, die eher nach großen, vom Gipfel des Licancabur gestohlenen Eissplittern aussahen, Limonit, die den Detektiv an die Farbe des Kaffees aus Vuelta Abajo, dem besten Kubas, erinnerten, und Turmalin, einem geheimnisvollen, schwarz-weiß gestreiften Gestein, das als Inspirationsquelle für die Muster der andinen Alpakaponchos diente.

»Palomares, der Inti Palomares. Wo finde ich den?«, wandte sich Cayetano an eine Frau, die behutsam ein feines *awayo* zusammenlegte. Er musste die Stimme heben, um gegen die Blechbläser einer Band anzukommen.

»Der Inti«, wiederholte sie, ohne ihre glanzlosen, trüben Augen auf einen festes Punkt zu richten. Erst in diesem Moment begriff Cayetano, dass sie blind war. »Palomares finden Sie immer an Stand neununddreißig.«

San Pedro, Sonntag, der 10. Mai, 10:00 Uhr

Der Inti Palomares sah aus, als wäre er den Geschichten aus *Tausendundeine Nacht* entsprungen: bunte, aus den Resten eines *awayo* gestrickte Wollmütze, Bob-Marley-Rastalocken, schwarzer Vollbart, Weste mit zwei Reihen goldener Knöpfe über einem Seidenhemd mit Spitzenbesatz und weite Pumphose. Er rauchte eine Wasserpfeife, die halb verborgen neben einem Bierkasten stand. Dort saß er und wachte über die selbst hergestellten Keramikgegenstände, Halsketten, Armreifen, Armbänder und Ringe.

»Ich würde mich gerne einen Augenblick mit Ihnen unterhalten«, sagte Cayetano und beugte sich zu Palomares hinüber, der nachdenklich und still vor sich hin rauchte.

Der Mann musste auf die vierzig zugehen, war kräftig gebaut und hatte ein aufgeschwemmtes, rundes Gesicht. Er schaute langsam auf, als wäre es ihm egal, ob er auf diesem trubeligen Markt etwas verkaufte oder nicht.

»Worum geht es?«

»Um Keramik natürlich.«

Palomares zog mit zusammengekniffenen Augen an der Pfeife. Sie war durch einen dünnen Schlauch mit einer großen Flasche verbunden, die Cayetano an einen russischen Samowar erinnerte.

»Hast du irgendwelche besonderen Interessen, Bruder?«, fragte Palomares.

Seine Augen waren gerötet, als hätte er geweint.

»Ich bin auf der Suche nach wertvollen Stücken«, antwortete Cayetano mit leiser Stimme, während er sich so weit vorbeugte, dass er fast Palomares' Gesicht berührte.

Er nahm einen aufdringlichen Geruch von Räucherstäbchen, Tabak und feuchter Wolle wahr, und in Palomares' Bart bemerkte er einige ockerfarbene, von der Wüstensonne ausgeblichene Strähnchen.

»Alles, was du hier siehst, ist erstklassige Ware, Bruder. Wirklich. Ich stelle die Sachen selbst her, zusammen mit Jane, meiner Freundin«, erklärte er mit einer gewissen Ernüchterung, als stiege er soeben aus den Tiefen der Erde empor. »Sie kommt aus Texas und hat das Töpfern bei den Navajos gelernt. Hier kam dann noch der Einfluss der Inkas und Atacameños dazu. Aber alles, was du hier siehst, haben wir selbst entworfen. Vielleicht möchtest du ja etwas Schmuck kaufen, mein Freund?«

»Nein, danke.«

»Der ist wirklich gut gemacht. Manche Sachen sind aus peruanischem oder ecuadorianischem Silber. Genau das Richtige für deine Freundin oder wen auch immer.«

»Danke, aber ich interessiere mich nur für Keramik«, stammelte der Detektiv höflich. »Damit Sie mich richtig verstehen, ich bin auf der Suche nach alten, authentischen Stücken.«

Wieder kniff Palomares die Augen zusammen. Er spitzte den Mund und saugte mit wollüstigem Ausdruck an seiner Wasserpfeife. Für einen Moment befürchtete Cayetano, er könne den gesamten Apparat mit dem sprudelnden Wasser einsaugen.

»Der einzige Ort, wo du hier so was findest, ist das Museum, Bruder. Es ist nur eine Straße entfernt. Warum machst du den Leuten dort nicht einfach ein gutes Angebot?«

Palomares' Antwort klang herausfordernd, streitsüchtig, als wolle er ihn so schnell wie möglich loswerden. Der Detektiv richtete sich langsam auf und tat so, als wolle er den Rückzug antreten, doch stattdessen sagte er: »Man hat mir erzählt, Sie könnten wertvolle Gegenstände auftreiben. Schade, da habe ich mich wohl getäuscht.«

»Und wer hat dir das erzählt, Bruder?«, fragte Palomares, die Pfeife in der Hand, ohne seine Neugier verbergen zu können.

»Pablo Ubilla vom Antiquitätengeschäft Quitor in Santiago.«

Palomares blickte gemächlich auf. Jetzt hatte er die Botschaft verstanden.

»Was suchst du, Bruder?«

»Etwas Antikes, aber wirklich antik.«

»Bei mir findest du solche Sachen nicht, Bruder, und das müsstest du eigentlich wissen, wenn du mit Ubilla gesprochen hast.« Er breitete die Arme aus und schaute zum Himmel auf, als wolle er sich direkt an Gott wenden. »Ich mache Kunsthandwerk. Ich bin ein Künstler, kein Schatzräuber. Es widert mich an, wenn Leute Gräber von Atacameños plündern, um die Stücke an den Meistbietenden zu verkaufen. Außerdem bringt das Unglück, Bruder.«

»Kann ich mir vorstellen. Das bringt nämlich ein paar Jährchen Knast.«

»Das ist nicht das Problem, Bruder, sondern der Fluch. Die Geister der Verstorbenen machen einem das Leben zur Hölle. Schau dir lieber das hier an, das ist alles handgemacht. Ich kann dir einen guten Preis machen. Hast du einen Laden, so wie Ubilla?«

Wieder beugte sich Cayetano vor und tauchte in Palomares' Dunstwolke ein. Dann zog er blitzschnell seinen gefälschten Detektivausweis hervor und fragte flüsternd: »Was hattest du mit Balsen im Quitor zu suchen?«

Palomares hob beschwichtigend die Hände.

»Ich hab nichts mit dem Tod des Deutschen zu tun, Bruder. Wirklich nicht. Der arme Kerl. Die haben ihn übel zugerichtet.«

»Was habt ihr Ubilla in Santiago angeboten? Du solltest besser den Mund aufmachen, Mustafa, wenn nicht, schicke ich dich mit einem fliegenden Teppich zur nächsten Polizeiwache. Ich glaube nicht, dass die Jungs dort große Freunde von dem Schwuchtelkram sind, den du hier verkaufst. Also, was habt ihr Ubilla angeboten?«

»Keramik.«

Mit professioneller Geste steckte Cayetano den Ausweis unter den Pullover.

»Solche wie diese hier oder echte, antike?«

Palomares führte in aller Ruhe die Pfeife an seinen Mund und nahm einen tiefen Zug.

»Wie diese hier, aber sie sah absolut echt aus.«

»Ihr habt sie als echt ausgegeben? Ihr habt mit Fälschungen gehandelt?«

Der Mann nickte mehrmals. Jetzt sah er wirklich wie

ein muslimischer Händler aus, den man irgendwo in der Umgebung von Kabul verhaftet hatte.

»Und wofür brauchte Balsen das Geld?«

Palomares sah ihn flehend an.

»Wofür?« Er schnalzte mit der Zunge. »Natürlich um sein verdammtes Projekt zu retten.«

Plötzlich glaubte Cayetano alles zu verstehen. Balsen hatte sich auf schmutzige Geschäfte eingelassen, um sein Entwicklungsprojekt zu finanzieren.

»Gab es noch andere von SOS, die mit der Sache zu tun hatten?«

»Nein, nur er. Es war ein Deal zwischen uns beiden. Wir haben das Geld für den Kauf von Zement und Wasserpumpen benutzt, Bruder, und nebenbei haben wir uns an den Leuten gerächt, die Gräber ausrauben. Nichts Schlimmes also. Und das Beste ist, dass sich niemand beschweren kann.«

»Weil einen Dieb bestehlen kein Unrecht ist …«, murmelte Cayetano.

»Du sagst es, Bruder.«

»Habt ihr viel verdient?«

Zum ersten Mal sah Cayetano ihn lächeln, aber es war ein trauriges Lächeln, wie das eines alten Boxers, der sich an seine glorreichen Kämpfe erinnert.

»Genug, um einen Teil des Projekts abzudecken. Die Krüge aus der Zeit von Tiahuanaco waren geradezu perfekt: rötlich, mit diesen geometrischen Symbolen und allem Drum und Dran. Wir haben sie geschliffen, ein bisschen beschädigt und dann eine Zeitlang vergraben. Sie sahen verdammt echt aus. Richtig gute Arbeit, mein Bruder.«

»Hattet ihr keine Skrupel?«

»Skrupel wegen dieser Arschlöcher, die Gräber plündern, damit sich irgendwer eine hübsche Sammlung anlegt? Hast du die Schatzkammer im Museum gesehen?«

»Noch nicht.«

»Da gibt es wunderschöne Arbeiten aus Gold, Schmiedekunst, Kunsthandwerk, Gefäße in Form von Gesichtern, Rüstungen, Armbänder, kurz: alle möglichen Kunstgegenstände aus der Atacama, mein Bruder. Und das ist alles, was übrig geblieben war«, sagte Palomares verbittert, schüttelte den Kopf und schluckte. »Den Rest haben die Schatzräuber ausgebuddelt und an Sammler in Santiago oder im Ausland vertickt.«

Die Hektik des Marktes, das Geschrei und die Musik, alles schien auf einmal in weite Ferne gerückt. Der Inti Palomares nahm einen weiteren Zug an seiner Wasserpfeife und fuhr mit zusammengekniffenen Augen fort: »Irgendwie muss man sich doch an diesen Typen rächen, Bruder. Zuerst hat man die Atacameños versklavt und ihnen das Land genommen, und dann hat man ihnen den Katholizismus aufgezwungen und sie ausgepeitscht, wenn sie Kunza gesprochen haben. Stell dir vor, heute sind nur noch ein paar tausend Atacameños übrig, mehr nicht, und die haben weder Land noch eine eigene Sprache. Und dann stiehlt man ihnen auch noch die Grabbeigaben für das Jenseits. Und da soll man Skrupel haben, Bruder? Balsen hat es richtig gemacht, er wollte den Atacameños mit dem Geld der Leute helfen, die an ihrer Tragödie schuld sind.«

»Ich verstehe«, schnaubte Cayetano, verblüfft von so viel Aufrichtigkeit.

»Und weißt du, wann die Chilenen anfangen werden, sich Sorgen um die Atacameños zu machen?«

»Ehrlich gesagt, nein.«

»Sobald die UNO dieses beschissene Land wegen Völkermords verurteilt«, verkündete der peruanische Bob Marley im Ton eines Messias. »Dann werden sich die Chilenen verzweifelt aus dem Staub machen. Aber noch dürfen die Bergbaugesellschaften den Atacameños selbst das Wasser wegnehmen. Die Atacameños leben mit einem Minimum an Wasser, etwas weniger, und sie hätten gar keins mehr, Bruder. Verstehst du? Kennst du ein Volk, das ohne Wasser und Boden überleben kann?«

Er sah ihn erwartungsvoll an. Cayetano räusperte sich und sagte: »Eigentlich nicht.«

»Tja, ich schon.« Langsam beruhigte sich Palomares wieder. »In der Geschichte unseres Kontinents gab es viele solcher Völker, aber die leben längst nur noch in Hollywood-Filmen.«

Cayetano schwieg. Er war kein Freund leidenschaftlicher Predigten und Reden, wie sie Politiker, Umweltaktivisten oder Priester hielten, doch die Worte des Inti Palomares hatten ihn tief bewegt. Ihm fiel ein, dass es auf Kuba praktisch keine Ureinwohner mehr gab. Bloß Weiße, Schwarze, Asiaten und Mulatten. Bei Ankunft der Spanier war die Insel noch von Guanajatabeyes, Siboneyes und Taínos bevölkert. Waren es nicht die Taínos, erinnerte er sich an den Geschichtsunterricht in der Schule, die ihre Medizinmänner *behíques* und ihre Tanz- und Gesangszeremonien *areitos* nannten? Und waren diese *areitos* nicht in gewisser Weise die Vorläufer des wilden Karnevaltreibens, das einmal im Jahr mit wildem Hüftschwingen und feurigen Lippen am Malecón von Havanna und in den engen, gewundenen und pulsierenden Gassen von Santiago de Cuba ausbrach?

»Und wie lange habt ihr die Sachen verkauft?«, fragte er mit einem Rest Beklemmung in der Stimme.

»Bis die Antiquitätenhändler es gemerkt haben. Irgendwer muss dahintergekommen sein, Bruder.«

»Und war das lange bevor Balsen ermordet wurde?«

»Lass mich überlegen, Bruder.« Der Peruaner schloss die Augen und stieß eine weißliche Rauchwolke aus. »Das muss wenige Wochen vor seinem Tod gewesen sein.«

San Pedro, Montag, der 11. Mai, 11:00 Uhr

Das Banana Chávez war ein schlichtes, rustikales Café im Herzen von San Pedro de Atacama, wo es Säfte, Obst- und andere Salate, Nudeln und Fleischgerichte zu moderaten Preisen gab. Die Kellner waren fast ausschließlich junge, kurzhaarige Frauen in Schürzen oder junge Männer mit langen Haaren und Ohrringen. Im Sommer speicherten die dicken schiefen Lehmwände eine angenehme Kühle, doch in den Winternächten fand die Kälte dort gnadenlos Unterschlupf.

Cayetano machte es sich an der Theke bequem, stellte die Füße auf einen unterhalb der hölzernen Barhocker liegenden Pappelstamm und überlegte, ob er lieber einen Mango- oder Maracujashake bei dem Kellner – einem kahl geschorenen jungen Mann, der einen Ohrring und eine indianische Weste trug – bestellen sollte. In der leisen Hoffnung, die Mangos aus der etwa fünfhundert Kilometer weiter nördlich gelegenen Oase von Pica wären genauso saftig und aromatisch wie die karibischen, entschied er sich für Ersteren.

»Urlaub?«, hörte er plötzlich jemanden mit heiserer Stimme fragen.

Er drehte sich zur Seite und sah einen Mann mit dem Gesicht eines Frosches. Er hatte gewaltige Augenlider, die sich schwerfällig, aber wachsam öffneten und schlossen, einen breiten Mund und ein Doppelkinn, das so riesig war, dass es seinen Hals vollständig verdeckte. Alles in allem machte er den Eindruck, ein satter, zufriedener Frosch zu sein.

»Hallo, ich hab dich gefragt, ob du Urlaub machst?«, wiederholte er.

»Mache ich, und gerade warte ich auf einen Mangoshake«, antwortete Cayetano, während er seine Schnurrbartspitzen zwirbelte.

»Der ist hier ausgezeichnet«, bemerkte der freundliche Frosch mit kehligem Akzent und bestellte sich ebenfalls einen Mangoshake. »Aber ohne einen Krümel Zucker, nicht einen«, gab er dem Kellner zu verstehen.

Cayetano musste zugeben, dass dieses Geschöpf doch etwas mehr als ein Frosch war. Obwohl der Mann weit über sechzig zu sein schien, hatte er einen breiten Rücken und stämmige Beine und machte einen ungewöhnlich kräftigen Eindruck.

»Aber falls du ein paar ordentliche Drinks zu dir nehmen willst, solltest du lieber in die Bar in der Pension San Pedro gehen, wo ich wohne«, antwortete er mit einem Zungenschnalzen. Er konnte das R nicht richtig rollen, es schien sich jedes Mal in seiner Kehle zu verheddern. »Der Barkeeper dort macht hervorragende Drinks, hörst du, nicht wie die Schweinereien, die man woanders kriegt.«

»Deutscher?«

»Jawohl! Ich bin aus Deutschland!«, erwiderte der Frosch eingebildet, während er die Arme auf dem Tresen verschränkte. Der Lärm eines Mixers setzte ein und übertönte einen Song von The Mamas and the Papas.

Es war »Monday, Monday«, und Cayetano kam es so vor, als wäre der Radiosender der Oase eine Truhe voller Erinnerungen. »Deutscher aus Deutschland!«, präzisierte der Mann. »Du weißt ja, es gibt nur zwei Sorten von Deutschen: Deutsche aus Deutschland und ..., weißt du, wer die anderen sind?«

»Keine Ahnung.«

»Scheißdeutsche, Scheißdeutsche«, brüllte er und brach in ein so lautes Gelächter aus, dass es sogar den Mixer übertönte. »Und du?«

Cayetano blieb nichts anderes übrig, als gute Miene zum bösen Spiel zu machen und sich auf das morgendliche Gespräch einzulassen. Er hätte lieber in Ruhe seinen Mangoshake genossen und seine Gedanken sortiert. Was ihm Palomares erzählt hatte, hatte ein ganz neues Licht auf Balsen geworfen. Der Deutsche schien zwar hartnäckig und entschlossen in seinem Handeln gewesen zu sein, aber auch äußerst widersprüchlich.

»Kubaner«, antwortete er schließlich mit schneidender Stimme.

»Kubaner?«, rief der Deutsche und sah ihn ungläubig an. Er trug ein Hemd mit zahlreichen Taschen, die alle einen Reißverschluss hatten. »Kubaner aus Miami oder von den anderen?«, fragte er und lachte so laut, dass es im ganzen Banana Chávez zu hören war, denn der Kellner hatte den Mixer ausgeschaltet und stellte jetzt zwei hohe Gläser auf den Tresen.

»Kubaner aus Valparaíso«, erwiderte Cayetano und probierte den Shake.

Er schmeckte gut.

»Das ist hier der ruhigste Ort der Welt«, sagte der

Deutsche leicht verwirrt. »Ruhig wie ein Friedhof, man muss nur aufpassen, dass man nicht selbst stirbt. Was soll's, heute ist mein freier Tag, und da fange ich mit Saft an und höre mit Bier auf. Eins in jeder Kneipe. Wenn ich dasselbe in Hamburg gemacht hätte, wäre ich jetzt tot.« Wieder hallte das schallende Gelächter durch das Banana Chávez. »Das Zeug ist saulecker, stimmt's?«, fuhr er fort, nachdem er einen Schluck von seinem Shake genommen und sich mit dem Handrücken über den Mund gewischt hatte. »Und wie heißt du?«

»Cayetano Brulé.«

»Ich bin Bodo Pankow, aber die Leute nennen mich Don Bo. Ich bin wegen der Arbeit in der Wüste. Ich hab dich vorhin gesehen, mein Lieber, und gleich gewusst, dass du in einer großen Stadt lebst.«

»Und woher?«

»Weil du so schnell gegangen bist wie eine Rakete. Hier kannst du dir die Schnelligkeit in den Arsch stecken, sie bringt nichts. Hier ist nichts schnell, nicht die Zeitung, nicht das Radio. San Pedro hat nichts mit dieser Welt zu tun. Du musst« – dabei schlug er kräftig mit der Faust auf den Tresen – »den Rest der Welt vergessen, wenn du hierbleiben willst. Wenn nicht, macht dich die Wüste krank.«

Er sprach laut schnaubend, außer Atem, als hätte er Asthma.

»Seit wann leben Sie hier?«

»Seit drei Jahren. Mit Unterbrechungen. Ab und zu reise ich nach Santiago oder ins Ausland. Geschäfte. Wenn nicht, wohne ich in der Pension.«

»Und was arbeiten Sie?«

Er war Bergbauingenieur und für Antares tätig, eine deutsche Firma, die Erze abbaute. Er stand einer Gruppe von Experten vor, ebenfalls Deutsche, die eine kleine Anlage in der Nähe der Oase betrieb. Antares operierte auf Basis von Konzessionen, die es der Firma erlaubten, in bestimmten Gebieten Erze zu fördern.

»Wir haben vier Anlagen errichtet, aber einen dicken Fisch haben wir noch nicht an Land gezogen. Dick wie ich«, fügte er grinsend hinzu. »Aber Spaß beiseite, ich bin so etwas wie ein Erzsucher.« Wieder lachte er, so dass sein Bauch ordinär wabbelte. »Und an meinen freien Tagen suche ich bloß nach diesen Schweinereien, die einem hier vorgesetzt werden.«

»Es muss frustrierend sein, jahrelang nach etwas zu suchen und nichts zu finden«, bemerkte der Detektiv mitfühlend, nachdem er sein Glas zur Hälfte geleert hatte.

»Überhaupt nicht, mein Lieber«, entgegnete der Mann und stieß unverhohlen auf. »Wir lassen die Gruben nicht zurück wie andere Firmen. Wenn wir auf Wasser stoßen, forsten wir die Gebiete mit Tamarugos, Algarrobo- oder Pfefferbäumen auf. Wir sind die einzige Firma in der ganzen Atacama, die ökologisch arbeitet«, sagte er in scherzhaftem Ton. »Und du, Amigo, was treibt dich hier um?«

Cayetano schnaubte genervt, aber dann entschied er sich, die Wahrheit zu erzählen. Der Deutsche hörte ihm schweigend zu, und genau wie der Detektiv vermutet hatte, kannte er Balsen.

»Aber ich hatte nichts mit ihm zu tun«, beteuerte Pankow hektisch atmend. »Erstens, weil ich Leute hasse, die irgendwo in der Welt deutsche Steuergelder verschwenden, zweitens, weil er ein typischer Preuße war, wenige Worte, wenige Freunde.«

»Balsen war kein Heiliger.«

Pankow zog die Augenbrauen hoch und erklärte mit erhobenem Zeigefinger: »Schau, mein Lieber, ich bin für Offenheit und sage die Dinge, wie sie sind. In Wahrheit ist das hier nämlich gar keine Schweinerei« – er deutete auf den Mangoshake in seinem Glas – »und das anzuerkennen, ist genauso wenig eine Schweinerei. Wenn etwas eine Schweinerei ist, sage ich das auch. Und deshalb konnte ich den Typ nicht ernst nehmen. Er kommt aus Deutschland und glaubt, er könne den Menschen der trockensten Wüste der Welt Wasser geben. Das ist wirklich eine Schweinerei, er hat die Leute verarscht, hast du gehört? Verarscht!«

»Haben Sie das auch Balsen gesagt?«

»Einmal, dann wollte er nie wieder mit mir reden.« Erneut schlug Pankow mit der Faust auf den Tresen, so fest, dass sein Glas zitterte. »Nie wieder. Wie soll ich einen Mann respektieren, der den Leuten in einer Wüste Wasser verspricht, wo es seit hundert Jahren nicht geregnet hat? Wie soll ich einen so verantwortungslosen Typ ernst nehmen, der den Leuten Hoffnung macht, um sie dann im Stich zu lassen? Das ist wirklich eine Sauerei!«

»Balsen hatte nur gute Absichten, er wollte helfen«, verteidigte Cayetano den toten Entwicklungshelfer, während er sich an die Fotos in der Mappe und an der Wand des Büros von SOS erinnerte und an das, was ihm der Kunsthandwerker auf dem Markt gebeichtet hatte.

Pankow ging nicht darauf ein. Er schien eher daran interessiert, Cayetano vom Gegenteil zu überzeugen.

»Das Geld für ärmere Länder landet immer in der Tasche der Reichen. Oder kennst du ein Land, das in den letzten dreißig Jahren dank internationaler Hilfe aus der Armut rausgekommen ist? Dieses Land hier, hörst du, fing an, sich zu entwickeln, als es geächtet und isoliert war.«

Vergeblich strengte Cayetano sein Gedächtnis an, um den Worten des Deutschen zu folgen. Aber er war schließlich nicht wegen irgendwelcher kruden Theorien hier, sondern weil er ein Verbrechen aufklären wollte.

»Die einzigen Länder, die mittlerweile nicht mehr arm sind, befinden sich in Südostasien. Die Tigerstaaten. Und das haben sie ohne ausländische Hilfe geschafft, bloß mit Fleiß und Opferbereitschaft, genau wie wir Deutschen nach dem Krieg«, fuhr Pankow fort, ohne seinen Stolz zu verbergen, während er sich mit der Hand durch das glatte Haar strich. »Alles andere, mein Lieber, ist nur dazu gut, ein paar Leuten aus dem Norden Arbeit zu verschaffen und den Menschen im Süden nicht jegliche Hoffnung zu nehmen.«

Cayetano leerte sein Glas. Er musste den Typ schleunigst unterbrechen und ihn auf ein anderes Thema lenken.

»Es gibt Leute, die glauben, Balsen sei von jemandem ermordet worden, der ihn nicht besonders mochte.«

Der Deutsche stellte sein Glas beiseite.

»Du meinst, das waren gar keine Diebe?«, rief er überrascht aus. »Hab ich's nicht immer gesagt? Die

Menschen hier haben einfach keine Disziplin, hörst du. Nicht wie wir Deutschen! Und du, was denkst du?«

»Solange kein Schuldiger gefunden ist, kann man die Möglichkeit nicht ausschließen.« Cayetano versuchte, so gleichgültig wie möglich zu klingen.

Er steckte sich eine Lucky Strike an und nahm einen tiefen Zug. Es gefiel ihm, wie sich der bittere Tabak mit dem süßlichen Mangogeschmack vermischte, den er noch immer im Mund spürte. Unterdessen versuchte Pankow, eine bequemere Sitzposition auf seinem Barhocker einzunehmen, der unter seinem Gewicht laut ächzte.

»Vielleicht hast du ja recht«, stimmte ihm der Deutsche nachdenklich zu. Sie waren jetzt allein. Der Kellner war zum Gurkenschneiden in die Küche gegangen, die von der Theke aus einzusehen war. »Der arme Balsen ist auf so viel Ablehnung gestoßen, dass alles denkbar ist.«

»Er hatte also Feinde in der Oase?«

»Wenn Sie Namen hören wollen, sind Sie bei mir an der falschen Adresse, das ist nicht mein Bier. Aber ich glaube, er hatte sich mit Rebellen aus der Gegend eingelassen. Verstehst du?«

»Nicht wirklich.«

Der Deutsche schnaufte genervt und starrte auf den Mixer. Dann betrachtete er sein leeres Glas.

»Hör zu, in diesem Land wissen die Leute sehr wenig über die Indios, obwohl sie es waren, denen das Land einmal gehörte. Die Chilenen wissen mehr über die Mapuche als über die Atacameños. Aber mittlerweile fangen auch die Ureinwohner in der Atacama an, sich zu organisieren, verstehst du? Als Volk fordern sie Land und Rechte für sich. Ich bin nicht auf den Kopf gefallen und hab das gleich kapiert. Das wird immer weiter anwachsen und Chile noch große Kopfschmerzen bereiten, sehr große.«

»Und welche Rolle soll Balsen dabei gespielt haben?« Cayetano versuchte seine Skepsis zu verbergen.

»Vielleicht war er ja hier, um die Rebellen zu organisieren. Jeden Tag kann eine starke Organisation auf die Bühne treten, die Land und Wasser fordert, und dann wird es brenzlig, sehr brenzlig, denn man wird ihr überall Beachtung schenken. Verstehst du? Es wird Vorwürfe hageln, Chile würde die Menschenrechte der Indios verletzen. Und in zehn Jahren ist dieses Land wegen seiner Probleme mit den Atacameños, Mapuches und Ureinwohnern der Osterinsel am Ende.«

»Und warum?«

»Weil dieses Gebiet einmal bolivianisch und peruanisch war. Wenn es hier Probleme gibt, wird es ernst. Dann kommen sie zurück.«

»Und Sie glauben, Balsen hatte mit so etwas zu tun?«

»Gut möglich«, antwortete der Deutsche bedeutungsvoll und sah dem Detektiv fest in die Augen. »Diese Hilfsorganisationen«, fuhr er mit leiser, verschwörerischer Stimme fort, »sorgen ganz bewusst für Chaos in der Dritten Welt. Auf diese Weise vergrößern sie ihren Einfluss. Ist dir das nie aufgefallen?«

»Wollen Sie damit sagen, dass die Polizei Balsen ermordet hat?«

Der Deutsche zuckte mit den Schultern.

»Das hast du gesagt, mein Lieber.«

San Pedro, Montag, der 11. Mai, 12:00 Uhr

Als er aus dem Banana Chávez trat, wo der Deutsche weiterhin seine Mangoshakes hinunterstürzte, betrachtete Cayetano Brulé einige Momente lang voller Bewunderung die beeindruckende Cordillera de la Sal, die am Ende der Calle Caracoles aufragte. Vor dem tiefblauen Himmel glänzten die Schluchten und Felswände des Gebirges ocker, dunkelgrün und diamanten, und die scharf geschnittenen Bergkämme erinnerten an die gewaltigen Köpfe, Panzer, Rücken und Schwänze fantastischer, vorsintflutlicher Tiere, die schläfrig in der sengenden Mittagshitze vor sich hin dämmerten. Er spürte noch immer den Klang von Bodo Pankows Akzent im Ohr und eine leise Note des süßlichen Mangogeschmacks im Mund, als er sich mit ebenso heftigen wie plötzlichen Kopfschmerzen zum Platz aufmachte und sich auf einer Bank im Schatten eines Pfefferbaumes niederließ.

Die Straßen begannen sich mit Einheimischen und Touristen zu füllen. Er fühlte sich angespannt, unzufrieden mit sich selbst. An Vermutungen mangelte es ihm nicht, und doch kam er bei seinen Ermittlungen keinen einzigen Schritt voran. Angestrengt dachte er darüber nach, ob es sinnvoll wäre, mit Azcárate, dem Besitzer der Lastwagenflotte, zu sprechen und Kontakt zu der Indianerorganisation aufzunehmen, von der Pankow gesprochen hatte, als er plötzlich zwei nahe Explosionen hörte, die ihn das Schlimmste befürchten ließen. Überrascht von so viel Lärm inmitten der Wüste, hob er den Kopf. Er brauchte nicht lange, bis er einen schrottreifen roten Pick-up erspähte, der wild schaukelnd und ruckelnd auf der gegenüberliegenden Seite des Platzes vorbeifuhr.

»Verdammt, das muss Pompeyo Jara sein! Er darf mir nicht entkommen!«, schrie Cayetano, sprang auf und stürzte dem Fahrzeug hinterher.

Sein massiger Körper, der selbst um diese Uhrzeit in den Trenchcoat gehüllt war, eilte über den Platz, schaffte es mit Mühe, über einen niedrigen Metallzaun zu springen, wich einem Rudel seelenruhig neben einer Palme kopulierender Hunde und einer sich über die Launenhaftigkeit des Fußballs auslassenden Seniorengruppe aus, ließ den Platz hinter sich und hetzte wie verrückt hinter dem Pick-up her. Doch als er an der Kirche vorbeilief und das sich hustend fortbewegende Fahrzeug schon fast erreicht hatte, spürte er plötzlich einen stechenden Schmerz in der Brust.

»Heilige Barbara, die Höhenkrankheit!«, keuchte Cayetano atemlos und griff sich ans Herz. Er blieb mit offenem Mund stehen, knallrot wie eine ecuadorianische Garnele, und rang verzweifelt nach Luft. Zugleich spürte er die Sonne erbarmungslos auf seinen Schädel brennen. »Diese verdammte Höhe!«

Auf einmal begannen sich die Pfefferbäume, der Glockenturm und die Calle Padre Le Paige wie ein Karussell um ihn zu drehen. Er hörte noch, wie das Motorgeräusch des Pick-ups in der Ferne verklang und eine absolute Stille eintrat, wie sie gewöhnlich nur nachts in der Atacamawüste herrschte, eine Stille, die nicht nur das Kindergeschrei, sondern auch das Vogelgezwitscher und das Blöken der Schafe schluckte. Als er sah, wie der Boden unter seinen Füßen wie eine Fahne im Wind zitterte, schloss er die Augen. Er spürte noch, wie ihm die Knie weich wurden, dann brach er zusammen und sank wie ein Kartoffelsack auf das Pflaster. Er war überzeugt, tausende von Meilen von seiner Heimat entfernt, inmitten der trockensten Wüste der Welt, sterben zu müssen und fern der Eibische, Flammenbäume, Kokospalmen und Ceibas hinter einer Lehmmauer verscharrt zu werden, wo höchstens ein paar bunte Papierblumen seine ewige Ruhestätte säumen würden.

Dank des kühlen Wassers, das ihm jemand über die Stirn schüttete, kam Cayetano langsam wieder zu sich. Als er die Augen öffnete, blickte er in die erleichterten Gesichter mehrerer Schaulustiger – von der Monotonie der Wüste gelangweilte Rentner, Frauen, die vom Einkaufen zurückkehrten, Hirtenkinder, die im Winter Touristen zu den Pensionen führten – und in die von Berganza und Cipión, zwei Hunden, von denen es hieß, sie würden in Vollmondnächten miteinander sprechen und das Geschehen in der Oase kommentieren. Er spürte, wie Cipión mit seiner rauen Zunge sanft über seinen Schnurrbart leckte.

»Sie können jetzt langsam wieder aufstehen, so leicht stirbt hier keiner«, vernahm er eine brüchige Stimme über sich. Sie gehörte einem winzigen Greis, der einen ausgefransten Hut und ein dunkles Sakko trug. »Keiner, nicht mal ein Fremder. Das ist die beste Luft der Welt, trocken wie Dörrfleisch und transparent wie die Ehrlichkeit.«

Die Leute verfolgten, wie Cayetano zum Platz geführt und auf eine Bank gesetzt wurde. Er fühlte sich wie eine dieser Judasfiguren, die die Kinder während der Karwoche umhertrugen, um Geld zu sammeln, bevor man sie verbrannte. Es war kein Vergnügen, eintausendfünfhundert Meter über dem Meeresspiegel zu rennen, dachte er, während er noch immer ein leichtes Schwindelgefühl verspürte. Cornelia hatte ihn gewarnt, ehe sie sich vergangene Nacht in Unterwäsche ins Bett gelegt hatte. In dieser Höhe musste man seine Energien gut dosieren.

»Die meisten Fremden leiden unter der Höhe, aber eher weiter oben, wenn sie die Geysire von Tatio besuchen«, bemerkte einer der Umstehenden. »Ich rate Ihnen, so schnell wie möglich abzunehmen, sonst kann das böse enden.«

Der Mann, der ihn angesprochen hatte, war hager und drahtig, so wie viele andere Wüstenbewohner auch. Er mochte etwa sechzig Jahre alt sein und hatte ein abgezehrtes Gesicht mit vorstehenden Backenknochen und kleinen Augen, die leuchteten wie die eines Kindes. Sein schmaler, perfekt gestutzter Schnurrbart und der kleine Kopf mit dem schwarzen, sorgfältig mit Pomade nach hinten gekämmten Haar verliehen ihm ein gepflegtes Äußeres. Er forderte die Schaulustigen zum Weitergehen auf.

»Sie nehmen dem Herrn noch das letzte bisschen Luft, das ihm bleibt.«

Schweigend löste sich die Menschentraube auf und ließ Cayetano in Gesellschaft des redseligen Mannes zurück.

»Soll ich Sie zu Ihrer Unterkunft begleiten?«

Die Oase drehte sich noch immer mit schwindelerregendem Tempo um ihn. Gleichzeitig spürte Cayetano, wie eine erbarmungslose Hand sein Herz mit festem Griff zusammenpresste. Die dünne Luft gelangte kaum in seine Lungen, und die in dieser Höhe selbst in der Mittagssonne herrschende Kälte lähmte seine Beine.

»Schon gut, es geht schon wieder. Das schaff ich allein.«

»Sagen Sie mir, wohin sie wollen, ich bringe Sie.«

»Mir geht's gut, keine Sorge. Ich schaff das schon. Das ist nicht das erste Mal, mich wird schon jemand holen.«

Sein Herz raste wie verrückt, sein Atem wurde immer schneller. Er hatte das Gefühl, als würde ihm jeden Moment der Kopf platzen.

»Kommen Sie, ich bringe Sie zu Ihrer Pension«, insistierte der Mann. »Keine Angst. Ich heiße Pompeyo Jara, und in der ganzen Atacama gibt es niemanden, der mir nicht vertraut.«

San Pedro, Montag, der 11. Mai, 13:00 Uhr

Pompeyo Jara brachte Cayetano Brulé in seinem Pickup bis zum Hof des Trópico de Capricornio. Dass sich der schrottreife Chevrolet Baujahr '67 überhaupt noch von der Stelle rührte, musste mit einem dieser für die Atacama so typischen Wunder oder mit karibischer Hexerei zu tun haben. Wer immer das riesige Buslenkrad, den nachgebauten Motor, die von einem ausrangierten Militärlastwagen gestohlenen Räder und die Fenster ohne Scheiben sah, fragte sich unwillkürlich, ob dieser Karren tatsächlich nur mit Benzin fuhr.

Mit Pompeyos Hilfe, der ihn fest um die Taille gefasst hatte, schaffte es Cayetano bis zur Hütte. Als er die Tür öffnete, sahen sie Cornelia Kratz. Sie lag auf dem Bett und las in einem Buch über den Einfluss des Tiahuanaco-Reiches auf die Kultur der Atacameños, ein Prozess, der vor eintausendsiebenhundert Jahren begonnen hatte. Die Journalistin trug nichts außer einem T-Shirt und einem winzigen weißen Slip, der in der Mitte bestickt war. Als sie die beiden hereinkommen sah, grüßte sie knapp. Dann fragte sie beunruhigt: »Was ist passiert?«

»Die Höhenkrankheit«, gestand der Detektiv und ließ sich mit einem Seufzer auf sein Bett fallen.

»Ich habe Sie gewarnt. Sie sollten weder rauchen noch Alkohol trinken, wenig essen und viel Wasser zu sich nehmen, denn in der Höhe dehydriert man leicht, ohne es zu merken. Haben Sie sich daran gehalten?«

»Teilweise.«

»Und die Kakaobutter hat er auch nicht benutzt«, fügte sie, an Pompeyo Jara gewandt, hinzu. »Ich hab ihm gesagt, er soll sich die Lippen damit einfetten, und das Gesicht mit der Creme, die im Bad steht. Sonst verbrennt man sich die Lippen und die Haut. Das kann richtig gefährlich werden.«

»Sie ist eine bekannte deutsche Journalistin und begleitet mich auf meinem Ausflug«, erklärte Cayetano, bevor er die Augen schloss.

Pompeyo Jara nickte und ließ den Blick genussvoll über Cornelias stramme Oberschenkel, die schmalen Hüften und den kleinen, harten Bauchnabel streichen, der zwischen T-Shirt und Slip hervorschaute.

»Ich hoffe, Sie kommen rasch wieder auf die Beine«, fuhr die Journalistin fort, während sie aufstand und sich in eine enge Jeans zwängte. »Ich habe gleich ein Interview mit Lautaro Núñez, dem Museumsdirektor, und am Nachmittag mache ich einen Ausflug nach Toconao. Ich werde erst morgen zurück sein.«

Sie sahen zu, wie sie ein Paar dicke Schuhe, einen Parka, ihre Kamera und eine dunkle Sonnenbrille zusammensuchte und aus dem Zimmer stürzte.

»Nettes Täubchen!«, bemerkte Jara und warf Cayetano einen mitleidigen Blick zu. »Ihre Frau?«

Cayetano wusste, dass ihn Jara nicht verstehen

würde. Wie sollte er ihm erklären, dass ein Mann und eine Frau, die sich mitten in der Wüste ein Zimmer teilten, nicht automatisch auch das Bett teilten. Jara würde ihn für einen Spinner halten, oder schlimmer noch, für eine Schwuchtel.

»Eine befreundete Journalistin.«

»Ah.«

»Meine Frau ist in Valparaíso«, stellte er mit dünner Stimme klar.

»Meine seit fünfzehn Jahren im Himmel. Das hat sie sich allein schon damit verdient, dass sie mich geheiratet hat.«

»Tut mir leid.«

Er hörte, wie Pompeyo Jara unruhig im Zimmer auf und ab ging, als würde er auf diese Weise wieder Besitz von seiner Frau ergreifen wollen.

»Und was hat Sie nach San Pedro geführt?«

Cayetano erzählte ihm die Wahrheit. Pompeyo lauschte schweigend. Zwischen seinen halb geöffneten Lippen schimmerten lange, spitze Zähne hervor, die aussahen wie die eines Kaninchens. Nachdem sich der Touristenführer die Geschichte angehört hatte, räusperte er sich und sagte ruhig: »Ich kann Ihnen nur das sagen, was ich schon letzte Woche der Polizei erzählt habe. Ich kannte diesen Deutschen nicht, und ich bedaure, was ihm zugestoßen ist. Mein Job ist es, Leute durch die Wüste zu fahren, und er hatte einen Jeep mit Allradantrieb.«

»Aber Sie wollen mir nicht weismachen, Sie hätten ihn nie gesehen.«

Pompeyo schwieg einen Moment. Der Detektiv

hatte nicht das Gefühl, dass er das tat, um in seinem Gedächtnis zu wühlen, sondern weil er Angst hatte, etwas Falsches zu sagen.

»Hier kennt jeder jeden, etwas anderes ist es, mit jemandem vertraut zu sein«, erklärte Pompeyo nach einer Weile. »Wir haben gelegentlich über den Zustand der Straßen gesprochen oder über die Situation in den Tälern, wo die Menschen kaum noch Wasser haben wegen der Bergbauunternehmen.«

»Und was machen die Leute ohne Wasser?«

»Was sollen sie schon machen? Sie gehen fort. Ohne Wasser kein Leben.«

»Setzt sich denn keiner für sie ein?«

»Und wer sollte das bitte schön tun?« Es klang aggressiv, aber im Grunde lag keine böse Absicht in Jaras Gegenfrage. Es war einfach seine Art, dachte Cayetano, die von Misstrauen geprägte Art der Atacameños Fremden gegenüber. »Die Bergbauunternehmen haben die Wasserrechte, während den Menschen kein Wasser bleibt. So läuft die Sache.«

»Vielleicht waren die Unternehmen ja zuerst da?«

»Wer sagt, dass sie zuerst da waren? Sie sind elftausend Jahre nach den ersten Atacameños hergekommen. Allerdings mit Unterstützung einflussreicher Anwälte und bestechlicher Politiker und Notare, die absichtlich leere Seiten in ihren Grundbüchern lassen, um die Gebiete später an den Meistbietenden zu verschachern. Die Menschen hier haben verloren, so ist das Leben«, erklärte Pompeyo Jara resigniert, ohne sein rastloses Hin und Her zu unterbrechen. »Das Leben in der Atacama war nie einfach.«

Cayetano lehnte den Kopf an die Wand. Er fühlte sich schon wieder etwas besser. Durch das Fenster sah er die krummen Chañarbäume, die den Himmel um Wasser anzuflehen schienen, und weiter hinten, über den Lehmmauern und den jenseits der Oasengrenze verdörrenden Johannisbrotbäumen, die schlafenden Dinosaurier der Cordillera de la Sal.

»Hat Balsen sich vielleicht eingemischt, um den Atacameños zu helfen?«

Verblüfft strich sich Jara mit seinen langen knochigen Fingern über die Wangen.

»Er wollte sich in alles einmischen. Ich glaube, er hatte so was wie einen Prophetenkomplex. Das Erste, was ein Fremder in San Pedro lernen muss, ist, dass sein Wissen hier nichts wert ist. Er hat geglaubt, den anderen mit seinem Wissen helfen zu können. Aber können Sie mir sagen« – in Jaras Stimme schwang ein leiser Vorwurf mit –, »was ein Deutscher schon über die Atacamawüste wissen soll?«

»Hatte er Streit mit den Minenbetreibern?«

»Streit? Man hat keinen Streit mit diesen Leuten. Die Dinge werden über deren Rechtsabteilungen und Notare geregelt. Danach weiß man, wo's langgeht. Probleme mit denen? Nicht im Traum.«

»Es heißt, Balsen sei schuld, dass die Leute kein Wasser mehr haben.«

»Na ja, er hat seinen Teil dazu beigetragen«, antwortete Pompeyo Jara zynisch.

»Glauben Sie, Balsen wurde deswegen ermordet?«

»Kann sein.«

»Oder wegen des Geldes in seinem Büro?«

»Auch das ist möglich, aber ich bin von Natur aus misstrauisch«, antwortete der Touristenführer barsch. »Ich glaube eher, dass Balsen mit irgendeiner wichtigen Person Ärger hatte. Mit Drogenhändlern oder Firmen, die nach Öl suchen, um es dann zu verheimlichen, wenn sie was gefunden haben.«

»Augenblick.« Cayetano runzelte die Stirn und richtete sich im Bett auf. »Sie suchen nach Öl, um dann einen möglichen Fund zu verheimlichen?«

»Genau so ist es«, bestätigte Pompeyo mit Nachdruck. »Die Unternehmen geben nicht immer alle Ölvorkommen bekannt. Das würde den Preis drücken und ihre Verhandlungsbasis mit den Ölstaaten schwächen. Oder Konkurrenz anlocken.«

»Und was hat das mit Balsen zu tun?«

»Begreifen Sie nicht? Jemand nimmt Bohrungen vor, stößt auf Öl und forstet dann die Gegend auf, damit niemand auf die Idee kommt, dort zu suchen. So können sie das Öl fördern, wann immer es ihnen passt. Vielleicht ist Balsen auf so eine Aktion aufmerksam geworden.«

»Und die Drogenhändler?«

Jara sah ihn ernst an und senkte die Stimme.

»In der Wüste gibt es nicht nur Bodenschätze, Don Cayetano, hier führt auch eine wichtige Kokainroute entlang. Einige Produzenten in den Nachbarländern ziehen es vor, ihr Kokain über Chile nach Europa und in die USA zu liefern.«

»Sie glauben, Balsen hat von einer solchen Sache Wind bekommen?«

Pompeyo Jara starrte kopfschüttelnd ins Leere und breitete die Arme aus.

»Das sind alles nur Spekulationen, Don Cayetano, aber vielleicht hat der Deutsche ja irgendeine Route entdeckt und musste zum Schweigen gebracht werden.«

San Pedro, Montag, der 11. Mai, 20:15 Uhr

Als Cayetano Brulé den Chef der Lastwagenflotte und vermeintlichen Drogenhändler kennenlernte, war er verblüfft. Er stufte ihn sofort als einen dieser gutmütigen, etwas plumpen Kerle ein, die beim Lachen die Augen zukneifen und ihrem Gesprächspartner gern mit kameradschaftlicher Geste die Hand auf die Schulter legen. Der Mann hatte fettiges Haar, eine niedrige Stirn, und sein Blick zeugte von ausgeprägter Starrköpfigkeit.

»Don Cayetano, der große Detektiv, willkommen in San Pedro! Ich bin Sergio Azcárate«, rief der Mann lächelnd und breitete theatralisch die Arme aus. Er stand unter der beleuchteten Pergola seiner im Kolonialstil erbauten Villa und hielt ein Glas in der linken Hand. »Kommen Sie, kommen Sie. Ich kann mir denken, warum Sie hier sind.«

Das war nicht besonders schwierig, dachte Cayetano. Er hatte sich bei Azcárates Grundstücksverwalter vorgestellt, außerdem wusste jeder im Dorf um die Feindschaft zwischen Balsen und Azcárate. Der Unternehmer besaß zahlreiche Hektar Obstbäume in der Oase, und auf einem dieser Hektar befand sich der Detektiv jetzt. Trotz des blassen Mondlichts hätte er nicht sagen können, welche Sorte Obst Azcárate anbaute.

Cayetano folgte ihm, vorbei an der Villa – einem halb zwischen Schilf und Chañarbäumen verborgenen Gebäude mit Ziegeldach und Wänden aus Adobe –, bis sie einen überdachten, von Kerzen beleuchteten Patio erreichten.

An einem großen, mit Gläsern und Tabletts voller Kanapees gedeckten Tisch sah er einen Mann sitzen.

»Erlauben Sie mir, Ihnen Inspektor Horacio Gaete von der Kriminalpolizei vorzustellen«, sagte Azcárate. »Inspektor, vor Ihnen steht Señor Cayetano Brulé, der große Privatdetektiv aus Valparaíso.«

Gaete erhob sich, um ihm die Hand zu reichen, und musterte ihn mit skeptischem Blick. Er war klein gewachsen, hatte einen schmalen Schnurrbart und trug einen grauen Anzug ohne Krawatte.

»Nehmen Sie Platz«, forderte sie der Hausherr auf. »Darf ich Ihnen ebenfalls einen kleinen Pisco anbieten, mein werter Detektiv?«

Cayetano nickte und ließ sich auf einem der Stühle nieder. Gaete tat es ihm mit einem rätselhaften, in sich gekehrten Gesichtsausdruck gleich.

»Ich hoffe, ich störe nicht«, sagte Cayetano.

Ein Diener in einem makellos weißen Sakko stellte ein Glas Pisco Sour vor ihn auf den Tisch.

»Nicht im Geringsten.« Azcárate stützte die Ellenbogen auf dem Tisch auf. Eine goldene Uhr kam unter seinem Hemdsärmel zum Vorschein.

Das überraschte Cayetano. Normalerweise trugen chilenische Männer nur Billiguhren, die selten lange hielten.

»Ich wollte ohnehin gerade aufbrechen«, bemerkte

Gaete, leerte sein Glas in einem Zug und stand auf. »Don Sergio und ich haben alles Wesentliche geklärt.«

»Übrigens, wie kommen Sie im Fall Balsen voran?«

Cayetano hatte die Frage fallenlassen, ohne viel zu erwarten. Er wusste, als erfahrener Profi würde Gaete kaum mehr als ein paar dürftige Informationen über einen ungelösten Fall preisgeben. Er konnte es dem Inspektor nicht verdenken. Allein schon die Frage, der Versuch, etwas über den Stand einer Ermittlung in Erfahrung zu bringen, schloss ihn, Cayetano, von genau dieser Ermittlung aus. Eigentlich hätte die Frage den Inspektor amüsieren müssen, doch er blieb ernst und antwortete, dass es weder Spuren noch irgendwelche Hinweise auf Verdächtige gebe. Die Tat, das heißt die zwei Schüsse, sei »sauber« und ohne vorherige Gewaltanwendung verübt worden, was darauf hindeute, dass die Täter den Deutschen in seinem Büro überrascht hatten, zu einem Zeitpunkt, als Saúl Puca, sein Assistent, den Bau der Bewässerungsgräben überwachte. Das Einzige, was man mit Sicherheit wusste, war, dass die Polizei keine einzige heiße Spur hatte.

»Wir mussten gerade erst zwei Verdächtige, die wir vor zwei Wochen verhaftet hatten, aus Mangel an Beweisen laufen lassen«, fügte der Inspektor hinzu. »Das macht die Sache nicht einfacher. Wie ich bereits zu Don Sergio sagte, wir sind wieder am Ausgangspunkt unserer Ermittlungen angelangt. Wir können von vorne anfangen. Ich vermute, Ihnen geht es nicht anders. Für wen ermitteln Sie, wenn ich fragen darf?«

»Für eine Verwandte von Balsen.«

Gaete grinste, und während er Cayetano die Hand reichte, wünschte er ihm einen guten Abend und viel Erfolg bei seiner Arbeit. Anschließend verabschiedete er sich von Azcárate und folgte dem Diener mit kurzen Schritten durch den Patio. Cayetano und Azcárate blieben allein zurück.

Eine Weile nippten sie schweigend an ihren Gläsern, als belauerten sie sich gegenseitig. Das Rauschen eines Bewässerungsgrabens, fernes Hundegebell und die sanften Klänge eines Boleros drangen in den Innenhof. Musik aus einer Kneipe, sagte sich Cayetano. Über ihnen leuchtete der Mond.

»Ich höre«, sagte Azcárate plötzlich mit ruhiger Stimme.

»Die Sache ist ganz einfach.« Cayetano spielte mit dem Glas in seiner Hand, als wollte er es wiegen. »Sie haben Willi Balsen mit dem Tode bedroht, und kurze Zeit später war der Mann tot.«

Ein missbilligender Ausdruck, wie von jemandem, der eine geschmacklose, beleidigende und völlig unerwartete Beobachtung macht, huschte über das Gesicht des Unternehmers. Nachdem er seinen Pisco mit gesenktem Blick geleert hatte, griff er nach einer Olive, steckte sie in den Mund und entgegnete sarkastisch: »Kommen Sie, Herr Brulé, Sie glauben doch wohl nicht, ich hätte Balsen umgebracht, nachdem ich das überall ausposaunt habe. Angenommen, ich hätte ein Motiv gehabt, ihn zu beseitigen, dann wäre es doch nicht sehr klug gewesen, das vor aller Welt in der Dorfkneipe zu verkünden, so wie ich es getan habe.«

»Wissen Sie, als ich Sie gesehen habe, habe ich auch

so meine Zweifel bekommen«, sagte Cayetano, während er den Pisco Sour wie Feuer durch seine Eingeweide rinnen spürte. »Sie kommen mir vor wie ein besonnener Typ, der sich beherrschen kann, selbst in den schwierigsten Situationen. Wie kommt es, dass jemand wie Sie so leicht die Nerven verliert?«

»Sie sprechen von dem Streit mit dem Deutschen?«

»Sie haben's erraten.«

»Ganz einfach«, erwiderte Azcárate mit einem metallischen Glanz in den Augen. »Für das, was er getan hat, gibt es keine Worte.«

»Aber er hat anderen geschadet, nicht Ihnen.«

»Sein berühmtes Bewässerungsprojekt hat am Ende jeden ruiniert. Dabei sollten alle davon profitieren. In ein paar Monaten wird den Menschen von Solor nichts anderes übrig bleiben, als San Pedro zu verlassen und sich als billige Arbeitskräfte in Calama oder Antofagasta anzupreisen.«

»Und darum haben Sie ihn mit dem Tod bedroht?«

Der Unternehmer stieß einen tiefen Seufzer aus und deutete mit ausgestreckter Hand in die Dunkelheit hinter den Bäumen, wo sich in der Ferne die Grenzen seiner Ländereien erstreckten.

»Wenn der Wasserspiegel in den Brunnen weiter sinkt, werde ich mich auch von meinen Plantagen verabschieden müssen. Mir gehören mehrere Parzellen in der Oase. Ich habe auf tropische Früchte gesetzt, die ich in den Monaten exportiere, wenn die Tropenländer weniger produzieren, und die die Atacameños aus Mangel an Initiative nicht anbauen.«

»Sie haben auch an die Brunnen geglaubt.«

»Als Balsen vor drei Jahren mit seiner Idee auftauchte und die Brunnen funktionierten, habe ich ihm vertraut. Wer hätte gedacht, dass das einmal so enden würde.«

»Zumindest können Sie den ruinierten Bauern jetzt ihr Land billig abkaufen.«

Der Unternehmer sah Cayetano fest in die Augen. In seinem Blick lag kühle Gleichgültigkeit.

»Und was soll ich bitte schön damit anfangen, wenn es kein Wasser gibt? Wegen der Bergbauunternehmen haben wir täglich weniger Wasser. Balsens unverantwortliches Projekt hat das Ende vieler Landwirte nur beschleunigt. Außerdem ...«

»Außerdem was?«

Azcárate sah den Detektiv traurig an.

»Ich kann mir vorstellen, was man Ihnen erzählt hat. Hier gibt es viele, die neidisch auf mich sind.« Er wartete auf eine Reaktion von Cayetano. Als keine kam, fuhr er fort: »Manche behaupten, ich sei ein Drogenhändler, und das, obwohl ich mein LKW-Unternehmen mit nichts als Fleiß aufgebaut habe. Chile könnte Neid exportieren, Herr Brulé, lose oder abgepackt, und von heute auf morgen wären alle wirtschaftlichen Probleme dieses Landes gelöst.«

»Sie haben in letzter Zeit nicht zufällig neue Grundstücke erworben?«

»Im Gegenteil. Ob Sie's glauben oder nicht, aber ich habe den Bauern des *ayllus* von Solor Geld und Pumpen geliehen, damit sie ihre Ernten nicht verlieren.«

»Und wenn die Leute nicht bezahlen können, behalten Sie das Land, oder nicht?«

»Ich bin Geschäftsmann, mein Freund, so wie Sie Detektiv sind. Geschäftsmann, kein Menschenfreund.«

Er hatte eine andere Antwort von Azcárate erwartet, eine weniger direkte. Wahrscheinlich täuschte ihn die Distanz, mit der er die Dinge betrachtete. Er war schließlich nicht hergekommen, um über die Menschen zu urteilen. Es war offensichtlich, dass er im Dunkeln tappte und sehnsüchtig darauf wartete, eine rettende Spur zu entdecken. Der Abend begann eisig zu werden. Vielleicht war die Atacamawüste nicht der ideale Ort für eine karibische Seele wie ihn.

Als er hinter den Lehmziegelmauern die Andenkette mit ihren prächtigen, sich vor dem sternenübersäten Himmel abzeichnenden Vulkanen erblickte, überlief ihn ein kalter Schauer. Auf der Suche nach etwas Wärme vergrub er seine Hände unbewusst in den Manteltaschen. Er mochte diese plötzlichen Temperaturwechsel überhaupt nicht. Tagsüber stieg das Thermometer auf über vierzig Grad im Schatten, nachts fiel es unter null.

»Sie wissen, dass es gefährlich sein kann, Drohungen auszustoßen«, sagte er nach einer Weile.

»Ich weiß, aber ich habe Inspektor Gaete vorhin schon erzählt, wo ich zur Tatzeit war.«

Cayetano kaute auf seiner Unterlippe herum und wagte eine direktere Frage: »Sie haben ein Alibi?«

Azcárate lächelte mürrisch.

»Nennen Sie es, wie Sie wollen, jedenfalls habe ich eins.«

»Was für eins?«

»Am Abend des Verbrechens habe ich im größten

Hotel Antofagastas übernachtet, dreihundert Kilometer von hier entfernt. Von dem Mord habe ich aus dem Radio erfahren. Dafür gibt es Zeugen.«

Cayetano betrachtete ihn aufmerksam, während er sein leeres Glas auf den Tisch stellte. Azcárates ausgeglichene, gelassene Art hatte etwas an sich, das ihm gefiel. Was war dran an den Gerüchten, er habe mit Drogen zu tun? War er nicht einfach nur ein selbstloser, pragmatischer Unternehmer, ein Opfer des Neids? Es gibt keinen unschuldigen Reichtum, wiederholte er im Stillen die Worte seines Vaters, der als verarmter Musiker in New York gestorben war.

»Gestatten Sie mir eine letzte Frage.«

»Aber gerne.«

»Trotz seines Pferdeschwanzes war Balsen ein ziemlich gut aussehender Typ, der bei den Frauen ankam. Hatte er keine Geliebte in der Oase?«

Azcárate grinste und strich sich eine Weile mit seinen groben Händen über die Wangen, als wollte er prüfen, ob er sich auch wirklich rasiert hatte. Dann sah er den Detektiv verstohlen an und sagte: »Eine Zeitlang wurde er zusammen mit Isabel Ayabire gesehen.«

»Ich spreche nicht von Isabel Ayabire, sondern von irgendwelchen anderen Frauen. Es muss nichts Festes gewesen sein. Ich könnte mir vorstellen, dass Balsen hin und wieder eine Touristin bei sich aufgenommen hat. Sie wissen, was ich meine.«

»Das sollten Sie lieber Isabel fragen.«

»Vergessen Sie Isabel. Können Sie sich an niemanden erinnern?«

Azcárate strich sich durch das fettige Haar und begann mit den Fingern auf dem Tisch herumzutrommeln. Einen Moment lang pfiff er leise vor sich hin. Seine Gesichtszüge zuckten unruhig im flackernden Kerzenschein. Er wirkte erschöpft.

»Balsen war nicht gerade ein Heiliger, was ich auch gar nicht kritisieren will«, erklärte er, eine leise Sympathie für den Toten offenbarend. »Ich bin mir nicht sicher, aber ich glaube, eine Zeitlang hat er Isabel für eine andere sitzen lassen.«

»Hat die Dame auch einen Namen?«

»Es war eine Deutsche, ja genau. Etwas älter als er, aber mit einer guten Figur.«

»Lebt sie in San Pedro?«

»Hat sie.« Nachdenklich führte der Unternehmer sein Glas an die Lippen, stellte es aber sofort wieder ab, als er merkte, dass es leer war. »Sie hat in der Hostería San Pedro gewohnt, wie alle Deutschen, die für Antares arbeiten. Aber sie ist weggezogen.«

»Vor oder nach Balsens Ermordung?«

»Etwa einen Monat vorher, wenn ich mich nicht täusche.«

San Pedro, Dienstag, der 12. Mai, 3:47 Uhr

Er schreckte mit dem unangenehmen Gefühl hoch, beobachtet zu werden, doch als er aus dem Fenster sah, konnte er niemanden erkennen. Bloß den perfekt gerahmten, in die unermessliche Stille der sternklaren Wüstennacht getauchten Himmel. Er tastete den Nachttisch nach seiner Brille ab, setzte sie mit zitternden Händen auf und erhob sich leise.

Das Bett der Journalistin war leer, die Bettwäsche sorgfältig zusammengelegt. Erst jetzt fiel Cayetano ein, dass sie die Nacht in Toconao verbringen wollte. Er schaute aus dem Fenster. Ein dünner Schweißfilm stand ihm auf der Stirn. Der Mond tauchte die Chañarbäume in silbriges Licht und bedeckte die Mauersimse und prähistorischen Kämme der Cordillera de la Sal mit einem bleifarbenen, fast quecksilbrigen Staub. Für einen Augenblick zerriss das klägliche Bellen eines Hundes die Stille. Es war niemand zu sehen.

Doch dann hörte er ganz deutlich das Knirschen von Kies, während in der Nähe ein Hund zu knurren begann.

Er zog sich hastig an, schnürte die Stiefel und trat in den Hof. Die Hütten lagen im Dunkeln, die Türen geschlossen, als gingen die nächtlichen Ereignisse sie nichts an. Ein abgemagerter, räudiger Hund, wahrscheinlich derselbe, den er knurren gehört hatte, kam mit wedelndem Schwanz auf ihn zu und beschnupperte ihn aufgeregt.

»Ganz ruhig«, flüsterte Cayetano und tätschelte den Kopf des Tieres.

Er ging über den Hof, nur von dem Hund und ihren Schatten gefolgt, blieb am Eingang der Pension stehen und spähte auf die Straße. Schnurgerade und verlassen lag die von Häusern und Mauern aus Adobe gesäumte Calle Tocopilla in der Finsternis. In der ganzen Oase schien es kein einziges waches Geschöpf zu geben. Er spürte, wie ihm ein kalter Schauer über den Rücken lief.

Und da sah er es. Er hätte nicht sagen können, ob es sich um einen Schatten oder eine bloße Vision handelte, doch was immer es war, es war soeben um die nächste Ecke gebogen. Er überlegte nicht lange und machte sich an die Verfolgung. Um einen neuerlichen Schwächeanfall zu vermeiden, bemühte er sich, seine Kräfte so gut es ging einzuteilen. Trotzdem fing sein Herz schon nach wenigen Metern an zu rasen, und in seinem Kopf setzte ein stechender Schmerz ein, der sich über die gesamte Stirn ausbreitete.

Er erreichte die Ecke, wo der Schatten verschwunden war, und sah sich aufmerksam um. Vor ihm lag eine schmale, sandige Seitengasse, die sich im Schatten der Johannisbrotbäume und einstöckigen Häuser dahinschlängelte. Plötzlich spürte er den hechelnden Atem von jemandem in seinem Rücken. Blitzschnell drehte er sich um, angespannt, bereit, sich zu verteidigen. Aber es war bloß der Hund, der an ihm schnupperte, froh darüber, zu dieser nächtlichen Stunde einen Begleiter gefunden zu haben.

In der Ferne war das Bellen eines anderen Tieres zu hören. Entschlossen tauchte Cayetano in die Gasse ein, die hundert Meter weiter, nach einer mit Schilf bewachsenen Kurve, in die Calle Valdivia mündete. Dicht an die weiß getünchten Mauern gedrückt, ging er weiter, während ihm der Köter hechelnd folgte.

»Bist du vielleicht Berganza?«, flüsterte Cayetano.

Der Hund stellte die Ohren auf und legte den Kopf schief.

»Dann vielleicht Cipión?«

Diesmal trottete der Vierbeiner gleichgültig davon, die Schnauze dicht über dem Boden, der zu dieser Stunde wie weißes Mehl aussah.

Cayetano fragte sich, ob es sinnvoll war, die Suche fortzusetzen. Hinter einem Johannisbrotbaum blieb er stehen und spähte regungslos um den Stamm.

Jetzt sah er ihn. Es war ein Mann, etwa fünfzig Meter von ihm entfernt, der wie ein Schatten durch die Nacht glitt. Er hatte eine Wollmütze auf und trug einen weiten Pullover. Mehr konnte Cayetano nicht erkennen. Aber er war sich sicher, es war dieselbe Person, die ihn vor einer Weile durch das Fenster beobachtet hatte. Ein Gefühl der Unsicherheit durchströmte seinen Körper und bereitete ihm Gänsehaut. Er beschloss, die Verfolgung wieder aufzunehmen, als der Mann um eine Ecke bog und aus seinem Blickfeld verschwunden war.

Cayetano rannte los, auch wenn sein Herz wie wild raste. Es dauerte nicht lange, und er spürte, wie ihm schwindlig wurde. Im selben Augenblick hatte er das unangenehme Gefühl, als wäre sein Körper mit einem Mal unendlich schwer und träge. Er hörte ein röchelndes Pfeifen, das er nicht orten konnte, bis er begriff, dass es aus seiner eigenen Kehle drang. Er zuckte zusammen und suchte Halt an einer Mauer. Er zitterte am ganzen Körper. Seine Schläfen drohten zu platzen. Er versuchte sich zu beruhigen und holte ein paarmal tief Luft, so dass er den Kalk der Wände roch, doch als er den Blick hob, war der Mann endgültig verschwunden. Enttäuscht machte er sich mit langsamen Schritten auf den Rückweg, gefolgt von dem Hund.

Erst da begann er die Kälte zu spüren und die unermessliche Weite des Himmels über der Atacama wahrzunehmen. Er war überwältigt. Noch nie hatte er so scharf umrissene, so große und so funkelnde Sterne gesehen. Er hatte das Gefühl, sie mit Händen greifen zu können.

Ein paar Minuten später war er zurück in der Hütte. Als er ein Streichholz anzündete, um nachzusehen, wie spät es war, stellte er fest, dass jemand den Raum durchsucht hatte.

San Pedro, Dienstag, der 12. Mai, 9:50 Uhr

Am frühen Vormittag machte sich Cayetano Brulé zur Hostería San Pedro auf. Zuvor hatte er sich sorgfältig in der Hütte umgesehen, um herauszufinden, wonach die Unbekannten während seiner kurzen Abwesenheit gesucht hatten. Mit Ausnahme von Cornelias vollen Filmen fehlte nichts, nicht einmal die leeren Filme. Allerdings fand er Spuren, die darauf hindeuteten, dass jemand in seinen und ihren Aufzeichnungen und Büchern geblättert hatte.

Während er unter den riesigen Johannisbrotbäumen entlanglief, die die Pension einrahmten, fragte er sich, ob es das Ziel der Unbekannten gewesen war, ihn im Schlaf umzubringen – was durch sein plötzliches Aufwachen vereitelt worden wäre –, oder ob sie ihn einfach nur von der Hütte hatten weglocken wollen, um die Abwesenheit der Deutschen auszunutzen. Doch wer mochte dahinterstecken, fragte er sich ratlos, als er an der Theke der kleinen Bar Platz nahm. Ein Drogenhändler aus der Oase, eine verarmte bäuerliche Gemeinschaft, eine Gruppe verängstigter Grabräuber, eines der mächtigen Bergbauunternehmen, Bodo Pankow, den er im Geiste einen Mangoshake nach dem anderen bestellen sah, Azcárate mit seinen schwarzen Augen und seinem fettigen Haar? Oder jemand ganz anderes, der sich genau wie sie alle durch seine Nachforschungen bedroht sah?

Die Bar war leer, der geflieste Boden glänzte sauber, die Flaschen hinter dem Tresen hingen mit dem Hals nach unten, und es roch nach frisch geröstetem Kaffee. Durch die Fenster betrachtete er das große, hellblau gestrichene Schwimmbecken, das von Chañarbäumen gesäumt war.

»Was darf ich Ihnen bringen, mein Herr?«, erkundigte sich ein Mann mittleren Alters, der plötzlich hinter dem Tresen aufgetaucht war.

»Für mich einen Cortado und was immer Sie wollen für sich selbst, das geht auf meine Rechnung«, erwiderte Cayetano großzügig und legte seine Wollmütze auf den Tresen.

Der Mann grinste, murmelte etwas Unverständliches zwischen den Zähnen und stellte die Espressomaschine an. Er schien sich zu freuen, dass der Vormittag auf eine so nette Art begann. Es gab nicht viele freundliche Touristen in der Oase. Die meisten kamen angespannt und rastlos hierher, waren auf der Suche nach etwas Unbestimmtem, gequält von dem Gefühl, irgendeine dringende Aufgabe erledigen zu müssen.

»Wenn jemand hier ein Zimmer reservieren möchte, bei wem macht er das?«, fragte Cayetano.

Der Barkeeper drehte sich um, während er weiter einen Hebel an der Espressomaschine bediente, und antwortete lächelnd: »Beim Besitzer, oder falls der mal nicht da ist, so wie jetzt, weil er Gemüse kaufen ist, dann eben bei mir. Ich mach hier fast alles. Barkeeper, Kassierer, Kofferträger, Gärtner, sogar Koch.«

Die Espressomaschine stieß ein hohes Fauchen aus, wie das eines verwundeten Tieres, dann folgte Dampf und schließlich eine schwarze Flüssigkeit. Der Barkeeper füllte zwei kleine Tassen mit Kaffee und etwas Milchschaum und stellte sie auf den Tresen. Cayetano fand, dass er lange genug um den heißen Brei herumgeredet hatte: »Hör zu, mein Freund, vor einiger Zeit hat hier eine Deutsche gewohnt.«

»Hier steigen täglich Deutsche ab. Die kommen zu hunderten, vor allem Rucksacktouristen.« Der Barkeeper rührte gleichgültig in seiner Tasse, einen Ellbogen auf die Theke gestützt. »Und seit gut drei Jahren wohnen hier immer wieder saisonweise deutsche Techniker eines Bergbauunternehmens.«

»Von Antares. Genau darum geht es. Ich rede von einer Deutschen, die für Antares gearbeitet hat und vor einiger Zeit aus San Pedro weggezogen ist. Erinnern Sie sich?«

Der Barkeeper verschränkte die Arme und sah den Detektiv neugierig an. Dann wischte er mit einem feuchten Tuch über die Theke.

»Ja, ich erinnere mich. Sie war die einzige Frau in der Gruppe.«

»Wie hieß sie?«

Kaum sah der Detektiv den Anflug eines Zögerns im Gesicht des Barkeepers aufblitzen, zog er einen Fünftausendpesoschein aus der Hosentasche und schob ihn über die Theke.

»Für die zwei Kaffee, den Rest können Sie behalten, wenn Sie mir den Namen nennen. Es ist wichtig.«

Er beobachtete, wie der Mann zu einem kleinen

Empfangstresen ging, dort eine Weile in den Schubladen herumwühlte und schließlich mit ernstem Ausdruck und einem Buch mit dickem Einband in den Händen wieder auftauchte.

»Das war vor etwa zwei Monaten. Müsste in diesem Buch stehen«, murmelte er konzentriert. »Ich glaube, sie hieß Barbara.«

Er ging die Namen der Gäste durch. Cayetano nutzte die Zeit, um in Ruhe seinen Kaffee zu schlürfen und den Blick durch die Bar schweifen zu lassen. Es war ein gemütlicher, runder Raum mit einem steinernen Kamin in der Mitte, der in kalten Winternächten bestimmt für behagliche Wärme sorgte.

»Ich finde sie nicht«, bedauerte der Barkeeper und klappte das Buch zu. »Kann ich auch gar nicht.« Er schüttelte den Kopf. »Na klar, wenn mich mein Gedächtnis nicht täuscht, war sie vor mehr als einem Jahr hier. Also muss sie in einem der älteren Bücher stehen. Aber ich kann mich an sie erinnern.«

»Können Sie das Buch nicht holen? Ich brauche die Personalien.«

»Die Bücher hat der Besitzer, und der würde sie nie rausrücken. Aber warum fragen Sie nicht die Kollegen der Deutschen, die Leute von Antares, die hier wohnen? Drei Männer.«

»Heißt einer von ihnen zufällig Pankow?«

»Ja genau, Don Bo, der Chef.«

Cayetano zückte einen weiteren Fünftausendpesoschein und schob ihn über den Tresen, bis er in der Hand des Barkeepers verschwand. Der faltete ihn behutsam zusammen und ließ ihn, ohne ihn eines weiteren Blickes zu würdigen, in seiner Hemdtasche verschwinden.

»Jetzt erinnere ich mich schon besser«, erklärte er mit blassem Gesicht. Seine Stimme klang dünn. »Ja, ich kann mich gut erinnern. Sie war Ingenieurin oder so. Ungefähr vierzig. Blond, ziemlich hübsch. Barbara, genau, aber der Nachname fällt mir nicht mehr ein. Sie hat lange hier gewohnt, und vor zwei Monaten ist sie gegangen. Auf sonderbare Weise.«

»Was meinen Sie damit?«

Der Barkeeper schnalzte mit der Zunge, legte den Kopf zur Seite und sah ihn unsicher an.

»Eines Nachts ist ein Auto gekommen, und jemand hat sie gewaltsam abgeholt.«

»Gewaltsam?«

»Wie bei einer Entführung«, antwortete der Mann mit ruhiger Stimme. »Es war gegen zwei Uhr morgens. Ihre eigenen Kollegen. Sie haben sie zu Don Bos Jeep gebracht. Ich konnte nichts verstehen, sie haben Deutsch gesprochen und schienen alle betrunken zu sein.«

Cayetano schob die leere Tasse zur Seite. »Sie hat getrunken?«

»Na ja, die Deutschen trinken doch ständig.«

»Wer hat Ihnen von der Sache erzählt?«

»Er bringt mich um, wenn ich erzähle, was in jener Nacht passiert ist«, antwortete der Barkeeper mit trockenem Mund und verschränkte wieder die Arme auf dem Tresen. »In der Pension waren nur die Deutschen von Antares und ich, der einzige Zeuge. Aber sie glauben, dass ich geschlafen habe.«

Cayetano strich sich über den Schnurrbart und

rückte die Brille gerade. Warum hatte weder Pankow, Isabel Ayabire oder sonst wer diese Frau erwähnt?

»Erzählen Sie ganz genau, was in jener Nacht passiert ist.«

»Man hat sie mit Gewalt aus dem Zimmer geholt«, flüsterte der Barkeeper und deutete in Richtung eines Flurs, der neben der Rezeption begann. »Sie haben sie hier entlanggeschleift und kurz in der Einfahrt gewartet, bis einer von ihnen den Jeep geholt hatte. Ich hatte in dem kleinen Raum hinter der Rezeption gedöst und konnte alles durch die angelehnte Tür beobachten.«

»Haben Sie Anzeige bei der Polizei erstattet?«

»Warum sollte ich das? Das ging mich nichts an, außerdem waren sie besoffen. Wissen Sie, wie viel Stress die Touristen jeden Monat in San Pedro verursachen? Wenn wir die alle anzeigen würden, wären wir bald allein hier.«

»Und die Deutsche, was hat die getan?«

»Geweint«, erwiderte der Barkeeper und trank gleichgültig einen Schluck Kaffee. »Ich konnte nichts verstehen, sie haben Deutsch gesprochen. Dann sind sie mit Koffern und allem Drum und Dran in den Jeep gestiegen und abgedüst.«

»Sie haben sie nie wieder gesehen?«

»Nie wieder.«

»Haben die Deutschen am nächsten Tag irgendwas dazu gesagt?«

»Nein, erst als Don Bo einige Zeit später das Zimmer der Frau bezahlt hat, hat er im Spaß gemeint, dass Geschäfte unter Männern einfach besser liefen.«

»Sie hatte ein Verhältnis mit Willi Balsen, dem Deutschen, der hier im Dorf ermordet wurde. Das stimmt doch, oder?«

Auf dem Gesicht des Barkeepers zeichnete sich ein laszives Grinsen ab. Einen Moment lang sah er dem Detektiv fest in die Augen. Es war, als dürfe er jetzt endlich ein Geheimnis ausplaudern.

»Er kam sie oft besuchen. Sie haben sich auf ihrem Zimmer getroffen, wenn die anderen Deutschen bei den Minen waren. Sie arbeiten im Schichtsystem, deshalb bleibt immer einer in der Pension. Die beiden haben sich heimlich getroffen. Aber als Hotelangestellter weiß man, was hier vor sich geht, da gibt es genügend Hinweise. Die Betten, die Geräusche, Sie verstehen?«

»Hat Balsen sich nach dem Vorfall nach ihr erkundigt?«

Der Barkeeper leerte seine Tasse und wischte sich mit dem Handrücken über die Lippen. Mit finsterem Blick fixierte er den kurzsichtigen Detektiv.

»Ja, ein paar Tage später.«

»Und was haben Sie geantwortet?«

»Dass sie abgereist sei.«

»Sie haben also gelogen.«

»Nein«, entgegnete der Barkeeper kühl. »Ich habe nur nicht die ganze Wahrheit gesagt. Ich wollte meine Stelle nicht verlieren. Wenn Sie mich jetzt verraten, wird genau das passieren. Die Deutschen sind hier Stammgäste, und Don Bo ist ihr König.«

»Eine letzte Frage, mein Freund. Glauben Sie, die Deutsche hatte auch ein Verhältnis mit Pankow?«

Der Barkeeper lächelte verschwörerisch. Seine Züge nahmen einen verschmitzten Ausdruck an.

»Na ja, ich bin kein Detektiv, aber als guter Beobachter entgeht mir so leicht nichts. Um ehrlich zu sein, ich hatte nicht den Eindruck, dass sich die Deutsche gut mit Don Bo verstanden hat. Nein, da lief nichts, und das sagt Ihnen jemand mit einem feinen Näschen und noch besseren Ohren.«

San Pedro, Dienstag, der 12. Mai, 11:30 Uhr

Die Sonne stand gleißend im Zenit, vertrieb die letzten Schatten und ließ den Rest Feuchtigkeit in den Gassen verdunsten, als Cayetano Brulé das Haus von Isabel Ayabire erreichte. Inzwischen waren die Straßen von Touristen bevölkert, und aus der Bar Tambillo drangen Bolero- und Rancherarhythmen, über die sich die lauten Unterhaltungen der Stammgäste legten. Als er die geschlossene Tür und die verriegelten Fensterläden sah, erinnerte er sich, dass die junge Frau und ihre Großmutter im hinteren Teil des Hauses ein paar Zimmer vermieteten, und er machte sich durch eine Seitengasse dorthin auf.

Er fand Isabel in einem kleinen überdachten Patio vor, der auch als Speiseraum diente. Sie wischte gerade mit einem Schwamm die Tische ab. Mit seinem Lehmboden, dem Dach aus Coiróngras und den dicht belaubten Pfefferbäumen erweckte der Ort den Eindruck einer kühlen, schattigen Oase. Ein schmaler Korridor im Westen, von dem vier Zimmer abgingen, und Adobemauern an den restlichen drei Seiten umgaben den Innenhof und sorgten für eine intime, von der Außenwelt abgeschottete Atmosphäre. Isabel Ayabire trug ein kurzes, eng anliegendes, ärmelloses Kleid, das ihre kupferfarbenen Arme und Beine zur Geltung brachte und ihre schmale Taille und die Rundung ihrer Brüste betonte. Ihr Gesicht mit den wachen, strahlenden Augen, das jetzt von einem leichten Schweißfilm bedeckt war, sah bezaubernd aus.

»Ich wollte mich nur ein paar Minuten mit Ihnen unterhalten«, erklärte Cayetano mit sanfter Stimme, verwirrt von der pulsierenden Haut ihres Dekolletés. Isabel Ayabires Brustansatz – diese feuchte, zarte und geheimnisvolle Mulde – ließ ihn an kühle, kristallklare Flussauen in den Anden denken.

Ihr verärgerter Blick verriet dem Detektiv, dass er kurz davor war, sie für immer als Informantin zu verlieren. Das gehörte zu seinen Berufsrisiken: das Vertrauen oder die Sympathie der Menschen zu verspielen, die ihm wichtige Informationen liefern konnten. Ein falscher Schritt, eine unglückliche Bemerkung oder leichtsinnig vorgebrachte Meinung, und schon brach das fragile Vertrauensverhältnis in sich zusammen. Danach blieb selten Zeit, ein solches Verhältnis zu flicken oder wiederherzustellen. Wütend auf sich selbst, schluckte er seinen Ärger hinunter. Er schmeckte klumpig und schweflig, wie die trüben Wasser des Río Vilama, der von Osten her durch die Oase von San Pedro floss.

»Was wollen Sie diesmal?«

Cayetano hörte das Plätschern von Wasser und drehte sich um. Hinter einem halb geöffneten Fenster konnte er Isabels Großmutter erkennen. Sie spülte Geschirr, ohne sie dabei auch nur eine Sekunde aus den Augen zu lassen.

»Ich würde gerne etwas mit Ihnen trinken, hier bei Ihnen. Ich lade Sie ein.«

Lustlos ließ Isabel den Schwamm auf einen Stuhl fallen und ging in die Küche. Ihre Gestalt löste sich in dem schattigen Raum auf, nur um eine Weile später wieder daraus aufzutauchen, in den Händen ein Tablett mit zwei Tassen, einer Zuckerschale und einer Thermoskanne. Schweigend setzte sie sich hin und füllte die Tassen randvoll mit einem wässrigen Kaffee.

Cayetano nutzte die Pause, um in aller Ruhe eine Zigarette aus seiner Guayabera zu ziehen und sie sich anzustecken. Während er zusah, wie die Rauchschwaden aufstiegen, bemerkte er ein paar tiefblaue Streifen zwischen dem Coiróngras, die aussahen, als wäre der Himmel frisch gewaschen worden. Der Gesang eines Vogels erinnerte ihn für einen Moment an die Frühlingsmorgen auf den Hügeln Valparaísos, wenn die Sonne die Zinkdächer zum Funkeln brachte, die Meeresbrise einen Geruch von Salpeter heraufwehte und vom Hafen her gedämpfter Motorenlärm die milde Luft erfüllte. Einen Augenblick lang ließ er den Blick durch die Äste der Pfefferbäume streichen, bis er auf einen Distelfink in einem Drahtkäfig stieß.

»Sie haben mir nichts von einer Deutschen namens Barbara erzählt, die Balsen gut kannte«, sagte Cayetano plötzlich. Er hatte beschlossen, die Karten offen auf den Tisch zu legen.

»Sie meinen Barbara Schuster?« Ihr Mund verzog sich zu einem bissigen Lächeln. »Die hat überhaupt keine Rolle in unserem Leben gespielt, für Willi und mich, will ich damit sagen.«

»Versuchen Sie nicht, mich anzulügen, Isabel«, entgegnete der Detektiv, während er Zucker in seine Tasse schüttete und umrührte. »Barbara Schuster hat sehr wohl eine Rolle gespielt, sie ist Ihnen in die Quere gekommen, war Ihrer Beziehung mit Willi im Weg. Und ich kann mir vorstellen, dass Sie trotz Ihres jungen Alters eine feste Beziehung und kein flüchtiges Abenteuer wollten. Immerhin kannten Sie sich schon recht lange.«

»Drei Jahre.«

»Ganz genau. Und dann taucht auf einmal diese Deutsche auf. Sie hat eine Rolle in Ihrem und Willis Leben gespielt, und zwar keine geringe, wage ich zu behaupten.«

»Glauben Sie vielleicht, ich hätte Willi aus Eifersucht getötet?«

In ihrem Blick lag jetzt Erstaunen, aber auch Besorgnis.

»Darum geht es nicht, Isabel. Ich möchte nur, dass Sie mir helfen, dieses Puzzle zusammenzusetzen, von dem Sie ein wichtiges Teil besitzen: Barbara. Oder wollen Sie nicht, dass der Mord an Balsen aufgeklärt wird?«

»Und wozu, Don Cayetano?«, murmelte sie betrübt. »Reicht es nicht, dass ich Willi verloren habe? Geben Sie ihn mir vielleicht zurück?«

Der Distelfink hob wieder an zu singen, brach aber im selben Moment ab, erschrocken vom schrillen Quietschen einer Tür. Ein blondes Paar in T-Shirts und kurzen Hosen, ausgestattet mit Rucksäcken und einer Kamera, kam aus seinem Zimmer und durchquerte den kleinen Innenhof. Der Detektiv wartete, bis sie gegangen waren.

»Soweit ich weiß, war Barbara Balsens Geliebte, seit sie hier war, also ungefähr anderthalb Jahre, bis sie verschwand. Entschuldigen Sie, wenn ich so darauf herumreite, aber es geht nicht anders. Die Wahrheit tut oft weh, Isabel.«

»Was wollen Sie von mir?«

Ihre Frage klang kalt, auch wenn ihr Tränen in den Augen standen. Er musste die Sache geschickt angehen, dachte Cayetano, sonst würde die Oma jeden Moment auftauchen und das Gespräch für beendet erklären.

»Glauben Sie mir, ich will Sie nicht kritisieren, aber Liebe macht blind, und das weiß ich besser als Sie, denn ich bin alt. Sie haben Balsens Verhältnis mit der Deutschen die ganze Zeit geduldet.«

Er wusste nicht, ob das stimmte, niemand hatte etwas Derartiges behauptet, aber sein Spürsinn sagte ihm, dass er nicht völlig daneben lag.

»Sie irren sich, unser Verhältnis war anders, als Sie denken. Wir haben uns getroffen, haben versucht, zusammenzuleben, aber am Ende ist jeder seiner eigenen Wege gegangen. Wir haben uns nur gesehen, wenn einer von uns etwas vom anderen brauchte.«

»Und das finden Sie normal? Ich bin kein Moralapostel«, erklärte Cayetano, während er seine Schnurrbarthaare zwischen den Fingern zwirbelte, »aber ich habe immer geglaubt, junge Frauen würden davon träumen, zu heiraten.«

Sie lächelte mürrisch und faltete mitleidig die Hände.

»Das war früher einmal, Don Cayetano.«

»Also gut. Sie haben Willis Untreue also bis zu einem gewissen Punkt toleriert, weil Sie wussten, dass Barbara und er keine Zukunft hatten. Balsen wollte für immer in der Atacama bleiben, stimmt's? Er hatte die

Schnauze voll von Europa und der Zivilisation, nicht wahr? Balsen war vor irgendwas geflohen, oder etwa nicht?«

Statt zu antworten, verschränkte sie die Arme und schwieg. Cayetano wusste nicht, ob das ein Trick war, damit ihr nichts herausrutschte, oder ob sich Isabel wirklich noch nie mit diesen Fragen auseinandergesetzt hatte.

»Balsen wollte für immer in der Atacama bleiben, habe ich recht?«, hörte er sich in höflichem Ton fragen.

Sie nickte mit gesenktem Kopf und starrte auf ihren Kaffee, auch wenn sie mit den Gedanken ganz woanders zu sein schien.

»Und als Angestellte von Antares wollte Barbara ihren Lebensstandard bestimmt nicht ändern, nicht wahr?«

»Sie irren sich«, sagte sie mit fester Stimme. »Willi hat nie ernsthaft überlegt, mit Barbara zusammenzubleiben.«

»Und das gab Ihnen das Gefühl, Barbara überlegen zu sein?«

Sie sah ihn aufmerksam an und nippte abwartend an ihrer Tasse.

»Da ist noch etwas, das ich gerne wissen möchte, Isabel. Ich verstehe nicht, warum zwei Menschen, die sich lieben, nicht zusammenleben. Sie haben hier gewohnt und Balsen in dem Haus gegenüber dem Platz, das SOS gemietet hat.«

»Wie ich bereits sagte, er hat eine Zeitlang hier gewohnt, mit mir, bis vor etwa einem Jahr, aber dann ist er gegangen. Wir wollten beide unsere Freiheit.«

»Kann es nicht sein, dass Balsen sich entschlossen

hatte, sich von Ihnen zu trennen, weil er zur selben Zeit schon ein Verhältnis mit Barbara Schuster hatte?«

»Das interessiert mich nicht.« Die Antwort klang bissig, aber auch bestürzt. »Oder glauben Sie, das bringt mir Willi zurück?«

Während er überlegte, ob es besser wäre, ihr eine kurze Atempause zu gewähren, zeichnete Cayetano mit der Schuhspitze einen Kreis in den Boden unter dem Tisch. Er trank einen Schluck Kaffee, der ihm jetzt bitter vorkam, und schüttete noch mehr Zucker hinein. Viel hatte er nicht in den Händen. Wenigstens den vollständigen Namen der Deutschen, Barbara Schuster. Er musste sie finden, nicht nur, um sie nach Balsen zu fragen, sondern auch, um das wirkliche Motiv für ihren ebenso plötzlichen wie ungewöhnlichen Aufbruch zu erfahren. Ein geheimnisvoller Schleier schien über den Deutschen in der Oase zu liegen, und Balsen machte da keine Ausnahme.

»Glauben Sie mir, wenn ich sage, dass es mich einen Scheißdreck interessiert, was Sie von mir denken?«, sagte Isabel plötzlich.

»Durchaus.« Mit ernster Miene stieß Cayetano den Rauch seiner Zigarette durch die Nase aus. »Aber Sie stimmen mir doch zu, dass die Deutsche zwei Monate vor Balsens Tod verschwunden ist?«

»Sie hatten keine gemeinsame Perspektive.« Isabel Ayabire vermied es, auf seine Frage einzugehen. »Er wollte für immer in der Atacama bleiben, hier hatte er sich selbst gefunden, und sie wollte nach Europa zurück. Genau wie Sie sagen. Von einem Tag auf den anderen war sie weg, vor Willis Tod.«

»Balsen hat Ihnen nie den Grund für ihr plötzliches Verschwinden genannt?«

»Willi hat mit ihr Schluss gemacht, weil ich ihn dazu gedrängt habe. Ich hatte ihn vor die Wahl gestellt: entweder sie oder ich. Ich glaube, Barbara hat beschlossen zu gehen, als Willi mit ihr Schluss gemacht hat.«

»Und wohin ist sie gegangen?«

Sie zuckte betont gleichgültig mit den Schultern. Cayetano versuchte, die Geste zu ignorieren, und sah nach oben. Wieder fielen ihm die schmalen Streifen blauen Himmels auf, der zwischen dem Coiróngras hindurchschimmerte. In dem kleinen Patio herrschte jetzt eine friedliche Stille, und nur von Zeit zu Zeit war das Rauschen des Wasserhahns zu hören, den Isabels Großmutter öffnete und wieder schloss. Der Detektiv wartete, bis der Distelfink verstummt war, und fragte: »Hat Willi nie Briefe von Barbara erhalten?«

Isabel Ayabire beschränkte sich darauf, den Rand ihrer Tasse zu streicheln. Ihre grazilen Finger verweilten einen Moment auf einem feinen Sprung. Zärtlich fuhr sie darüber und betrachtete die Stelle, als hätte sie eine außergewöhnliche Entdeckung gemacht.

»Und die Polizei hat Sie nicht nach Barbara gefragt?«

»Nur nach Willi. Ich konnte Ihnen nicht viel erzählen. In der Tatnacht war ich in der Pension.« Sie zog überrascht die Augenbrauen hoch und sagte: »Warum sollte mich die Polizei nach Barbara fragen? Hat sie irgendwas mit Willis Tod zu tun?«

»Ich versuche nur, etwas Licht in die Sache zu bringen. Sagen Sie, Isabel, hat Balsen Ihnen gegenüber nie erwähnt, dass ihn Barbaras Verschwinden überrascht hat?«

»Nein.«

»Was glauben Sie, warum ist sie gegangen?«

»Aus Verzweiflung, davon bin ich überzeugt.«

»Also freiwillig.«

»Ja, freiwillig.«

»Sind Sie sicher?«

»Absolut.«

San Pedro, Mittwoch, der 13. Mai, 9:50 Uhr

In ganz Chile gibt es keinen zweiten Schatz, der so eindrucksvoll und gleichzeitig so ungeschützt ist wie das im Museum Padre Le Paige ausgestellte Gold der alten Atacameños. Auch wenn in der Nacht schwere Stahltüren den Zutritt zu den Fundstücken verwehren, könnten die wertvollen Gegenstände tagsüber doch problemlos von jeder bewaffneten Bande geraubt werden, die nichts weiter tun müsste, als die friedlichen Museumswächter zu überwältigen.

»Sie kämen nicht weit, Bruder«, flüsterte der Inti Palomares Cayetano Brulé zu, als sie durch einen Raum mit Betonwänden schlenderten. »Immer wieder habe ich mir einen Überfall ausgemalt, aber dann habe ich mich irgendwann beruhigt. Die Diebe könnten zwar alles mitnehmen, aber sie bräuchten Stunden, um die nächste sichere Stadt zu erreichen. In der Wüste wären sie aus der Luft leicht zu sehen, sogar von einem Satelliten aus.«

Die faszinierende Schönheit der viele Jahrtausende alten, vollständig aus Gold gefertigten Stücke verschlug dem Detektiv die Sprache. Im Licht der Strahler glänzten nicht nur die fein gearbeiteten Rüstungen der großen Atacameños, die zur selben Zeit wie das Tiahuanaco-Reich existierten, sondern auch Gefäße in der

Form von Gesichtern mit großen Schlitzaugen, die das Jenseits mit dem rätselhaften Lächeln einer Mona Lisa betrachteten – ein Jenseits aus grünen Weiden, schattigen Gärten und kristallklaren Bächen –, mit schlichten Motiven verzierte zermonielle Gefäße und eine große Zahl filigraner Halsketten, Ohrringe, Armreifen und Ringe.

»Alles, was du hier siehst, ist unbezahlbar«, bemerkte der Inti mit einem tiefen Seufzer, während er sich zwischen den Rastalocken unter seiner Wollmütze kratzte.

Cayetano betrachtete diese peruanische Version eines Bob Marley aus den Augenwinkeln. Mit seinen fünfundvierzig Jahren verbrachte der Inti – braungebrannt, kräftig, dunkle Augen, volle Lippen – sein Leben mit der Herstellung von Kunsthandwerk, dem Rauchen selbst gedrehter Zigaretten und konsequenter Meditation, wie er ihm auf dem Weg zum Museum anvertraut hatte. Er war Koch auf einem Schiff der peruanischen Handelsmarine gewesen und hatte auf diese Weise einiges von der Welt gesehen. Später, in den Siebzigerjahren, hatte er sich wie viele andere linke Lateinamerikaner der sandinistischen Guerilla angeschlossen. Es war die Zeit des heldenhaften Aufstands, als der Sandinismus tatsächlich so etwas wie eine revolutionäre und vom Volk gestützte Alternative zu sein schien, hatte der Inti betont, während er sich die gewebte Mütze gerade gerückt und Cayetano den Museumseintritt bezahlt hatte. Anders als heute, da der Sandinismus sich nicht groß von der mexikanischen PRI oder der Kommunistischen Partei Kubas unterscheide: eine Allianz betagter Kämpfer, die sich mit allen Mitteln an die Macht klammere, und jungen Opportunisten, die es so rasch wie möglich zu etwas bringen wollten.

»Nein, Bruder, da verkaufe ich lieber mit Jane Kunsthandwerk.« Er sprach von seiner nordamerikanischen Lebensgefährtin, die offensichtlich nicht nur seine Frau, sondern auch so etwas wie seine Aufenthaltsgenehmigung für die USA war. »Weißt du was, Bruder, nach all den Jahren bin ich zu dem Schluss gekommen, dass Guerillas, wenn sie siegreich sind, Diktatoren und Millionäre hervorbringen, und wenn sie verlieren, Terroristen und Unternehmer. Auf jeden Fall«, hatte er auf dem Weg zur Goldkammer hinzugefügt und war sich dabei mit philosophischer Geste durch die Rastalocken gefahren, »sind sie vielseitiger als die Rechte, die nur Diktatoren und Millionäre hervorbringt.«

Als Cayetano am Morgen zum Markt gegangen war, um den Inti abzuholen, hatte er ihn zusammen mit Jane angetroffen, einer heiteren, lebhaften Blondine, die nicht älter als vierzig aussah und wie eine Zigeunerin gekleidet war. Die beiden waren dabei gewesen, Wasser für den Mate auf einem tragbaren Ofen zu erhitzen. Er habe nichts dagegen, ihn zum Museum zu begleiten, allerdings erst nach dem Frühstück, hatte der Inti erklärt. Das Paar wohnte zur Miete in einem bescheidenen Haus in der Nähe des Marktes, wo sie auch töpferten und Goldschmiedearbeiten herstellten. Es war kurz vor zehn gewesen, der Morgen hatte die Straßen in goldenes Licht getaucht, als Cayetano und der Inti zum Museum aufgebrochen waren.

»Das hier zum Beispiel ist von unschätzbarem

Wert«, erklärte der Inti, während er ein großes schmutziges Taschentuch aus seinem Rucksack zog und sich lautstark schnäuzte. Er deutete auf ein goldenes Gefäß in der Form eines Gesichts, das man in der Calle Larache, unweit des Platzes, gefunden hatte und das etwa eintausendfünfhundert Jahre alt war. »Das Gold, die Geschicklichkeit, mit der es gegossen wurde, und die Tatsache, dass es sich um einen einmaligen historischen Fund handelt, all das macht es zu einem unvorstellbar wertvollen Objekt.«

»Bei den Preisen könnte ich mir vorstellen, dass es nach wie vor einen regen Schwarzhandel mit solchen Fundstücken gibt«, bemerkte der Detektiv, der noch immer nicht ausschließen wollte, dass auch Balsen etwas mit solchen Geschäften zu tun gehabt haben könnte.

»Wenn du die Augen aufsperrst, Bruder«, sagte der Inti ruhig, aber mit lauter Stimme und einem leichten nicaraguanischen Akzent – Cayetano sah Palomares in seiner olivgrünen Uniform der sandinistischen Guerilla vor sich, die Bob-Marley-Rastalocken unter einer Che-Guevara-Mütze –, »wirst du sehen, dass es im ganzen Museum nicht ein halbes Dutzend von diesen Gefäßen gibt. Kannst du dir vorstellen, wie viele in all den Jahren geplündert und verkauft worden sind?«

»Könnte Balsen nicht doch in so etwas verwickelt gewesen sein?«, fragte Cayetano diskret. »Wir sprechen hier von hunderttausenden von Dollar.«

Der Inti schüttelte den Kopf, während er die schönste Rüstung im Saal betrachtete. Sie war im *ayllu* Conde Duque gefunden worden.

»Die muss etwa tausend Jahre alt sein.« Mit dem Ausdruck eines Experten biss er sich auf die Unterlippe. Dann fuhr er fort: »Nein, damit hatte der Deutsche nichts am Hut. Das hätte ich gewusst. Willi wollte bloß den Kauf der Pumpen finanzieren und den *achaches* weitere Verluste ersparen. Wer in Chile arm, alt und zu allem Unglück auch noch Atacameño ist, ist wirklich mies dran, mein Bruder.«

»Ich könnte mir vorstellen, dass Balsen solche Sachen verkauft hat, um an Geld für das Projekt zu kommen.«

»Glaube ich nicht, Bruder. Das hätte ich gewusst.«

»Wenn du so viel über Balsen weißt, dann kannst du mir bestimmt auch sagen, ob dir zufällig mal eine Deutsche namens Barbara Schuster über den Weg gelaufen ist?«

»Ich kannte ihn gut genug, um mich darauf einzulassen, Keramik zu fälschen, um den Armen zu helfen. Auch eine Form, Guerillero zu sein. Marxistisch-keramistische Guerilla.« Er grinste, stolz auf sein Wortspiel, um dann ernst hinzuzufügen: »Aber seine Bettgeschichten haben mich nie interessiert.«

Cayetano lud den Inti ein, sich den Rest des Museums mit ihm anzuschauen. Er hatte den Wunsch, noch ein wenig durch diese jahrtausendealte Geschichte zu streifen. Für einen kurzen Augenblick kamen ihm die Berge in den Sinn, die die Umgebung von San Pedro beherrschten, und als er sich vorstellte, wie vor zweitausend Jahren ein Stamm von Jägern von der Hochebene aus die Oase entdeckt hatte, die heute von den vielen Fremden bedroht war, lief ihm ein Schauer über den Rücken. Das Problem lag darin, dachte er kopfschüttelnd, dass die Fremden die *pachamama* nicht wie ein lebendiges Wesen betrachteten, dem man Respekt und Bewunderung zollen musste.

»Hat er Ihnen gegenüber Barbara Schuster nie erwähnt?«

»Der Deutsche war ziemlich verschwiegen, Bruder. Wir haben fast nur über das Projekt und die Hilfe für die *ayllus* gesprochen. Nie über Frauen. Das ist wie über Wasser reden, Bruder. Wenn jemand anfängt, von Wasser zu erzählen, dann weil er Durst hat.«

Sie blieben vor einer Vitrine stehen, in der eine Mumie ausgestellt war. Mit merkwürdigem Sinn für Humor wies ein Schild darauf hin, dass es sich um Miss Chile handelte. Offensichtlich war die weibliche Mumie einmal eine hübsche Prinzessin gewesen.

»Wie fändest du das, Bruder, wenn man deine Oma schnappen und in so eine Vitrine stecken würde, damit die Touristen sie anglotzen?«

Cayetano spürte, wie Palomares' Worte in den Räumen des Museums verhallten. Er konnte seinen kurzsichtigen Blick nicht von der Mumie wenden, die dort vor ihm, in Fötalstellung, in einem großen zerbrochenen Gefäß lag. Er versuchte, sie so gleichgültig wie möglich zu betrachten, aber es gelang ihm nicht. Und plötzlich, als er den ockerfarbenen Ton ihrer jahrtausendealten Kluft bewunderte, war er überzeugt, dass dieser Kopf mit der pergamentenen Haut, die leeren Augenhöhlen und das stumme Lachen, das ihr Kiefer formte, ihn anflehten, in ihr Grab zurückkehren zu dürfen. Er wusste nicht, warum, aber er stellte sich vor, wie die Prinzessin zu Beginn ihres Lebens von den sanften, geschickten und zärtlichen Händen ihrer Mutter in weiche Awayos gewickelt und unter dem transparenten Himmel der Atacamawüste umhergetragen worden war und wie die junge Frau, die jetzt in der Vitrine ruhte, Jahre später Hochzeit gefeiert und sich leidenschaftlich oder vielleicht auch scheu einem kupferhäutigen Prinzen hingegeben hatte, der sie in dem Bestreben, so bald wie möglich für adelige Nachkommen zu sorgen, geschwängert hatte. Sie war eine junge Frau gewesen, die der *pachamama* ihre Opfergaben gereicht hatte, die anständig und fleißig war, die türkisfarbene Träume in der trockenen Wüste hegte und in irgendeinem weit zurückliegenden Moment für immer ihre Lider schloss, mit der beruhigenden Gewissheit, dass es nicht lange dauern würde, bis sie in einer ausgedehnten, fruchtbaren und friedlichen Oase ankäme. Und jetzt lag sie in einer Vitrine, den gierigen Blicken der Touristen ausgesetzt.

»Du sagst ja gar nichts, Bruder. Willst du lieber über den Deutschen reden?«

Er war unfähig, dem Inti zu antworten, der erneut sein Taschentuch aus der Hose zog und sich schnäuzte.

»Diese Deutsche, Barbara Schuster, hatte ein Verhältnis mit Balsen«, erklärte Cayetano eine Weile später, als sie das Museum verließen und sich auf den Weg in Richtung des schattigen Dorfplatzes machten. »Sie hat für Antares gearbeitet.«

»Kennst du Antares, Bruder?«

»Ich weiß nur, dass es eine deutsche Firma ist, die nach Bodenschätzen sucht.«

Sie betraten den Patio des Restaurants Juanita, ließen sich an einem der Tische nieder und bestellten zwei

Milchkaffee. Aus den Lautsprechern hallte die Stimme von Luis Miguel, der »Si nos dejan« sang.

»Und warum fragst du die Leute von Antares nicht nach dieser Frau?«

»Das habe ich vor, ich muss nur die richtige Person finden.« Schnaubend wischte sich Cayetano die Brillengläser an einer Papierserviette ab. Seine Augen wirkten jetzt noch kleiner und schienen in dem runden, pausbäckigen und von der unerbittlichen Wüstensonne gebräunten Gesicht zu verschwinden. »Ich habe bereits mit jemandem gesprochen, aber wir sind nicht weit gekommen.«

»An deiner Stelle würde ich die Sache vergessen, Bruder«, riet ihm der Inti spöttisch und kratzte sich unter der Mütze. »Bei Antares arbeiten nur Deutsche. Die sind ziemlich verschlossen, interessieren sich nur für ihren eigenen Kram, und wenn sie doch mal mit dir sprechen, dann nur über Dinge, über die sie reden wollen. Warst du bei der Anlage, die sie jetzt haben?«

Cayetano setzte sich die Brille wieder auf. Erleichtert stellte er fest, dass er das Gesicht des Inti wieder scharf und deutlich sehen konnte.

»Nein.«

»Vielleicht könnte das ganz spannend sein, Bruder. Man muss immer das Gelände kennen, auf dem man operieren will. Du warst nie Guerillero oder Mitglied der Revolutionären Streitkräfte, oder?«

»Nein.«

»Weil du Kuba zu früh verlassen hast, Bruder. Was für ein Jammer.«

San Pedro, Mittwoch, der 13. Mai, 18:00 Uhr

»Besser, wir fahren nicht direkt bis zu Antares. Ich würde die Anlage lieber aus der Ferne beobachten«, brüllte Cayetano Brulé gegen den Lärm von Pompeyo Jaras Pick-up an.

Während der alte Chevrolet über die holprige Piste ruckelte, wurden sie erbarmungslos durchgeschüttelt. Die Fahrbahn war aus reinem Zinkspat, fähig, selbst die dickste Farbschicht eines Panzers abblättern zu lassen, und führte schnurgerade nach Osten, als wäre der Vulkan Láscar mit seiner steten Rauchfahne ihr Ziel.

»Keine Sorge, ich kenne eine Stelle, von wo aus wir einen guten Blick haben, ohne selbst gesehen zu werden«, rief Pompeyo. Er umklammerte mit beiden Händen das Lenkrad, das so stark vibrierte, dass es sich jeden Augenblick zu lösen drohte.

Einen Großteil des Tages hatten sie damit verbracht, die Gruben der Bergbauunternehmen zu inspizieren, die in der Umgebung von San Pedro tätig waren, darunter die Minen von El Litio und Minsal. Die beiden Firmen operierten im Salar de Atacama, der wegen seiner schneeweißen Farbe von Weitem wie ein riesiger zugefrorener See aussah, ein Salzsee, so groß, dass man sich auf seiner Oberfläche bewegen konnte, ohne die Ufer zu sehen. Auf ihrer Fahrt waren sie auch in die Nähe von sieben kleineren Gruben gekommen, darunter die früheren von Antares, wo jetzt dank des hervorquellenden Wassers Tamarugohaine wuchsen. Cayetano musste zugeben, die ehemaligen Minen der deutschen Firma waren die einzigen, die aufgeforstet worden waren. Auch wenn die Pflanzungen eher verkümmert aussahen, mit verdörrten, gelblichen Blättern, stellten sie doch in jedem Fall eine löbliche Anstrengung im Kampf gegen die Wüste dar.

Sie gingen sehr vorsichtig vor, taten so, als wären sie Touristen auf einem Ausflug, denn aus Gründen der Sicherheit war Fremden der Zutritt zu den Gruben strengstens untersagt. Cayetano staunte, als er die gewaltigen, lärmenden Ungetüme mit ihren rauchenden Schornsteinen sah, halb Fabrik, halb Bulldozer, die die Erde erbeben ließen und in sie eindrangen, um ihr ihre Geheimnisse zu entreißen. Einmal konnte er von Weitem ein paar Arbeiter ausmachen, die wahrscheinlich die Maschinen bedienten oder in den großen Schuppen tätig waren.

»Kein Mensch weiß, wonach die eigentlich suchen«, bemerkte der Touristenführer am Steuer seines Pickups. »Sie besorgen sich die Schürfrechte in Santiago, kommen mit ihren Maschinen, stellen ein paar Leute aus den Oasen ein und fangen an, nach irgendwas zu graben. Irgendwann hauen sie wieder ab und lassen sich woanders nieder. Auf der Suche nach den Schätzen der Wüste.«

Letztendlich, sagte sich der Detektiv entmutigt, während er den Staub einatmete, der in den Pick-up drang, konnte Balsens Tod unzählige Gründe haben: von gewöhnlichem Raub bis hin zu einem Konflikt mit den Minenbetreibern.

Gut möglich, dass sich die Mörder auf einem dieser Gelände befanden, aber es konnten genauso gut Drogenhändler oder Grabräuber gewesen sein, oder jemand, den Balsens Projekt ruiniert hatte. Genervt schnaufend, rutschte Cayetano unruhig auf seinem Sitz hin und her. Dabei stützte er den Ellbogen auf die Fensteröffnung und hielt sich mit der Hand am Dach fest. So fuhr man in den Fünfzigerjahren in Havanna, erinnerte er sich.

»Haben Sie Antares früher schon mal ausspioniert?«, fragte er Jara eine Weile später.

»Ein paarmal, aus reiner Neugierde.«

»Weswegen?«

»Wie gesagt«, entgegnete der Touristenführer. Er hatte die Augen fest auf die Fahrbahn gerichtet, seine Hände umklammerten das Lenkrad. »Die Wüste verbirgt einen Haufen Schätze, alle wissen das. Antares sucht Bodenschätze, und ich interessiere mich eben für die Schätze der Atacameños.«

»Und was hat das damit zu tun, dass Sie Antares ausspionieren?«

»Antares gräbt mit diesen riesigen Maschinen und bewegt dabei große Erdmassen. Ich will sehen, was in den Hügeln alles so zum Vorschein kommt. Verstehen Sie?«

Mittlerweile fuhren sie schneller und zogen eine gewaltige Staubfahne hinter sich her. Cayetano sah zurück und stellte fest, dass sie bereits gut an Höhe gewonnen hatten. Unten im Tal konnte er deutlich die grünen Anbauflächen von San Pedro ausmachen.

»Für die Atacameños, die Einwohner von Tiahuanaco und die Inkas, aber auch für die spanischen Konquistadoren war dieser Teil der Wüste jahrhundertelang eine wichtige Handelsroute. Sie kamen vom Altiplano herunter, wo es Gold und Silber gab, und waren unterwegs zum Hafen von Cobija oder zu den Oasen, wo sie sich mit frischen Lebensmitteln und Meeresfrüchten versorgten. Unterwegs haben sie bestimmt immer wieder Schätze vergraben und sie später dann vergessen. Man muss nur wissen, wo und wie man am besten sucht.«

»Sie glauben wirklich, dass diese Schätze existieren?«

»Warum nicht, wenn auch die Archäologen und Grabräuber daran glauben?«

Wie üblich antwortete Jara mit einer Gegenfrage. Als fühlte er sich in die Defensive gedrängt.

Der Detektiv zuckte mit den Schultern und spuckte ein paar Sandkörner aus dem Fenster. Bei genauerer Betrachtung hätte auch Pompeyo Jara gut ein Schatzräuber sein können, jemand, der nicht lange fackeln würde, alles zu plündern und an den Meistbietenden zu verkaufen, sollte er irgendwann einmal auf ein Grab mit wertvollen Gegenständen stoßen.

»Ich habe nie mit dem Suchen aufgehört. Es stimmt, bis heute habe ich nichts außer ein paar Pfeilspitzen und den einen oder anderen Krug gefunden, aber eines Tages wird es klappen. Wissen Sie, wie diese goldenen Gefäße mit den Gesichtern entdeckt wurden, die im Museum?«

»Nein.«

»Die hat kein Archäologe gefunden, sondern ein Betrunkener, der eines Nachts durch die Gassen getorkelt war. Tagsüber hatten Arbeiter Kanäle gegraben, um Wasserleitungen zu verlegen. Der Mann war auf dem Weg zu seinem *ayllu* und sah etwas im Mondlicht schimmern.«

»Ein goldenes Gefäß.«

»Ein goldenes Gefäß«, wiederholte der Touristenführer ruhig. »Er hat es mit nach Hause genommen und dem Besitzer eines Getränkeladens für ein paar Korbflaschen Wein angeboten.«

»Und?«

»Nichts. Das erschien dem Typen vom Getränkeladen allerdings als schlechter Tausch. Aber das Gerücht drang bis zum Museum, und am Ende hat das Museum das Goldgefäß gegen die geforderten Flaschen Wein getauscht.«

Am Straßenrand sahen sie immer wieder Konservendosen, Limonadeflaschen, Windeln und Zigarettenschachteln herumliegen, untrügliche Zeichen für die Zunahme des Tourismus in der Atacama.

»Abfälle, die in der Wüste landen«, brüllte Pompeyo Jara, ohne den Blick von der Piste abzuwenden, »liegen hier genauso lange wie in der Antarktis: tausende von Jahren. Hier zersetzt sich nichts.«

Plötzlich wich der Pick-up von seinem östlichen Kurs ab, als wollte er direkt auf den erhabenen Licancabur zusteuern. Ab einem bestimmten Punkt, der Cayetano absolut willkürlich vorkam, beschleunigte er und fuhr auf die Gebirgskette zu.

»Das hier ist die trockenste Wüste der Welt«, bemerkte Pompeyo Jara und zeichnete eine gerade Linie auf seine Handfläche, »und mit vierhunderttausend Quadratkilometern die neuntgrößte des Planeten. Hier gibt es Orte, an denen es noch nie geregnet hat. Es ist trockener als in der Sahara.«

Cayetano, der aus der Karibik stammte, wo warme Regengüsse und Gewitter so gewöhnlich waren wie Tag und Nacht, faszinierte die Wüste immer wieder aufs Neue. Als er sich vorstellte, die unermessliche Weite der Atacama würde von dichten Wäldern, Flüssen und Seen bedeckt sein, von prasselnden Regenfällen ausgewaschen werden, Chirimoyas, Bananen, Papayas, Mangos, Guanábanas und Landschaften von leuchtend saftigem Grün hervorbringen und als Zufluchtsort für tausende von Kakadus, Tukanen und Kolibris dienen, lief ihm ein Schauer über den Rücken, aber dann besann er sich, und seine kurzsichtigen Augen sahen wieder das, was tatsächlich vor ihm lag: eine ebene, ausgedörrte, fast endlose Weite, in der es keine anderen Lebewesen als ihn und seinen Begleiter zu geben schien.

»Überall, wo Sie Tamarugos sehen, edle Gewächse, die hier nur selten vorkommen, fließt unterirdisches Wasser«, erklärte Pompeyo und deutete auf ein kleines Wäldchen, das sich rechts von ihnen erstreckte. »Das sind Orte, wo die Atacameños ihre Schätze versteckt haben könnten.«

Der Wagen schaukelte weiter voran, kurz davor, umzukippen. Die Reifen rollten über messerscharfe Felsbrocken, die die Karosserie noch mehr verbeulten, als sie ohnehin schon war, glatte, graue Steine, die an Eier erinnerten, und zerbrechliche, schieferfarbene Gesteinssplitter.

Je mehr er sich auf die Landschaft einließ und seine Augen sich an die verschiedenen Ockertöne gewöhnten, desto deutlicher wurde Cayetano, was für eine breite Skala schimmernder Nuancen die Wüste aufwies, Nuancen, die man erst zu sehen lernen musste. Hier glitzerte es bleifarben, rötlich-braun, weiß, gelb und orange, dort blitzte es elfenbeinfarben, grün, rosa, dunkelrot, lederbraun und ockerfarben. Plötzlich tauchten vor dem Pick-up ausgetrocknete Flussbetten und tiefe Schluchten auf, und das Fahrzeug begann vorsichtig im ersten Gang bergab zu schlittern. Der Wagen hustete, bockte und wirbelte Staub auf wie ein wild gewordener Drache, bis Pompeyo mit etwas Geschick und viel Erfahrung den Grund der Senke erreichte, um sofort wieder, inmitten der sengenden Hitze und dem höllischen Röhren des Motors, die nächste Steigung zu erklimmen und zurück auf die Hochebene zu gelangen.

»Wir sind da«, verkündete Pompeyo plötzlich mit energischer Stimme und hielt an.

Eine dichte Staubwolke hüllte sie ein. Es war kurz vor Sonnenuntergang. Schweigend blieben sie im Wagen sitzen, während ein Schwarm Flamingos über sie hinwegflog und den Himmel rosa-weiß färbte.

»Sehen Sie den Berg dort, der aussieht wie ein Stuhl?«

»Der da vorne?«

»Täuschen Sie sich nicht«, warnte der Touristenführer. »Der ist weiter weg, als man denkt, das merkt man nur nicht, weil die Bezugspunkte fehlen. Die Leute nennen ihn den Inkathron, er ist der einzige Ort, von wo aus wir die Anlage von Antares beobachten können, ohne selber gesehen zu werden.«

San Pedro, Mittwoch, der 13. Mai, 20:30 Uhr

»Folgen Sie mir, so dicht Sie können«, befahl Pompeyo Jara, als sie den Rückweg über einen steilen Abhang antraten. »Man muss sehr langsam runtergehen, wir werden eine gute Stunde bis zum Wagen brauchen.«

Es sah aus, als hätte der Vollmond die Wüste mit einer hauchdünnen Eisschicht überzogen. Hier und da schwächten ein paar gräuliche Wolken, transparent wie Schleier, das Funkeln der Sterne ab, und ein eisiger Wind, der von den Anden herabblies und auf der Haut schmerzte, heulte melancholisch, als er über die Bergkämme strich. In der Ferne waren die Lichter der Minen zu sehen. Aus Angst, er könne abstürzen, tastete sich der Detektiv fast hockend vorwärts, wobei er nach Steinen und Felsbrocken tastete. Ein paar Schritte vor ihm, in leicht gebeugter Haltung, schweigend in sich versunken, ging Pompeyo Jara.

Im letzten Schimmer der Abenddämmerung war es ihnen gelungen, einen Blick auf Alpha IV, die Mine von Antares, zu werfen. Es war ein großes, von einem Stacheldrahtzaun gesichertes Gelände, auf dem sie mehrere Schuppen, zwei Bagger und einen Lastwagen erkennen konnten. Das Einzige, was Antares von den übrigen Minen unterschied, war ein kleines, frisch gepflanztes Tamarugowäldchen neben den Schuppen.

»Das bedeutet, sie haben nichts gefunden«, erklärte Pompeyo. »Deshalb forsten sie schon auf. Die Leute behaupten, dank solcher Aktionen sei Antares schon seit Jahren in der Atacama, ohne auch nur einen einzigen Centavo ans Finanzamt bezahlt zu haben. Aber mal was anderes, was bewegt einen Kubaner, nach Chile zu ziehen?«

Cayetano bemühte sich, so gut es ging, eine Geschichte zusammenzufassen, die fast so lang wie die des Tabaks war. Der Touristenführer war erstaunt, als er hörte, dass dieser Schnurrbartträger mit der dicken Brille bis Anfang der Siebziegerjahre auf den feuchtheißen Keys von Florida gelebt hatte, bis er sich in eine chilenische Studentin mit revolutionärer Gesinnung verliebt hatte und ihr nach Valparaíso gefolgt war, um dort sein Glück zu versuchen. Er war jung gewesen, hatte geglaubt, die Welt verbessern zu können, und nicht gezögert, den sonnigen Stränden von Key West den Rücken zu kehren und sich auf den windigen Hügeln Valparaísos niederzulassen.

»Haben Sie nie nach versunkenen Schätzen in der Karibik gesucht?«, fragte Pompeyo Jara, während sie den Abstieg fortsetzten. »Dort sind unzählige spanische Galeonen und Piratenschiffe voller Gold und Silber gesunken. Ich hätte das getan.«

Cayetanos negative Antwort schien ihn zu enttäuschen.

Als sie einen von Steinsplittern bedeckten Hügel hinaufstiegen, sahen sie in der Ferne die Lichter der Minen, die ihre Arbeit auch nachts nicht einstellten.

»Wie lange kann ein Unternehmen wie Antares nach Bodenschätzen suchen, ohne welche zu finden?«, fragte Cayetano.

Er spürte, wie sein Herz zu rasen begann. Die Höhe, diese verdammte Höhe drohte ihn endgültig fertigzumachen.

»Kann sein, dass Antares noch Jahrzehnte hierbleibt«, erklärte der Touristenführer. »Das Unternehmen ist überall auf der Welt tätig und kann sich den Luxus leisten, nie etwas zu finden. Ich glaube, Antares gehört zu einer dieser großen transnationalen Firmen. Außerdem bezweifle ich, dass in diesen Gruben nach Mineralien gesucht wird. Die suchen nach Öl.«

»Aber um Öl zu suchen, braucht man Bohrtürme.«

»Das läuft heute mit Satelliten. Ich glaube, viele der Unternehmen suchen nach Öl. Und ich will Ihnen noch etwas verraten. Es heißt, einige der Firmen wären schon vor Jahren auf Öl gestoßen.«

»Nicht schon wieder dieser Schwachsinn! Warum steht das dann nicht in den Zeitungen? Können Sie sich ausmalen, was so ein Fund für das Land bedeuten würde?«

»Sie sitzen auf ihren Konzessionen und verheimlichen die Information. Erst wenn das Öl in anderen Breiten zur Neige geht, geben sie die neuen Vorkommen bekannt.«

»Und Sie glauben, Antares sucht nach Öl, in diesen verlassenen Schuppen, die wir gesehen haben?«, hakte Cayetano nach, während er versuchte, ein Streichholz anzuzünden, das der Wind sofort wieder ausblies.

»Ich weiß nicht, was die da treiben, mein Freund,

aber Sie haben ja gesehen, in dieser Wüste suchen viele nach Reichtümern oder verschmutzen die Gegend, ohne dass die Behörden etwas unternehmen. Und wissen Sie, warum? Weil hier Geld fließt. Die Atacama ist die reichste Gegend Chiles, mein Freund, hier gibt es Erze, Öl, Lithium, archäologische Schätze, touristische Attraktionen, die Drogenhändler aus den Nachbarstaaten benutzen uns als Zwischenstation, um die Welt mit Drogen zu versorgen, nur wir Bewohner bleiben so arm wie eh und je. Alles fließt nach Santiago.«

War etwas dran an dem, was Pompeyo behauptete?, fragte sich Cayetano. War es vorstellbar, dass die Unternehmen Erdöl fanden und die Vorkommen unter Verschluss hielten, um Preiseinbrüche zu verhindern oder eine günstigere Konjunktur abzuwarten? Gehörte das nicht ins Reich der Fabeln, wie es sie in allen ländlichen Regionen gab? Wo hörte das Reich der Fantasie auf, wo begann die Wirklichkeit in der Atacama? Er beschloss, wieder auf das Thema zurückzukommen, das ihn interessierte.

»Sie kennen nicht zufällig eine Deutsche namens Barbara Schuster, die für Antares gearbeitet hat?«

Pompeyo blieb stehen und sah Cayetano an.

»Natürlich, ich kann mich noch gut an sie erinnern«, bemerkte er ernst. »Ich habe sie einmal zur Grube gefahren. Aber die Frau ist seit einiger Zeit weg. Sagen Sie nicht, Sie verdächtigen sie, den Deutschen umgebracht zu haben.«

»Mich interessiert nur, ob sie ein Verhältnis mit Balsen hatte.«

»Ich hab da was gehört, vor längerer Zeit schon, aber

eher in die Richtung, dass sie was mit Don Bo gehabt hätte, ihrem Chef. Solche Gerüchte eben. Na ja, die Europäer haben halt ständig neue Partner, da ist alles möglich.«

Sie gingen weiter bergab.

Cayetano spürte, wie ein neuerliches Interesse an Antares in ihm wuchs. Pankow hatte ihm nichts von Barbara Schuster erzählt. Warum? Waren sie ein Paar gewesen? Aber warum hatte man die Frau gezwungen, San Pedro zu verlassen, und warum war Balsen später in die Pension gekommen, um nach ihr zu fragen? Und wie viel von dem, was Pompeyo über die Aktivitäten der Bergbauunternehmen erzählt hatte, stimmte tatsächlich?

Eine Weile später erreichten sie den Pick-up, der im Mondlicht glänzte wie neu. Der Touristenführer lächelte zufrieden, er hatte richtiggelegen mit seiner zeitlichen Einschätzung. Sie stiegen ein. Als sie die Türen zuschlugen, hallte das Echo unheimlich in der Ferne wider.

»Und jetzt, Don Cayetano?« Pompeyo ließ den Motor an.

»Zurück nach San Pedro. Ich will früh aufstehen und mir noch einmal diesen Pankow vorknöpfen.«

San Pedro, Donnerstag, der 14. Mai, 8:30 Uhr

Am nächsten Morgen machte sich Cayetano auf die Suche nach dem Leiter von Antares. Als er am vergangenen Abend erfahren hatte, dass es Cornelia Kratz gelungen war, eine andere Hütte zu bekommen, hatte er sich sehr gefreut. Es würde ihr erlauben, ihre Unabhängigkeit auszuleben, und ihm, seine wohlverdiente Ruhe zu genießen. Die Durchsuchung des Zimmers hatte die Journalistin davon überzeugt, dass es das Klügste war, sich von dem Detektiv zu trennen.

Pankow saß allein an einem Tisch im Restaurant der Pension San Pedro und frühstückte schweigend. Hinter ihm konnte man das Schwimmbecken und die Johannisbrotbäume im Patio sehen. Er las in einer alten Ausgabe des *Spiegel*.

»Da ist ja wieder die berühmteste Spürnase der Tropen!«, rief Pankow mit einem strahlenden Lächeln, das seine Froschaugen aufleuchten ließ. Die Teetasse in seiner Hand war auf halbem Weg zwischen Untertasse und dem riesigen Mund mit den violetten Lippen zum Stehen gekommen. »Setzen Sie sich, mein Lieber, setzen Sie sich. Leisten Sie mir bei dieser Schweinerei von Frühstück Gesellschaft.«

Er trug Jeans und einen olivgrünen Pullover, wahrscheinlich von der Bundeswehr, der die Wölbung seines Bauchs betonte. Sein eindrucksvolles Bulldoggenkinn glänzte frisch rasiert und roch nach Aftershave. Er war der einzige Gast im Speiseraum.

Cayetano machte es sich ihm gegenüber bequem und bestellte eine Tasse Milchkaffee und Spiegeleier bei dem Barkeeper, der jetzt den Kellner gab. Auf Pankows Teller sah er ein Schwarzbrotsandwich mit Salami und Käse liegen, daneben stand ein großes Glas mit Papayasaft.

»Dieses Brot hier, mein Lieber, ist keine Schweinerei, sondern ein wunderbares Pumpernickel. Jawohl, Pumpernickel. Roggenbrot, ein besonderes deutsches Rezept. Lass ich mir extra aus Santiago schicken«, erklärte Pankow und lachte kräftig, bevor er das Sandwich in die Hände nahm und ein großes Stück davon abbiss. »Ich hasse das Weißbrot, mit dem man hier *lomitos*, *barros jarpas*, *chacareros* und Hotdogs macht. Hast du gesehen, was für Schweinereien die Chilenen essen? Soll ich dir ein deutsches Sprichwort verraten?«

»Nein.«

»Was der Bauer nicht kennt, frisst er nicht.« Er grinste stolz und sah den Detektiv mit seinen grünlichen Augen an. Plötzlich wurde er ernst. »Was willst du von mir?«

»Mich über ein paar Dinge mit Ihnen unterhalten, wenn Sie nichts dagegen haben.«

Der Deutsche schüttelte den Kopf.

»Nein, überhaupt nicht, überhaupt nicht«, erklärte er mit aufgeblähten Backen und betrachtete aufmerksam eine Salamischeibe, die kurz davor war, aus dem Sandwich zu fallen. Sein grau meliertes Haar glänzte an diesem Morgen wie frisch gewaschen. »Ich bin nicht dumm, Kubaner. Wenn du dich um diese Uhrzeit hier rumtreibst, dann weil du mich suchst. Sag einfach, worum es geht.«

»Um Barbara Schuster.«

Der Deutsche blickte den Detektiv an und hörte auf zu kauen. Cayetano glaubte eine leichte Röte in seinem Gesicht zu erkennen, aber das konnte er sich auch einbilden. Er beobachtete, wie Pankow einen Schluck von seinem Saft nahm und über die raue Oberfläche des Brotes strich.

»Was ist mit ihr?«

»Warum hat sie Antares verlassen?«

»Deine Frage überrascht mich, Kubaner. Wie du weißt, haben Firmen Verträge mit ihren Mitarbeitern, und wenn die auslaufen, können beide Seiten machen, was sie wollen. Der Vertrag war zu Ende, peng, und Barbara ist gegangen.«

»Soweit ich gehört habe, hat sie die Oase recht plötzlich und überraschend verlassen ...«

»Und was ist daran so ungewöhnlich, mein Freund?«

Cayetano zog die Brauen hoch und ließ seinen Blick durch den Speiseraum schweifen, als hoffte er, dort eine Antwort zu finden.

»Eigentlich nichts. Aber irgendwas ist komisch an der Sache. Ich würde ganz gern mit ihr darüber sprechen.«

»Kann ich mir vorstellen«, fuhr Pankow fort. Als die Salamischeibe auf den Teller fiel, stieß er einen Fluch aus. »Die Leute hier sind so verdammt faul und haben so wenig zu tun, dass sie sich am liebsten mit Gerüchten beschäftigen. Die haben dir erzählt, dass Barbara verschwunden ist, nicht wahr?«

»Ich weiß nur, dass sie von einem Tag auf den anderen gegangen ist.«

»Fragst du als Tourist oder Detektiv?«

»Als Detektiv.«

»Gut«, antwortete der Deutsche und unterdrückte ein Aufstoßen. Dann legte er das Sandwich auf den Teller, direkt auf die Salamischeibe. »Es gab einen unangenehmen Vorfall bei der Arbeit, und wir haben sie entlassen. Zufrieden?«

»Was ist passiert?«

»Donnerwetter! Du glaubst doch nicht, dass ich dir irgendwelche Firmengeheimnisse erzähle, mein Sohn, oh nein, das werde ich ganz bestimmt nicht tun. Wir haben sie entlassen. Punkt. Aber ich verstehe nicht ...«

»Sie verstehen nicht, warum ich nach ihr frage.«

»Ich verstehe nicht, warum ich dir den ganzen Schwachsinn erzähle.« Er brach in Gelächter aus. »Den ganzen Schwachsinn mit Doña Barbara. Aber was genau willst du eigentlich? Sag es, und ich helfe dir. Bei uns Deutschen musst du dich immer sehr genau ausdrücken.«

Cayetano wartete, bis der Kellner die Bestellung auf den Tisch gestellt hatte und wieder gegangen war. Er sah, wie der Mann hinter der Theke stehen blieb, von wo er die Gäste im Auge hatte und ihrem Gespräch lauschen konnte. Für wen arbeitet dieser Typ eigentlich?, fragte sich der Detektiv, bevor er sich wieder an den Deutschen wandte: »Ich möchte nichts Spezielles, Herr Pankow. Aber es kommt mir seltsam vor, dass eine Ihrer Mitarbeiterinnen so plötzlich gegangen ist.« Er steckte sich eine Zigarette an und blies den Rauch zur Decke. »Wusssten Sie, dass sie Willi Balsens Geliebte war?«

Ein Ausdruck von Misstrauen flackerte in Pankows Gesicht auf. Dann fragte er: »Barbara? Ach, mein Lieber, wenn ich mich um alle Liebschaften meiner Truppe kümmern würde, käme ich nicht mehr viel zum Arbeiten. Aber das kann ich mir eigentlich nicht vorstellen, ich habe sie nie zusammen gesehen. Bist du sicher? Barbara Schuster und Willi Balsen?«

Cayetano probierte den Kaffee. Er schmeckte bitter, er hatte vergessen, ihn zu süßen. Hatte Pankow wirklich nichts von dem Verhältnis zwischen seiner Angestellten und Balsen gewusst? Er schnaubte missmutig.

»Ich finde es lustig«, fügte Pankow hinzu, der sich von der Überraschung erholt hatte, »dass du Balsens Tod mit dem Aufbruch von Frau Schuster in Zusammenhang bringst. Das war schließlich vor dem Mord.«

Cayetano tunkte das letzte Stück Brot in das flüssige Eigelb und schob die Metallschale in die Tischmitte. Im Grunde mochte er an Spiegeleiern nur den Dotter.

»Ich bin mir sicher, dass Sie wissen, warum Barbara so plötzlich gegangen ist.«

Pankow lächelte selbstsicher.

»Du meinst, weil sie die Pension so früh am Morgen verlassen hat?« Er neigte den Kopf zur Seite, ohne seinen festen Blick von Cayetano abzuwenden. »Anders hätte sie das erste Flugzeug nach Santiago nicht bekommen, von wo sie weiter nach Frankfurt geflogen ist. Das ist der Grund für ihren frühen Aufbruch, mein Lieber. Gibt sich deine Schnüfflernase damit zufrieden?«

»Das soll der Grund sein?«

»Das und die Tatsache, dass Barbara gern einmal zu tief ins Glas geschaut hat.« Er hob ein paarmal die Hand zum Mund und machte eine Kippbewegung. »In jener Nacht hatte sie auch ein paar Pisco Sour zu viel intus.«

»Jeder trinkt bei seinem Abschied gerne ein paar Gläschen. Es war doch ihr Abschied, oder?«

Cayetano spürte, dass Pankows unerschütterliche Haltung erste Risse bekam. Er sah, wie der Deutsche ein paar Sekunden zögerte, dann hörte er ihn genervt antworten: »Es war ihr letzter Tag in der Atacama. Wir hatten eine kleine Abschiedsfeier vorbereitet, so wie es sich gehört. Man muss schließlich nicht alle Brücken zu den Leuten abbrechen, die einmal Kollegen waren. Sie hat sich betrunken wie noch nie.«

Was Pankow sagte, stimmte zum Teil mit der Version des Barkeepers überein, der ebenfalls erklärt hatte, Barbara habe in jener Nacht zu viel getrunken. Und doch gab es eine winzige, aber entscheidende Unstimmigkeit: Wenn Barbara von ihrem Abschied gewusst hätte, wie Pankow behauptete, hätte sie das Balsen mitgeteilt. Und Balsen hätte keinen Grund gehabt, sich ein paar Tage später in der Pension nach der Deutschen zu erkundigen.

»Wo befindet sich Barbara Schuster in diesem Augenblick?«, fragte der Detektiv und leerte seine Tasse.

»Wahrscheinlich in Deutschland. Sie hat ihre Abfindung bekommen und ist gegangen. Aber ihren aktuellen Aufenthaltsort kenne ich nicht. Warum?«

»Können Sie mir helfen, sie zu finden?«

»Natürlich. Aber warum willst du sie unbedingt sehen? Stehst du auf Blondinen?«

Pankows Augen glänzten, aber nicht vor Boshaftigkeit, eher vor Verblüffung. Es war seine erste unüberlegte Antwort gewesen.

»Ich muss Frau Schuster etwas fragen.«

»Wie gesagt, ich habe keine Ahnung, wo sie ist.«

»Sind Sie sicher, dass sie nicht weiter für Antares arbeitet?«

»Um ehrlich zu sein, ich weiß es nicht. Aber ich warne dich, in Deutschland ist es nicht so einfach, jemanden zu finden. Da kommt man nicht so leicht an persönliche Daten ran, mein Lieber. Datenschutz, verstehst du?«

Calama, Donnerstag, der 14. Mai, 11:30 Uhr

Das Grundbuchamt von Calama befand sich im Zentrum der Stadt. Es nahm einen schmalen, mit Regalen voller Aktenordner zugestellten Raum ein, in dem Dutzende von Leuten mit resigniertem Ausdruck auf die Bearbeitung ihrer Angelegenheiten warteten. Ein dünner, etwas tölpelhafter junger Mann mit kantigen Gesichtszügen, der einen Anzug trug und die Wartenden mit entnervender Langsamkeit bediente, war für das Büro verantwortlich.

»Wenn Sie die Nummer des Grundstücksverzeichnisses nicht haben, kann ich Ihnen nicht helfen«, teilte er Cayetano Brulé und Pompeyo Jara mit, als sie nach einer halben Stunde an der Reihe waren. »Können Sie sich vorstellen, was los wäre, wenn ich, der ich mich hier ganz allein für einen Hungerlohn abrackere, einfach so nach irgendwelchen Dokumenten in diesem Archiv suchen würde, das seit Pedro de Valdivias Ankunft in Chile immer weiter anwächst? Dann käme ich zu gar nichts mehr.«

Der Plan des Detektivs war einfach. Er bestand darin, alle verfügbaren Informationen über die Aktivitäten von Antares in der Atacama zusammenzutragen. Er war überzeugt, dass ihnen das Grundbuchamt weiterhelfen konnte.

»Und wenn wir Ihnen sagen, dass sich das Grundstück in San Pedro de Atacama befindet, wäre es dann einfacher, die Seiten zu finden?«, beharrte Cayetano freundlich.

»Wie gesagt«, erwiderte der Dünne. »Wenn Sie die Nummer haben, kein Problem, aber so, auf gut Glück, kann ich Ihnen nicht weiterhelfen. Wenn Sie wenigstens die Verzeichnisnummer vom Nachbargrundstück hätten, ließe sich vielleicht etwas machen.«

»Nachbargrundstück? Mitten in der Wüste?«, rief Cayetano aus. Unbewusst suchte er nach den Zigaretten in seiner Hosentasche und überraschte den jungen Mann dabei, wie er die Stickereien auf seiner blauen Guayabera bewunderte. »Der nächste Nachbar von Antares lebt garantiert hundert Kilometer entfernt, wenn es überhaupt einen gibt.«

Der Kerl – hoch aufgeschossen, unnachgiebig, unbesiegbar – war eine echte Pelotawand, nicht bereit, auch nur einen Millimeter nachzugeben, dachte Cayetano, während er sich eine Lucky Strike anzündete.

»Und ich muss den Herrn bitten, das Rauchen zu unterlassen«, wies ihn der Mann mit einer mürrischen Miene zurecht, die keinen Widerspruch duldete und das Gespräch für beendet erklärte. »Die ganzen Busabgase und die ständige Luftverschmutzung durch die Minen reichen schon für einen hübschen Lungenkrebs.«

Nachdem er das gesagt hatte, überzeugte er sich, dass seine graue Krawatte gerade saß, und wandte sich dem Nächsten in der Reihe zu.

Enttäuscht traten Cayetano und Pompeyo auf die Calle Ramírez hinaus, die Hauptgeschäftsstraße von

Calama, wo sie eine lähmende, im Zenit stehende Sonne und ohrenbetäubender Verkehrslärm empfingen. Cayetanos Plan war kläglich gescheitert. Deshalb war es umso wichtiger, so schnell wie möglich mit Barbara Schuster zu sprechen. Mit ihr Kontakt aufzunehmen, sollte nicht allzu schwierig sein, selbst wenn sie sich in Deutschland aufhielt. Cornelia Kratz' Zeitung könnte ihm dabei helfen, vorausgesetzt, die Journalistin käme endlich von ihrer Exkursion zurück. Vielleicht konnte ihm Barbara Schuster etwas Nützliches über Balsen erzählen, etwas, was die anderen nicht wussten.

Trotzdem musste er mehr über die Aktivitäten von Antares in Erfahrung bringen, und niemand, nicht einmal die deutsche Botschaft, konnte ihm wertvollere Informationen liefern als das Grundbuchamt von Calama, wo das Unternehmen auf die eine oder andere Weise vermerkt sein musste.

»Ohne die Hilfe von diesem Schlacks sind wir am Arsch«, sagte er zu Jara.

Sie überquerten den zentralen Platz der Stadt mit seinen Johannisbrotbäumen, die fast so hoch waren wie der Kirchturm, und betraten das Tropicana. Es war ein kleines, kühles Lokal mit unzähligen Spiegeln an den Wänden, in dem es intensiv nach Mango roch. Die Spezialität des Hauses waren Fruchtsäfte und Shakes. Sie bestellten zwei Mangoshakes und warteten schweigend, wie hypnotisiert von dem leisen Brummen des Mixers und deprimiert von den Schwierigkeiten, mit denen die Ermittlung sie konfrontierte.

Plötzlich rief Cayetano mit leuchtenden Augen: »Verdammt, Pompeyo! Wir dürfen keine Zeit verlieren!«

»Was ist los?«

»Der Typ vom Grundbuchamt lässt uns nicht in seine Dokumente schauen, richtig?«

»Sieht so aus, aber mehr aus Faulheit als aus böser Absicht.«

»Dann sagen Sie mir, Don Pompeyo, Sie, der die Welt kennt: Wenn wir nicht an die Grundbücher kommen, wo könnten wir dann fündig werden?«

Der Touristenführer zuckte mit den Schultern.

»Keine Ahnung, Don Cayetano«, stöhnte er. Die städtische Luft bekam ihm nicht gut. »Das Beste wird sein, nach San Pedro zurückzukehren und die Sache zu vergessen. Noch so jemand wie Sie, und ich bin ruiniert.«

»Verdammt, Don Pompeyo. Machen Sie sich keine Sorgen wegen der Kohle, zur Not würde ich meine Brille verkaufen, damit Sie Ihren Lohn bekommen. Aber noch mal: Wo könnte es Informationen über Antares geben?«

»Erschießen Sie mich, aber ich weiß es nicht.«

Cayetano packte ihn an den Armen und schüttelte ihn kräftig. Dann flüsterte er: »Kommen Sie, Don Pompeyo. Dann sag ich es Ihnen: Wir müssen so schnell wie möglich zur Zeitung von Calama.«

»Zum *Calameño?*«

»Ganz genau. Zum *Calameño.*«

»Und warum?«

»Begreifen Sie nicht?«

»Nein.«

»Mann, Pompeyo. Um ein Exemplar aus der Zeit zu besorgen, als Antares seine Anlage in der Wüste eingeweiht hat! Da müssten interessante Dinge stehen. Ich bin sicher, dass es Artikel darüber gibt!«

Calama, Donnerstag, der 14. Mai, 12:30 Uhr

Zehn Minuten später trafen sie in der Redaktion des *Calameño* ein. Das einstöckige Haus, dessen hohe Fenster mit dicken Eisenstangen gesichert waren, lag an der Kreuzung zweier stark befahrener und von zahlreichen fliegenden Händlern frequentierter Geschäftsstraßen. Um zum Empfang zu gelangen, mussten sie einen dunklen Korridor durchqueren, der frisch gebohnert roch.

»Wenigstens ist es hier schön kühl«, bemerkte Cayetano erfreut, als sie das Ende des Gangs erreichten, wo sie ein alter Mann mit Nickelbrille und Schirmmütze empfing.

Er reckte ihnen seinen kleinen, grauhaarigen Kopf entgegen, und das ausgemergelte Gesicht eines freundlichen Großvaters kam zum Vorschein. Er war das Musterexemplar eines Journalisten, wie es sie vor einem halben Jahrhundert gegeben hatte – was augenblicklich Respekt bei ihnen auslöste –, und verströmte eine Mischung aus Bescheidenheit und Liebenswürdigkeit, einmal abgesehen von seinem penetranten Naphthalingeruch.

»Womit kann ich Ihnen dienen?«

»Wir würden gerne einen Blick in die Ausgaben des *Calameño* der letzten fünf Jahre werfen«, erklärte Cayetano, nachdem er dem Journalisten erzählt hatte, dass sie extra von weit her gekommen waren.

Der Mann trug schwarze Ärmelschoner, und vor ihm standen eine Underwood von unbestreitbarem historischem Wert für jeden europäischen Sammler und eine halbleere Bierflasche. Er kräuselte die Lippen und verzog das Gesicht.

»Da haben Sie sich einen schlechten Tag ausgesucht, meine Herren, der Bibliothekar ist heute nicht da. Er kommt nur montags und mittwochs, und wie Sie wissen, ist heute den ganzen Tag Donnerstag. Und ich bin leider bis um achtzehn, neunzehn Uhr mit der Lokalseite beschäftigt.«

Die höflichen Worte des Journalisten machten Cayetano Hoffnung, dass er ihnen vielleicht doch noch weiterhelfen würde.

»Und wenn wir solange auf Sie warten? Ich wäre sogar bereit, mitten in der Wüste auf Sie zu warten, wenn uns das weiterhilft.«

»Wie ist Ihr Name?«

»Brulé, Cayetano Brulé, und mein Begleiter heißt Pompeyo Jara, geboren und aufgewachsen in San Pedro de Atacama.«

Der Alte lächelte, zog an seinen Hosenträgern und richtete sich mühselig auf. Der tiefen Stille nach zu urteilen, die im Gang herrschte, war er der Einzige, der um diese Uhrzeit in der Redaktion arbeitete. Er stieß ein rasselndes Husten aus und legte seine Finger auf die Tasten der Underwood.

»Der Herr ist offensichtlich Chilene«, sagte er mit einem Blick auf Pompeyo, »Sie aber nicht. Richtig?«

»Ich bin Kubaner. Aus Havanna.«

»Havanna.« Ein wehmütiges Lächeln huschte über das Gesicht des Journalisten. Genüsslich ließ er den Namen der Stadt auf seiner Zunge zergehen, als berge er ein Geheimnis. »Einer von den Guten oder von den Schlechten?«

»Alles im Leben hängt davon ab, durch welche Brille man es betrachtet, wie es beim Orchester Aragón heißt«, erwiderte Cayetano.

Sie sahen sich eine Weile schweigend an. Beide Männer hielten dem Blick stand und versuchten, sich gegenseitig zu durchschauen.

»Da haben Sie wohl recht«, sagte der Alte schließlich, ohne seinen sanften Blick von Cayetano abzuwenden. Dann schüttelte er ein paarmal den Kopf, als erinnerte er sich an etwas. »In meinem Alter nimmt man vieles nicht mehr so ernst. Als ich jung war, habe ich die Dinge mit anderen Augen betrachtet. Kubaner also! Das ist es, was zählt.«

»Und weshalb?«

»Weil ich noch nie einen Kubaner aus Fleisch und Blut gesehen habe, bis auf Fidel, als er 1971 hier in Chuquicamata war. Eine riesige Menschenmenge war gekommen, um ihn zu hören, Minenarbeiter, *calicheros*, Siedler, Frauen. Ich war jung und schrieb für eine Zeitung, die das Militär später verboten hat.«

»Und was hat er so erzählt?«

»Er hat gegen die Yankees und Kapitalisten gewettert und uns aufgefordert, den Sozialismus zu errichten.«

»Zum Glück habt ihr nicht auf ihn gehört.«

Er glaubte, eine leichte Rötung im Gesicht des alten Mannes zu erkennen.

»Wie dem auch sei.« Der Journalist schlug einen versöhnlichen Ton an, das Wichtigste schien ihm zu sein, mit einem Kubaner zu sprechen. »Die Leute sind in Scharen gekommen, um Fidel zu lauschen«, wiederholte er melancholisch. »Er hat mehrere Stunden lang gesprochen.«

»Kann ich mir denken.«

»Ist Havanna schön?«, fragte der Mann, nachdem er sich vergeblich bemüht hatte, aus Cayetanos Reaktion schlau zu werden. Seine müden Augen glänzten erwartungsvoll.

»Die Stadt war schon immer viel schöner, als die Leute behaupten.«

Sie schwiegen, keiner wusste, was er sagen sollte. Von der Straße drang gedämpftes Autohupen und das ferne Rauschen der Stadt zu ihnen.

»Folgen Sie mir«, verkündete der Journalist nach einer Weile und ging mit flinken Schritten voran. »Ich heiße übrigens Elías. Ich werde Sie ins Archiv lassen. Da ist es schön kühl und keiner wird Sie stören, aber Sie kommen nur unter einer Bedingung rein.«

»Und zwar?«, fragte Cayetano mit einem Kitzeln im Magen.

»Ganz einfach. Sie müssen mir später erzählen, wie Havanna wirklich ist.«

Calama, Donnerstag, der 14. Mai, 13:00 Uhr

Es war nicht einfach, zum Archiv vorzudringen. Es befand sich, verborgen wie eine Schatzkammer, im hintersten Winkel des Kellers. Zuerst mussten sie in einem schmalen, nur spärlich von ein paar nackten Glühbirnen beleuchteten Raum eine Treppe hinabsteigen, dann einem fensterlosen Flur mit niedriger Decke folgen, der vor einer schweren Tür aus Kiefernholz endete.

Don Elías drückte gegen die Tür, die mit einem herzzerreißenden Quietschen nachgab. Sie wagten sich in einen dämmrigen Raum vor, und der Journalist schaltete das Licht ein.

Vor ihnen tat sich ein großer Raum mit gewölbten Decken und weiß getünchten Wänden auf. Sie sahen Regale mit dicken kartonierten Bänden und unterhalb der Decke mehrere vergitterte Kellerfenster, hinter denen sie die Schuhe der vorbeieilenden Passanten erkennen konnten.

»Hier müssten Sie finden, wonach Sie suchen«, verkündete der Alte und wuchtete mehrere Bände auf einen wurmstichigen Holztisch. »Der Rest befindet sich hinter mir. Und vergessen Sie nicht: Was nicht im *Calameño* steht, existiert nicht. Das ist der Leitspruch unserer Zeitung, die inzwischen mehr als fünfzig Jahre auf dem Buckel hat.«

Cayetano dankte dem Alten für seine Hilfe und rückte einen Stuhl an den Tisch heran, um mit der Durchsicht der Zeitungen zu beginnen.

Es war die letzte Chance, Licht in die Angelegenheit zu bringen. Andernfalls würde er immer tiefer in einem See aus Zweifeln und Ungewissheiten versinken. Er hörte, wie der alte Journalist den Raum verließ und die Tür hinter sich anlehnte.

»Übrigens« – noch einmal tauchte der Kopf mit der Schirmmütze im Türrahmen auf –, »wonach sucht ein Kubaner in dieser trockenen Gegend, wenn ich fragen darf?«

Cayetano lehnte sich zurück und verschränkte die Hände auf dem Bauch, der kurz davor war, den Widerstand der Knöpfe an seiner Guayabera zu brechen.

»Ich sammle Informationen über das Leben in der Atacama.«

Er wusste nicht, warum er log. Vielleicht aus Erschöpfung oder einfach aus Trägheit. Um nicht noch einmal die lange Geschichte des Tabaks erzählen zu müssen.

»Und dürfte ich erfahren, zu welchem Zweck?«

»Ich habe vor, einen Artikel für eine deutsche Zeitschrift zu schreiben.«

»Zahlen die wenigstens anständig? Hierzulande verdienen Journalisten einen Hungerlohn.«

»Sie sehen ja, was ich hier unter meinen Händen habe«, antworte Cayetano grinsend. »Aber glauben Sie nicht, dass ich dieses Bäuchlein Fleisch und Meeresfrüchten zu verdanken hätte. Nur Brot, Reis und Bohnen, und ab und zu einem guten Rum und einem süßen Kaffee.«

Der Alte lächelte fröhlich. Er räusperte sich ein paarmal, um abrupt das Thema zu wechseln: »Auf Ihrer Heimatinsel gibt es keine Wüsten, nichts, was der Atacama gleicht. Dort ist alles grün. Aber auch hier in Chile gibt es ein paar Spuren karibischen Lebens. Wussten Sie das?«

Cayetano musste zugeben, dass er sich das nie bewusst gemacht hatte, obwohl er bereits seit vielen Jahren in Chile lebte. Für ihn gab es in Lateinamerika nichts Gegensätzlicheres als Kuba und Chile, wenn er einmal von den Mangos und Maracujas absah, die in den Oasen von Pica und Azapa wuchsen. Auch wenn die beiden Länder eine gemeinsame Geschichte teilten, die eng mit der Ankunft der spanischen Eroberer verbunden war und sich später durch den indigenen Einfluss in Chile und den afrikanischen auf Kuba in unterschiedliche Richtungen entwickelt hatte, gab es eine Vielzahl von Elementen, die die beiden Länder unterschieden. Es war nicht bloß eine Frage der Mentalität – extrovertiert, laut und ausschweifend die eine, schamhaft, grau und ernst die andere –, sondern auch der Früchte. Auf Kuba gab es weder Äpfel, Birnen noch Weintrauben, auch keine Araukarien und Eichen, und was wussten die Chilenen vom Mameyapfel, der Guanábana oder der Kochbanane, dem westindischen Hibiskus oder dem prächtigen Flammenbaum? Er war gespannt, was der Journalist sagen würde.

»Etwas von Ihrer Insel können Sie in den Oasen finden«, erklärte der alte Mann, nachdem er den Blick über die Gesichter seiner Besucher hatte schweifen lassen. Noch immer war nur sein Kopf in der Tür zu sehen. »Fahren Sie nach Pica, Toconao oder ins Valle de Azapa, gehen Sie durch die üppigen Gärten spazieren, und Sie werden Mangos, Avocados, Schalotten, Mameyäpfel und was es sonst noch alles gibt vorfinden. Die Oasen sind wie karibische Knöpfe, die jemand in der Wüste verloren hat. Ist das nicht fantastisch?«, fragte er mit leuchtenden Augen. »Wenn Sie einmal Zeit haben, müssen Sie unbedingt dorthin.«

Als das Echo seiner Schritte verklungen war, machten sich Cayetano und Pompeyo an die Arbeit. Weil Don Elías es nicht versäumen würde, rechtzeitig zurück zu sein, um den Geschichten aus Havanna zu lauschen, blieben ihnen nur wenige Stunden, um die zahlreichen Zeitungen der letzten Jahre durchzusehen.

Sie teilten die Bände des Jahres 1991 unter sich auf. Soweit sich Pompeyo erinnerte, hatte Antares in jenem Jahr die Anlage Alpha 1 errichtet. Wenn ihn die Erinnerung nicht täuschte, hatte das Unternehmen Mitte des Jahres, das heißt zwischen Mai und August, die Arbeit aufgenommen, weshalb sie als Erstes die Exemplare dieses Zeitraums durchgingen. *El Calameño* war eine anspruchslose, kleinformatige Zeitung mit billigem Druck, voll mit sensationslüsternen Berichten und Anzeigen, die sich auf chaotische Weise mit nationalen und internationalen Nachrichten mischten.

Nach einer ersten Durchsicht stellten sie ernüchtert fest, dass sie sich zwar die Hände mit Tinte befleckt, aber noch immer nichts gefunden hatten, was die deutsche Firma betraf. Sie fingen noch einmal von vorne an. Diesmal nahmen sie sich vor, sorgfältiger vorzugehen und nichts auszuklammern, nicht einmal die Gesellschaftsseiten. In dieser Sektion gab es zwar auch einen begrenzten Raum für die Lokalkultur, aber eine komplette Seite war dem pulsierenden Nachtleben mit seinen Stripperinnen und Tänzerinnen gewidmet, die sich wahrscheinlich schon vor langer Zeit aus der anspruchsvolleren und umkämpfteren Arena Santiagos zurückgezogen hatten.

Doch die Suche war vergeblich. Entmutigt beschlossen sie, eine Pause einzulegen, die der Detektiv dazu nutzte, die Füße auf den Tisch zu legen und sich eine Zigarette anzustecken.

»Und jetzt?«, fragte Pompeyo.

Schweigend nahm Cayetano die Füße vom Tisch und fing erneut an, in den Zeitungen zu blättern. Diesmal nahm er sich die Ausgaben vom August vor. Er wusste nicht, wie er sonst an Informationen über Antares kommen sollte. Das Einfachste, sagte er sich, wäre, zur Botschaft zu gehen und nach einer Liste der in Chile tätigen deutschen Unternehmen zu fragen. Oder sich bei der Deutsch-Chilenischen Industrie- und Handelskammer zu erkundigen, die ein vollständiges Verzeichnis der Firmen führen müsste.

Allerdings hatte er das Gefühl, dass ihn die Botschaft bereits mit allen verfügbaren Informationen versorgt hatte und die Bürokratie, selbst die deutsche, wie immer viel zu langsam wäre und die Ermittlungen noch mehr verzögern würde. Während er Cornelia Kratz verfluchte, weil sie ihn in dieses Schlamassel hereingezogen hatte, stieß er den Zigarettenrauch durch die Nase aus und blätterte weiter auf gut Glück in den Zeitungen.

»Verdammt, Bruder! Heilige Barbara, schau dir das an!«, schrie er plötzlich auf.

Auf einer der letzten Seiten des *Calameño* vom 15. August 1991 verkündete eine Schlagzeile, dass am Tag zuvor in der Nähe von San Pedro eine Anlage von Antares eingeweiht worden war. Es war eine kurze Mitteilung, ergänzt von einem Foto, auf dem eine größere, unter freiem Himmel sitzende Menschenmenge zu sehen war. Das hatte er bei seiner ersten Durchsicht komplett übersehen!

Der Artikel informierte über den Zweck des Projekts – den Abbau von Erzen und die spätere Aufforstung des Gebiets mit Tamarugo- und Chañarbäumen für den Fall, dass Grundwasser entdeckt würde – und lobte die internationale Erfahrung der deutschen Firma, die sie sich vor allem in verschiedenen afrikanischen Ländern erworben hatte. Genauere Informationen über Antares lieferte der Artikel jedoch nicht, auch wenn drei leitende Angestellte erwähnt wurden, Pankow, von Jordans und Kietz, die neben dem Bürgermeister von San Pedro, dem Polizeichef, dem Leiter der Feuerwehr und dem Repräsentanten des staatlichen Bergbauunternehmens ENAMI während der Einweihung anwesend waren.

Cayetano sah sich das Foto genauer an. Es war eine dieser typischen Aufnahmen, wie es sie immer von solchen Veranstaltungen gibt: Im Vordergrund die leitenden Angestellten, Honoratioren und Ehrengäste, im Hintergrund die im Wind flatternden Fahnen der beteiligten Länder und des Unternehmens. Er erkannte Pankow sofort, obwohl der Deutsche drei Jahre zuvor noch deutlich schlanker gewesen war und weniger graue Haare gehabt hatte. Er wandte sich an Pompeyo: »Erkennen Sie jemanden wieder?«

Pompeyo schaute sich das Foto aufmerksam an. Die abgelichteten Männer blickten ernst, waren ordentlich gekämmt und trugen trotz der Hitze Anzug und Krawatte. Alle verfolgten die Rede eines kahlköpfigen Mannes mit Brille, der vor einem Mikrofon stand.

»Das war der Bürgermeister von San Pedro«, bemerkte Pompeyo lächelnd. »Der Typ links von ihm ist der Polizeichef.«

»Und der rechts? Der in der zweiten Reihe! Den kennen Sie doch auch?«

Pompeyo überlegte ein paar Sekunden.

»Nein.«

»Das ist ein ziemlich bekannter Typ. Erkennen Sie ihn wirklich nicht?«

»Nein.«

»Das ist Mariano Patiño.«

»Der Abgeordnete, der bei dem Flugzeugabsturz ums Leben gekommen ist?«

»Genau der. Vor drei Jahren war er noch kein Abgeordneter, deshalb wird er hier nicht einmal genannt«, sagte Cayetano, während er noch einmal den Text unter dem Foto überflog. »Aber das ist er. Er starb kurz nach Balsen. Er hat die Region im Parlament vertreten und hatte offensichtlich etwas mit Antares zu tun. Ziemlich viele Zufälle auf einmal, finden Sie nicht auch?«

Calama, Donnerstag, der 14. Mai, 23:00 Uhr

Unter den wüsten Beschimpfungen und Handgreiflichkeiten von Nicolás el Romo, einem alten Kumpel von Don Elías, der sich in letzter Sekunde zu der fünfköpfigen, offenbar komplett aus Anhängern der Linken zusammengesetzten Gruppe gesellt hatte und wie die anderen kaum erwarten konnte, den Anekdoten eines waschechten Kubaners aus Havanna zu lauschen, sprangen Cayetano Brulé und Pompeyo Jara in den Pick-up.

Je mehr Bier und *chorrillanas* sie in dem Hinterzimmer der schäbigen Bar El Atacameño, die sich in einer finsteren Ecke in der Nähe des Busbahnhofs von Calama versteckte, bestellt hatten und je präziser der Detektiv beschrieben hatte, wie Havanna vor der Revolution gewesen war – die schönste und reichste, aber auch lasterhafteste und korrupteste Stadt Amerikas – und wie es heute aussah – eine Mischung aus beachtlichen architektonischen, sportlichen und medizinischen Fortschritten auf der einen und chronischer Unterversorgung, massenhafter Prostitution und zahlreichen verzweifelten Menschen, die die Insel verlassen wollen, auf der anderen Seite –, desto häufiger hatten sich bei Nicolás el Romo Anzeichen von Ungeduld gezeigt, die später in unverhohlene Aggressivität umschlagen sollten.

»Du undankbarer Schnurrbartträger, ziehst dein eigenes Vaterland in den Schmutz!«, brüllte Nicolás el Romo, während er an Cayetanos Guayabera zerrte, um ihn daran zu hindern, die Wagentür zu schließen.

Die Passanten – ruhige, besonnene Menschen, wie die Bewohner von Calama gemeinhin zu sein pflegten – beschränkten sich darauf, mit offenem Mund die skandalöse Szene zu bestaunen, die ihnen der schnauzbärtige Glatzkopf mit dem Akzent eines kolumbianischen Drogenhändlers und Nicolás el Romo boten, dieser Trunkenbold und cholerische Verteidiger sämtlicher revolutionärer Ideale, der sich seinen kargen Lebensunterhalt im städtischen Schlachthof verdiente.

Trotz seines wiederholten Flehens, doch bitte wieder zur Vernunft zu kommen, gelang es Don Elías, der um diese Uhrzeit auch schon mehr als ein halbes Dutzend Biere intus hatte, nicht, den stämmigen Nicolás el Romo zu beruhigen. Der hatte sich mittlerweile in eine wahre Windmühle verwandelt, deren rasende Flügel von einem fürchterlichen Sturm herumgewirbelt wurden und Cayetano Brulés physische Unversehrtheit ernsthaft in Gefahr brachten.

»Haltet mich zurück, oder ich werde zum Verbrecher!«, schrie seinerseits der Detektiv, während er sich weiter bemühte, die Tür hinter sich zu schließen, ehe die Polizei auftauchte.

Aber der durch die respektlosen Geschichten in seinem Stolz verletzte Schlachter ließ das kubanische Hemd des Detektivs nicht los, das genau wie die Knöpfe eine bis zum heutigen Tag nicht gekannte Qualität der Erzeugnisse der revolutionären Textilindustrie demonstrierte.

»Wo bist du geboren worden, undankbarer Kerl, wer hat dir alles gegeben, damit du ein Mensch sein kannst?«, schrie der nach Bier und Knoblauch stinkende Nicolás el Romo völlig außer sich, während Don Elías versuchte, ihn zurückzuhalten und wieder zur Vernunft zu bringen.

Eine halbe Stunde später war es Cayetano dank des Eingreifens des Barbesitzers und zwei seiner Kellner – kräftige junge Männer, wie es sich für Nordchilenen gehörte – endlich gelungen, dass die Pranken des tobenden Schlachters von seiner Guayabera abließen, nicht jedoch, ohne ihm zuvor noch ein paar Knöpfe abzureißen, eine Art Kriegsbeute aus einer Schlacht, die Nicolás el Romo am nächsten Tag als verdiente Strafe für diesen kubanischen Verräter bezeichnen sollte, der sich an die Konterrevolution verkauft habe.

»Du hast ja nicht mal genug Moral, um diese Guayabera tragen zu dürfen, du Vaterlandsverräter, Killer, Wurm, Abschaum, Söldner, Bulle!«, schrie ihm der Schlachter vom Gehsteig aus nach, umgeben von einem gebannten Publikum, das sich noch immer nicht erklären konnte, wie es zu einem so heftigen Streit hatte kommen können.

»Das Schlimmste ist, dass mich dieser Typ nicht nur daran gehindert hat, von Havanna zu erzählen, sondern mich obendrein noch gezwungen hat, für seine Biere und das Essen aufzukommen, das er pausenlos in sich reingestopft hat«, schimpfte der Detektiv, während sich das Scheinwerferlicht des alten Chevrolets in die kalte, sternklare Wüstennacht bohrte.

»Daran ist der arme Don Elías schuld«, bemerkte

Pompeyo Jara. »Es war keine gute Idee, seine politischen Freunde einzuladen.«

Auf der gut ausgebauten Straße kamen sie problemlos voran. Eisiger Wind wehte durch die Seitenfenster, zerzauste den Schnurrbart des Detektivs und drang tief in seine Knochen.

»Es heißt, Nächte wie diese seien ideal, um Schätze zu finden«, sagte Pompeyo nach einer Weile. Den Vorfall in Calama schien er längst vergessen zu haben. »Weil man die auffälligen Unebenheiten im Gelände besser erkennen kann, und weil es weniger gefährlich ist, entdeckt zu werden.«

»Sie glauben also wirklich, dass man Schätze in der Wüste finden kann?«

»Ob ich das glaube?«, wiederholte der Touristenführer herausfordernd. »Es gibt sogar ein Buch, das von einer verschwundenen Stadt berichtet, wo alles aus Gold ist!«

»Mist, wenn ich das früher gewusst hätte, wäre ich hierher gezogen, statt mich in Valparaíso abzuplagen!«

»Sie sollten es lesen. Es heißt *Die Stadt der Cäsaren*, von einem gewissen Manuel Rojas. Der versteht es, Abenteuer zu erzählen. Auch wenn er etwas vage in seinen Beschreibungen ist und das Geheimnis nie ganz aufdeckt, aber das Buch beweist, das es hier noch viele Schätze zu entdecken gibt.«

»Ist das eine historische Studie oder bloß ein Roman?«

Es faszinierte Cayetano, wie leicht der Touristenführer von der banalen Realität ins Reich der Fantasie wechseln konnte. Für ihn schien es keine klare Grenze zwischen dem einen und dem anderen zu geben. Im Alltag war er ein rationaler, besonnener Mensch, mit dem man über alles sprechen konnte, aber kaum hob er ein bisschen ab, wurde er zu jemand anderem.

»Roman? Ich lese keine Romane«, stieß Pompeyo beleidigt hervor. »Romane sind Geschichten, die sich irgendjemand ausgedacht hat, nichts als Lügen. Für so was habe ich keine Zeit. Nein, nein, *Die Stadt der Cäsaren* ist ein richtiges, wahres Buch, das ich seit dreißig Jahren auf meinem Nachttisch liegen habe und das schon viele Fremde angeregt hat, in die Atacama zu kommen und nach der verborgenen Stadt und ihren Schätzen zu buddeln.«

Cayetano schaute aus dem Seitenfenster. Vielleicht lagen die Schätze, nach denen Pompeyo Jara schon so lange suchte, ja wirklich dort, an irgendeinem fernen Punkt zwischen dem Pick-up und den Andengipfeln, verborgen in der trockenen Erde und im Gedächtnis der toten Atacameños.

»Als die Inkas und Atacameños von der Ankunft der Spanier hörten«, fuhr der Touristenführer fort, »schafften sie es, einen Großteil ihrer Reichtümer in Flüssen, Lagunen und in der Wüste zu vergraben.«

»Weil sie angenommen haben, die Spanier würden nur vorübergehend bleiben.«

»So ist es. Aber die Spanier brauchten nicht lange, bis sie die Einheimischen versklavt und stark dezimiert hatten, und schon nach kürzester Zeit konnte sich keiner mehr daran erinnern, wo man die Schätze versteckt hatte. Sehen Sie den Licancabur dort hinten?« Pompeyo Jara zeigte in Richtung der Gebirgskette.

Der Umriss des majestätischen Vulkans zeichnete sich scharf vor dem Hintergrund der sternenübersäten Nacht ab. Mit seiner einzigartigen Kegelform war er der perfekteste, schönste und höchste Vulkan der ganzen Gegend.

»Er ist der Sitz des Tata Maico Licanco, der mächtigsten Macht, die es gibt«, beteuerte Pompeyo Jara mit ernster, andächtiger Stimme. »Dort oben gibt es einen kleinen See, den nur wenige kennen.«

»In welcher Höhe?«

»Über fünftausend Meter hoch. Er ist voller Schätze, prachtvollen Reliquien aus Gold und Silber, wunderschönen Türkisen und riesigen Kristallkugeln. Opfergaben für den Tata Maico Licanco.«

»Und Sie sind natürlich der einzige Mensch, der davon weiß«, bemerkte der Detektiv mit einer gehörigen Portion Zynismus.

Pompeyo Jara räusperte sich, bevor er schroff entgegnete: »Es gab Expeditionen, und zwar viele. Aber sie sind nie an die Schätze rangekommen. Dazu braucht man Taucher, und kein Mensch kann in einem tiefen See in fünftausend Metern Höhe tauchen. Wer das versucht, würde sofort sterben.«

Cayetano schwieg, während sie immer weiter in die Nacht eindrangen. Er stellte sich vor, wie die Ankunft der Spanier die Indios in Angst und Schrecken versetzt und wie sie alles, was aus Gold oder Silber war, an den geheimsten Stellen der Wüste vergraben hatten. Was nur allzu verständlich war, sagte er sich. Genau wie die Tatsache, dass Pompeyo davon überzeugt war, eines Tages etwas davon zu finden. Wahrscheinlich nutzte er die Touren mit den Touristen, um mögliche Verstecke aufzuspüren, zu denen er dann später alleine zurückkehren würde.

»Und wenn Balsen einen solchen Ort mit Schätzen gefunden hat und die Behörden darüber informieren wollte?«

Pompeyo brach in schallendes Gelächter aus. Cayetano errötete. Jetzt war auch er, ein Fremder, der dem lokalen Volksglauben nicht viel abgewinnen konnte, dieser magischen Welt in die Falle gegangen. Hatte es bei all den Hippies, die von weit her gekommen waren und jetzt die Oase bevölkerten, nicht genauso angefangen? Die Vorstellung, auch er könne irgendwann ein buntes Band um die Stirn, eine lange Mähne und gewebte Westen tragen, behagte ihm nicht sonderlich.

»Jetzt glauben Sie also auch, dass es die Schätze gibt?«, fragte Pompeyo Jara lachend. »Aber was Sie da gesagt haben, ist eine ernste Sache. Vielleicht hat Balsen tatsächlich Gefäße gefunden, wie die in der Calle Larache, oder er ist Händlern von illegalen Fundstücken auf die Spur gekommen, und die haben ihn beseitigt, bevor er sie anzeigen konnte.«

Die in den Wagen dringende Kälte schmerzte auf der Haut wie ein eisiger Stalaktit aus Luft. Fröstelnd nahm sich Cayetano vor, seine Gedanken zu ordnen und die nächsten Schritte zu planen. Eine Zeitlang fuhren sie schweigend dahin. Beide stellten sie ihre Vermutungen an, ein jeder in seine Welt versunken. Der Detektiv vergrub seine klammen Hände in den Manteltaschen. Vielleicht sollte er die Gerüchte und Legenden einfach ignorieren, dachte er, und sich stattdessen auf die möglichen Motive für Balsens Ermordung konzentrieren. Bis jetzt bestand die einzig interessante Spur darin, dass es möglicherweise eine Verbindung zwischen dem Abgeordneten Mariano Patiño und Willi Balsen gab, die beide fast gleichzeitig und in derselben Gegend ums Leben gekommen waren.

»Ich werde Saúl Puca, den Projektleiter, morgen früh noch einmal aufsuchen«, verkündete Cayetano und drückte sich tief in seinen Sitz. »Er müsste wissen, ob sich Balsen und Mariano Patiño gekannt haben.«

San Pedro, Freitag, der 15. Mai, 8:30 Uhr

»Was führt Sie zu mir?«, fragte ihn der Leiter des SOS-Projekts mit einem freundlichen, wenn auch distanzierten Lächeln.

Cayetano Brulé betrat den dämmrigen Raum und ging hinüber zu Puca, der gerade dabei war, etwas auf der Schreibmaschine zu tippen. Es war früh am Morgen und auf dem nach feuchter Erde duftenden Platz war es noch angenehm kühl.

»Da ist etwas, das mir keine Ruhe lässt. Es hat mit Balsens Kontakten zu tun«, sagte der Detektiv, während er den Blick durch den Raum schweifen ließ.

Wieder sah er das Regal mit den sorgfältig sortierten Büchern, Ordnern und CDs und das Bett, das bereits gemacht war.

»Ich habe Ihnen alles gesagt, was ich weiß.« Saúl Puca trug einen weißen Pullover, der sich deutlich von seiner bronzefarbenen Haut abhob. »Gestern war Gaete hier, der Polizeiinspektor.«

»Und was wollte er?«

»Mich informieren, dass sie ein paar Verdächtige, die sie vor zwei Wochen verhaftet hatten, aus Mangel an Beweisen laufen lassen mussten. Ich habe ihm noch einmal erzählt, was ich weiß, und daraufhin ist er schlecht gelaunt abgezogen.«

Der Detektiv stützte sich mit beiden Händen auf dem Tisch ab und betrachtete Pucas ausgezehrtes, glattes Gesicht mit der Adlernase. Es drückte eine Gleichgültigkeit aus, die ihn verblüffte.

»Mich interessiert, ob Balsen vor seinem Tod Reisen unternommen hat, die Ihnen womöglich ... seltsam vorkamen.«

»Seltsam?«

Der Projektleiter runzelte die Stirn und erhob sich.

»Ich meine Reisen, die eher ungewöhnlich waren.«

Einen Moment lang kam ihm Puca wie ein Vogel vor, der eine drohende Gefahr spürt, sich aber nicht traut davonzufliegen. Irgendwie konnte er ihn verstehen. Er selbst hätte es auch vorgezogen, um diese Uhrzeit im Juanita vor einer tröstenden Tasse Milchkaffee und einer großen Pfanne Spiegeleier zu sitzen.

»Glauben Sie mir, Gerüchte über Affären interessieren mich nicht, erst recht nicht, wenn sie einen Verstorbenen betreffen.«

»Ich spreche nicht von Frauen.« Cayetano schüttelte den Kopf. »Ich werde mich deutlicher ausdrücken: War Balsen kurz vor seinem Tod in Antofagasta?«

»Was soll die Frage?«

»Schauen Sie, Balsens Tod könnte etwas mit dem des Abgeordneten Mariano Patiño zu tun haben, und der hatte sein Büro in Antofagasta.«

»Der Typ, der bei dem Flugzeugunglück ums Leben gekommen ist?«

»Genau der. Patiño starb zwei Tage nachdem Balsen ermordet wurde. In seinem Privatflugzeug. Ich weiß, dass das nicht reicht, um eine Verbindung zwischen den beiden herzustellen, aber es sieht so aus, als ob der Politiker die Arbeit von Antares unterstützt hat. Mich interessiert, ob die beiden sich kannten.«

Puca sah durch die offene Tür zum Kirchturm hinüber. Cayetano machte sich Vorwürfe, weil er ihm verraten hatte, dass er einen Verdacht gegen Patiño hegte. Wahrscheinlich würde Gaete noch einmal herkommen, um Puca unter Druck zu setzen, und dann würde er dem Inspektor davon erzählen.

»Ganz schön dürftig, Ihre Spur«, bemerkte Puca nach einer Weile bissig, ging zur Tür und lehnte sie an, so dass es noch dunkler im Raum wurde.

»Es ist die einzige, die ich habe.« Cayetano war kurz davor, die Fassung zu verlieren. Es würde ihm nie gelingen, so gelassen und stoisch wie ein Atacameño zu sein. Dafür war das karibische Blut, das durch seine Adern floss, viel zu ungestüm. »Ich frage Sie noch einmal, hat Balsen Ihnen irgendwann einmal von ihm erzählt?«

»Von Patiño?«

»Ja.«

Puca schwieg und öffnete in aller Ruhe die Fensterläden. Licht flutete in den Raum. Der Platz lag jetzt verlassen da und erstrahlte unter den ausladenden Kronen der Pfefferbäume in seiner ganzen Schönheit.

»Nein, er hat ihn nie erwähnt«, sagte Puca schließlich und sah zu dem Glockenturm mit dem Lehmdach hinüber.

Enttäuscht schluckte Cayetano seinen Ärger hinunter. Aber so schnell gab er sich nicht geschlagen.

»Können Sie nicht herausfinden, ob sich Balsen

und Patiño irgendwann einmal über den Weg gelaufen sind?«

»Nein.«

Offensichtlich hatte Puca kein Interesse, ihm zu helfen. Cayetano musterte sein Gesicht. Es verriet eine Gelassenheit, wie sie typisch war für viele Bewohner der Atacama. Der Mann würde nur sehr langsam altern, dachte Cayetano, und irgendwann wäre er ein hundertjähriger Greis mit triefenden Augen und schlohweißem Haar. Und wenn er, Cayetano, schon längst in der Erde ruhte, würde Puca noch immer an irgendeinem Fenster stehen und die trostlosen staubigen Straßen von San Pedro betrachten, die Abenddämmerungen mit ihren tiefblauen Himmeln, die bedächtigen Schritte der Prozessionsteilnehmer, die einmal im Jahr die schönste Holzfigur des heiligen Petrus in ganz Chile auf einem Gestell durch die Gassen trugen, und die in Strömen herbeipilgernden Touristen, die auf der Flucht vor sich selbst waren und ihr Heil in der Oase suchten.

»War Balsen in den letzten Tagen vor seinem Tod wirklich nie in Antofagasta?«

»Doch, ich glaube schon«, antwortete Puca plötzlich erschrocken.

»Wollte er jemanden treffen?«

»Glauben Sie mir, ich habe keine Ahnung.« Puca zuckte mit den Achseln. »Nach solchen Dingen habe ich ihn nie gefragt, verstehen Sie? Er war mein Chef. Ich kann mir vorstellen, dass es um das Projekt ging. Manchmal fuhr er auch nach Santiago, zur Botschaft oder zu politischen Stiftungen.«

Verwirrt ließ sich Puca wieder vor der Schreibmaschine nieder und betrachtete mechanisch, was er geschrieben hatte.

»Und Sie haben keine Notizen von Balsen darüber gefunden?«, insistierte der Detektiv.

»Die Polizei hat ein paar Dokumente mitgenommen. So wie die von der Botschaft, die später hier waren.«

Seltsam. Kahlau hatte ihm nichts davon erzählt.

»Von der Botschaft? Können Sie sich an Namen erinnern?«

»Nein, aber es waren große, blonde Typen.«

Cayetano knurrte ein paar unverständliche Worte. Es gab mindestens sechzig Millionen Deutsche, auf die diese Beschreibung zutraf.

»Haben Sie denen erzählt, dass sie vorhaben, das Projekt zu stoppen?«

»Sie wollten nur Kopien nach Deutschland schicken. Sie sagten, sie würden die Originale aufheben, bis der neue Beauftragte von SOS einträfe. Aber eigentlich waren das eher Texte, in denen es um Technik ging.«

Jetzt verstand er, warum ihm die Botschaft so viele Informationen über ein privates Projekt zur Verfügung stellen konnte.

»Und hier ist nichts zurückgeblieben, wo Balsen sich etwas notiert haben könnte? Ein Tagebuch oder Ähnliches?«

»Das Einzige in der Art ist ein kleiner Terminkalender, wo er alles Mögliche reingeschrieben hat, das nicht viel mit dem Projekt zu tun hatte. Die Deutschen notieren sich alles. Und alles, was sie sagen, sagen sie am liebsten schriftlich.«

»Warum haben Sie den Kalender nicht der Polizei gegeben?«

Puca errötete und senkte den Kopf, als wolle er Zeit gewinnen und sich sammeln.

»Ich habe ihn behalten, weil ich Don Willi mochte. Außer ein paar Fotos, den Büchern und einigen CDs ist mir nichts von ihm geblieben.«

»Und der Kalender.«

»Und der Kalender.«

»Und wo ist er?«

Puca deutete mit einer vagen Geste zum Regal.

»Dort drüben.«

Während er sich über den Schnurrbart strich, ließ Cayetano seinen Blick über die Buchrücken gleiten.

»Zum Glück benutzen alle Deutschen einen Terminkalender.« Er zog ein Buch mit dickem Einband heraus und blies den Staub weg. Es war ein farbiger Bildband mit Fotografien aus Berlin. »Alle. Ausnahmslos. Ein Land voller ordentlicher Leute.«

»Terminkalender und Aktentasche«, fügte Puca nachdenklich und etwas wehmütig hinzu. »Wer so was nicht benutzt, kann kein Deutscher sein.«

»Und wo ist dieser berühmte Kalender nun?«

»Wollen Sie ihn wirklich sehen?«

»Selbstverständlich, machen Sie schon. Wo ist er?«

Puca stand auf, etwas eingeschüchtert von der plötzlichen schlechten Laune des Detektivs.

»Es ist kein gewöhnlicher Kalender«, warnte er, während er hinter die Bücher griff. »Sie werden gleich sehen.«

San Pedro, Freitag, der 15. Mai, 9:40 Uhr

Im Schatten der Pfefferbäume eilte Cayetano Brulé über den verwaisten, vor sich hin dämmernden Platz und betrat keuchend den kleinen Patio des Juanita. Er wollte so schnell wie möglich einen Blick in den Terminkalender werfen, den ihm Saúl Puca ausgehändigt hatte. Das Restaurant war so leer wie der wolkenlose Himmel, und es roch intensiv nach feuchter Erde. Er bestellte einen Milchkaffee und ein Sandwich mit Schweinefleisch.

Genau wie der Projektleiter gesagt hatte, handelte es sich um einen eher ungewöhnlichen Kalender: Neben leeren Seiten für die Notizen enthielt er eine Reihe Fotos von nackten Frauen – blonden, schwarzen und asiatischen –, die sich in anzüglichen Posen am Ufer eines Karibikstrands räkelten. In Europa mochte das nichts Ungewöhnliches sein, dachte Cayetano, doch hier in der Atacama war es ziemlich skandalös. Vermutlich waren die Fotos der eigentliche Grund, warum Puca der Polizei gegenüber den Kalender verschwiegen hatte. Wahrscheinlich machte er sich Sorgen um das Ansehen des Toten.

Cayetano begann den Terminkalender aus schwarzem Kunstleder von vorn bis hinten durchzublättern. Er tat es widerwillig, das musste er zugeben. Jedes Mal, wenn er in einem Mordfall ermittelte und sich gezwungen sah, in Kleiderschränken, Schubladen, Briefen oder Fotoalben der Opfer herumzuschnüffeln, kam er sich wie ein schäbiger Voyeur vor. Es war ein Gefühl, das ihn nicht losließ, auch dann nicht, wenn er sich sagte, dass Journalisten oft viel schlimmer waren. Es war dasselbe Gefühl von Scham, das er angesichts der mumifizierten Indianerin in der Vitrine empfunden hatte. Im Grunde waren Detektive nicht viel anders als die unbeteiligten Betrachter auf der anderen Seite der Glasscheibe, Menschen, die das Recht besaßen, im Leben der Toten herumzustochern. Er stieß ein lang gezogenes Schnauben aus wie das eines traurigen Delfins und blätterte weiter. Zur Beruhigung sagte er sich, dass es unmöglich war, einen Fall aufzuklären, ohne vorher in die intimen Geheimnisse derer einzutauchen, die etwas mit dem Fall zu tun hatten.

Der Kalender begann mit Balsens Personalien. Mit dicker, klarer Schrift hatte er gewissenhaft die Informationen eingetragen, die vom Besitzer des Kalenders verlangt wurden. Doch je weiter Cayetano vordrang, desto mehr verflüchtigte sich diese pedantische Sorgfalt, bis sie in ein einziges Gekritzel überging, das ab einem bestimmten Punkt schlicht und einfach unleserlich war. Er ahnte, dass diese bibliothekarische Fleißarbeit keine leichte Aufgabe werden würde. Die mit winziger Schrift beschriebenen und nur gelegentlich von einem der bunten Aktfotos unterbrochenen Seiten enthielten neben Namen von Personen, Einrichtungen und Orten zahlreiche Abkürzungen, die Cayetanos Verwirrung nur noch größer machten.

»Ihr Essen, aber Vorsicht, sehr heiß«, hörte er plötzlich die Wirtin hinter sich sagen. Während sie das Tablett leerte, sah er, wie sich ihr Blick auf den Kalender heftete. Schnell klappte er ihn mit einer schuldbewussten Miene zu. »Und nehmen Sie sich Kaffee, so viel Sie wollen.«

Sie stellte eine Dose Nescafé auf den Tisch und verschwand über den Hof, gefolgt von drei rachitischen Hühnern. Vom schattigen Eingang aus verfolgte eine Katze mit trägem Blick das Geschehen. Der Duft des Fleisches erfüllte die laue Morgenluft und schenkte dem Detektiv neuen Mut. Nach dem ersten Schluck Kaffee fühlte er sich wie neugeboren.

Alles hatte mit Cornelia Kratz' Besuch in seinem Büro in Valparaíso angefangen, dachte er, während er sich das Sandwich schmecken ließ und ihm einfiel, dass die Journalistin noch immer nicht von ihrer Wüstentour zurückgekehrt war. Seit ihrer ersten Begegnung war er nicht sehr weit gekommen. Er wusste nur, dass Balsen das Bewässerungsprojekt in San Pedro geleitet und ein Verhältnis mit Barbara Schuster gehabt hatte, und das, obwohl er eine Zeitlang mit Isabel Ayabire zusammengelebt hatte. Barbara Schuster wiederum hatte wenige Wochen vor Balsens Tod unter mysteriösen Umständen das Land verlassen. Das war alles, was er vorweisen konnte. Und eine Vielzahl von Verdächtigen: Angestellte von Bergbauunternehmen, Schatzplünderer, Drogenhändler, ruinierte Bauern. Dazu noch die Vermutung, dass Mariano Patiño seinen Einfluss geltend gemacht hatte, um die Ansiedlung von Antares in der Region zu unterstützen. Anders konnte er sich die Anwesenheit des Abgeordneten bei der Einweihung der Anlage, von der der *Calameño* damals berichtet hatte, nicht erklären.

Als Cayetano das Sandwich verdrückt hatte, blätterte er weiter im Kalender. Vielleicht war es bei dem Verbrechen ja wirklich nur um Raub gegangen. Bei ruhiger Betrachtung fiel auf, dass der entscheidende Punkt der Beginn der Geschichte war: Balsens Anruf bei Cornelia Kratz in Buenos Aires, in dem er sie bat, so schnell wie möglich nach San Pedro zu fliegen. Was konnte so wichtig sein, dass sie so dringend zu ihm in die Wüste kommen sollte?

Einen Moment lang bewunderte er die schmale Taille einer Asiatin, die rittlings auf dem Stamm einer schiefen Kokospalme saß. Ihr zierlicher Körper – unbewusst assoziierte er ihn mit dem von Isabel Ayabire – bildete einen auffälligen Kontrast zu den kräftigen Blondinen mit ihren großen Brüsten und breiten Hüften, die auf den anderen Fotos zu sehen waren. Er zündete sich eine Zigarette an, suchte Balsens letzte Notiz und ließ den Rauch zu den Pfefferbäumen aufsteigen, deren Blätter leise im Wind rauschten. Die Katze lag noch immer in ihrer Ecke und genoss mit schläfrigen Augen den warmen Morgen.

Es dauerte nicht lange, und er hatte gefunden, was nach Balsens letztem Eintrag aussah. Noch einmal ging er die Seiten durch, um sicherzugehen, dass es sich auch wirklich um den letzten Vermerk handelte. Es waren nur zwei Worte: Sierra Leone. Sonst nichts. Er überzeugte sich ein weiteres Mal, dass es keine weiteren Einträge gab. Es war tatsächlich so. Nur zwei Worte:

Sierra Leone. Sierra Leone, wiederholte Cayetano mit zusammengekniffenen Augen. Das Einzige, was er über dieses Land wusste, hatte er vor einiger Zeit in *Anaconda* gelesen, den glänzenden Memoiren von Alberto Vázquez-Figueroa, einem seiner Lieblingsautoren, auch wenn der spanische Autor von vielen hochnäsigen Kritikern geschmäht wurde. Soweit er sich erinnerte, war Sierra Leone ein afrikanisches Land, arm und ohne Ressourcen, ein Land, in dem Vázquez-Figueroa die ganze afrikanische Misere eingehend kennengelernt hatte. Aber was mochte den toten Deutschen mit Sierra Leone verbinden?

»Das gibt's doch gar nicht!«, stieß Cayetano plötzlich hervor und lehnte sich auf seinem Stuhl zurück. Er traute seinen Augen nicht. »Balsens Eintrag steht auf der Seite vom achtzehnten Mai, und heute ist der fünfzehnte!«

Hatte Balsen geplant, nach Sierra Leone zu reisen? Weshalb? Er schaute sich im leeren Restaurant um. Über den Baumwipfeln sah er den weißen Kirchturm. Wie ein mahnender Finger zeigte er gen Himmel. Cayetano strich sich über den Schnurrbart und überlegte, ob Saúl Puca oder Isabel Ayabire vielleicht wüssten, was Balsens Eintrag zu bedeuten hatte.

Voller Zweifel stieß er eine Rauchwolke aus. Gut möglich, dass Barbara Schuster von Antares nach Afrika geschickt worden war. Schließlich war das deutsche Unternehmen in zahlreichen Ländern tätig. War es denkbar, dass sie sich in Sierra Leone aufhielt und Balsen geplant hatte, sie dort zu besuchen? Wusste sie inzwischen um den Tod ihres ehemaligen Geliebten?

Er blätterte zurück und entdeckte, dass der Name Sierra Leone bereits vorher auftauchte. Das erste Mal am dritten März. Wenn ihn sein Gedächtnis nicht täuschte, hatte ihm der Barkeeper erzählt, dass Barbara Schuster San Pedro Anfang März verlassen hatte. Um nach Afrika zu fliegen? Nach Sierra Leone? Das deckte sich nicht mit Pankows Version. Ihm zufolge lebte die Deutsche wieder in ihrer Heimat. Ein weiteres Mal entdeckte er den Namen Sierra Leone am fünfundzwanzigsten März. Diesmal mit dem Zusatz *bestätigt.* Was war bestätigt? Die Reise nach Afrika? Er schnalzte mit der Zunge und ging den Kalender weiter durch.

Was hatte der Entwicklungshelfer unmittelbar vor seinem Tod getan? Cayetano blätterte die Seiten durch, wobei er gelegentlich einen verstohlenen Blick auf die Models riskierte. Plötzlich lief ihm ein kalter Schauer über den Rücken. Willi Balsen hatte mit rotem Stift für den dritten April, einen Tag vor seinem Tod, einen Termin in Antofagasta in seinem Kalender vermerkt. Um zehn Uhr morgens. Der kurze Eintrag lautete: MP/SL.

»Heilige Barbara!« Cayetano schlug so kräftig mit der Faust auf den Tisch, dass die Katze erschrocken hochfuhr. »SL, SL«, murmelte er hektisch atmend. »Könnte Sierra Leone heißen. Und MP Mariano Patiño. Hatten sich Balsen und Patiño getroffen, kurz bevor sie beide starben?«

San Pedro, Freitag, der 15. Mai, 11:40 Uhr

Eilig verließ er das Restaurant Juanita und lief unter der sengenden Sonne die staubige Tocopilla in südlicher Richtung entlang. Zehn Minuten später erreichte er die Pension Trópico de Capricornio. In der Hütte wickelte er Willi Balsens Kalender in eine Plastiktüte, die er mit einem Gummiband verschnürte und behutsam im Spülkasten der Toilette versteckte. Dabei passte er auf, dass sie den Spülmechanismus nicht blockierte.

Er ging wieder hinaus und klopfte an die Tür von Cornelia Kratz' Hütte. Einige schwarze Lamas, die im Hof standen und von einer alten Frau in gebührendem Abstand gehütet wurden, blickten ihn mit sanften Augen an. Von fern drang das Scheppern eines vorbeifahrenden Wagens herüber und zerriss die Mittagsruhe. Vermutlich handelte es sich um Pompeyo Jaras Pickup.

Nachdem er eine Weile gewartet hatte, ging der Detektiv um die Hütte herum. Das Fenster auf der Rückseite stand offen. Er sah ins Zimmer. Es war aufgeräumt und sauber. Auf dem Nachttisch konnte er zwei Bücher, einen Wecker, eine Kerze und ein leeres Glas erkennen.

»Cornelia!«, rief er. »Ich bin's, Cayetano. Sind Sie da?«

Von irgendwoher antwortete ihm das Blöken eines Schafes. Wahrscheinlich war die Deutsche in aller Frühe aufgebrochen, oder sie hatte letzte Nacht in einer der anderen Oasen übernachtet. Cayetano beschloss, ihr eine Nachricht zu hinterlassen. Er riss eine Seite aus seinem Notizbuch, hielt sie an die Holzwand und schrieb ein paar Zeilen. Dann warf er den Zettel in die Hütte und atmete tief durch.

In seiner Nachricht bat er sie, sich so schnell wie möglich mit der *Frankfurter Allgemeinen Zeitung* in Verbindung zu setzen und ihre Kollegen zu bitten, Barbara Schusters aktuellen Wohnort ausfindig zu machen. Anschließend machte er sich zu der kleinen Telefonzentrale auf, die in einem Lehmhaus an der Ecke der Calle Tocornal und der Pasaje Gabriela Mistral untergebracht war, gleich hinter der Kirche.

In dem kühlen Raum empfing ihn eine stämmige, gut gelaunte Telefonistin in den Vierzigern mit einem auffälligen Muttermal neben dem Mund und pechschwarzem, glänzendem Haar, das sie über dem Nacken zu einem Knoten hochgesteckt hatte. Sie saß hinter einem großen Tisch, vor sich ein Telefon, und war bis eben in die Lektüre eines Romans von Corín Tellado versunken gewesen.

»Guten Tag, meine Hübsche. Ich hätte gern eine Verbindung zum Nationalkongress«, sagte Cayetano so normal wie möglich, als spräche er von einer Bäckerei oder Apotheke um die Ecke.

Die Frau starrte den Detektiv voller Bewunderung an. Natürlich. Noch nie hatte jemand von dieser in der Wüste verlorenen Telefonzentrale beim Parlament angerufen, und wahrscheinlich hatte sie auch noch nie einen Politiker zu Gesicht bekommen, außer in alten Zeitungen, die gelegentlich die Oase erreichten.

»Ganz recht, mit dem Nationalkongress.« Cayetano setzte seine verführerischste Miene auf.

Mit zitternden Händen suchte sie in einem Telefonbuch nach der Nummer, dann forderte sie ihn auf, in einer der Kabinen zu warten. Cayetano glaubte den Anflug eines Lächelns in ihrem braunen Gesicht und ein eigenartiges Funkeln in ihren Augen wahrzunehmen.

Ein paar Sekunden später war er mit der Telefonzentrale des Parlaments verbunden. Er bat darum, zu Mariano Patiños Büro durchgestellt zu werden.

Eine Weile herrschte Schweigen. Er konnte sich die Verwirrung am anderen Ende der Leitung gut vorstellen.

»Entschuldigen Sie, aber vermutlich wissen Sie, dass der ehrenwerte Abgeordnete vor einiger Zeit verstorben ist.« Die Stimme der Frau am anderen Ende klang betreten. Sie schien zu befürchten, die Nachricht könne dem Anrufer nahegehen.

»Ich weiß«, entgegnete Cayetano ruhig. »Ich rufe an, weil ich gern mit der Person sprechen würde, die das Regionalbüro des Abgeordneten in Antofagasta geleitet hat.«

»Einen Moment bitte.«

Als er durch die gläserne Kabinentür sah, hatte er den Eindruck, als belausche die Telefonistin heimlich sein Gespräch durch dicke, schwarze Kopfhörer, die sie sich übergestreift hatte und die ihr das Aussehen eines Piloten aus dem Zweiten Weltkrieg verliehen. Außer ihrem Kopf konnte er nichts weiter von ihr sehen, da sie noch immer hinter dem großen Tisch saß, einem hohen Holztisch, der ihn an den Tresen der uralten Bar Inglés in Valparaíso erinnerte.

»Das Büro des Abgeordneten Patiño in Antofagasta existiert noch immer«, meldete sich die Stimme wieder. »Es wird demnächst geschlossen. Zuständig ist Frau Solange Farías, die Journalistin, die den Abgeordneten beraten hat.«

Er notierte sich Namen und Telefonnummer und legte auf. Als er die Kabine verließ, empfing ihn die Telefonistin mit einem freundlichen Lächeln. Die Kopfhörer hielt sie in der Hand.

»Ich hätte gern noch ein Gespräch nach Valparaíso«, verkündete der Detektiv und nannte ihr die Nummer seines Büros.

Er ging in die Kabine zurück. Als es klingelte, nahm er den Hörer ab. Sofort erkannte er die Stimme von Bernardo Suzuki.

»Hier spricht der Mann, der bei uns im Büro das Sagen hat«, begrüßte ihn Cayetano. »Alles klar?«

»Alles klar, Chef«, erwiderte sein Assistent erfreut. »Die Klienten glänzen mit ihrer Abwesenheit, und stündlich flattern neue Rechnungen herein. Andersrum wäre es mir lieber. Ich kaufe vorerst keine Zeitungen mehr, kein Geld. Aber keine Sorge, ich besorge sie mir einen Tag später bei der Hafenbehörde von Valparaíso, bevor sie dort im Müll landen. Zeitschriften kaufe ich auch nicht mehr, aber zwei Wochen nach Erscheinen bekomme ich sie von Fígaro, dem Friseur. Worum geht's?«

»Zwei Dinge. Ich werde mich kurz fassen, jede Minute kostet mich ein Vermögen.« Cayetano sah zu der

Telefonistin hinüber, die die Kopfhörer wieder aufgesetzt hatte. »Erstens, ruf Pepe Gutiérrez an, der von den Polizeiseiten beim *Mercurio*, und sag ihm, er soll so viel wie möglich über Solange Farías herausfinden, eine Journalistin, die den Abgeordneten Mariano Patiño in Antofagasta beraten hat. Du weißt schon, der Typ, der bei dem Flugzeugabsturz ums Leben gekommen ist. Alles klar?«

»Solange Farías, Journalistin, Beraterin von Patiño. Verstanden, Chef. Noch was?«

»Ja, ruf Eva Mac Clure an.«

»Die Pilotin?«

»Genau.« Eva war die einzige Pilotin in der Stadt. Cayetano kannte sie seit Jahren, seit dem Tag, als sie sich bereit erklärt hatte, ihn umsonst nach Osorno zu fliegen, um den Mord an einem Landwirt aufzuklären. »Frag sie, ob sie beim Amt für Zivilen Flugverkehr Informationen über den Unfall des Abgeordneten bekommen kann, und sag ihr, dass ich sie so bald wie möglich anrufe. Klar?«

»Klar wie Kloßbrühe, Chef. Noch was?«

Cayetano betrachtete das fröhliche Gesicht der Telefonistin.

»Nein, das war's. Sonst kommst du noch völlig durcheinander, mein armer Chinese. Ruf mich in der Pension Trópico de Capricornio an, sobald du etwas rausgefunden hast.«

»Gut, Chef. Verstanden. Nur eine Frage, wie sind die Frauen dort oben?«

»Die Frauen«, wiederholte Cayetano und leckte sich wollüstig über die Lippen. Die Telefonistin hob aufmerksam den Kopf. »Ein paar sind wirklich toll, besonders die reiferen. Am allerbesten sind die etwas molligeren und schwarzhaarigen, mein lüsterner Chinese. Ich werd dir berichten.«

»Verstanden«, antwortete Suzuki zufrieden und ließ seiner Fantasie freien Lauf. »Ende der Durchsage, Chef?«

»Ende der Durchsage.«

Cayetano verließ die Kabine. Die Augen der Telefonistin glänzten, und im Dämmerlicht schimmerten ihre Wangen rötlich.

»Noch ein letzter Anruf, bitte. Diesmal nach Antofagasta.«

Sanft lächelnd notierte sie die Nummer.

»Solange Farías?«, fragte der Detektiv, als er am anderen Ende der Leitung eine weibliche Stimme vernahm.

»Am Apparat. Wer spricht dort?«

»Ich heiße Cayetano Brulé«, erklärte er mit starkem nasalen Akzent in bester kubanischer Manier. Als er sah, wie ihm die Telefonistin ein anmutiges, verschwörerisches Lächeln zuwarf, zwinkerte er ihr zu. »Ich muss Sie dringend sprechen. Es hat mit dem verstorbenen Abgeordneten zu tun.«

»Geht es auch etwas konkreter?«

»Nur persönlich. Ich könnte morgen Nachmittag bei Ihnen vorbeikommen, es ist sehr wichtig. Auch für Sie und das Ansehen des Abgeordneten. Morgen Nachmittag?«

»Morgen um drei«, erwiderte Solange Farías. Ihre weiche Stimme klang besorgt.

San Pedro, Freitag, der 15. Mai, 21:30 Uhr

»Cayetano?«

»Ja. Wer spricht dort?«

Er sah sich im Empfangsbüro des Trópico de Capricornio um. Um diese Uhrzeit war der kleine Raum nur von ein paar in Piscoflaschen steckenden Kerzen beleuchtet. Der Detektiv war gerade dabei gewesen, noch einmal Willi Balsens Kalender zu studieren, als Don Roque in seiner Hütte aufgetaucht war, um ihm mitzuteilen, dass ein Ferngespräch auf ihn wartete.

»Hier spricht Pepe. Du wolltest etwas über Solange Farías wissen, richtig?«

Jetzt erkannte er die raue Stimme des Polizeireporters des *Mercurio* aus Valparaíso. Gutiérrez war ein schlanker Mann mit dunklen Augen und schmalem Gesicht, der kurz vor der Pensionierung stand. Er besaß das umfangreichste Archiv mit Artikeln über die Verbrecherwelt in Valparaíso und versorgte Cayetano gelegentlich mit nützlichen Informationen aus der Unterwelt der Hafenstadt.

»Genau. Ich treffe mich morgen mit ihr, in Antofagasta. Hast du was herausgefunden?«

»Ja, deshalb wollte ich dich lieber persönlich sprechen.«

»Erzähl.«

Cayetano sah, wie sich Don Roque wieder auf dem Sofa neben dem Gasofen ausstreckte und sich eine schwarz-rote Wolldecke über die Beine breitete. Dann hielt sich der Pensionsbesitzer ein winziges, batteriebetriebenes Radio ans Ohr und lauschte regungslos den Nachrichten aus der Hauptstadt. Auf diese Weise verfolgte er jeden Abend schweigend, fast konspirativ, was in der Welt geschah, um seinen Gästen später in allen Einzelheiten davon zu berichten.

»Die Frau hat es faustdick hinter den Ohren«, fuhr Pepe Gutiérrez fort. Es folgte sein übliches trockenes Husten, das sich anhörte, als würden seine Lungen brennen. Auch seine Stimme klang wie das Vorspiel eines nahen Todes. »Man soll nicht schlecht über Kollegen reden, aber sei vorsichtig bei ihr.«

»Warum?«

»Sie ist erst zweiunddreißig ...«

»Leckeres Alter, mein Freund.«

»... und hat in Medellín studiert, Kolumbien.«

»Beneidenswert!«

»Hör zu, Cayetano, bitte. Sie hat dort für ein Boulevardmagazin geschrieben. In ihren Artikeln hat sie in den höchsten Tönen Leute gelobt, die gute Beziehungen zum Drogenhandel haben.«

»Mist!«

»Es heißt, sie sei die Geliebte des Sohnes eines der Bosse des Medellínkartells gewesen.«

»Verdammt, von wem?«

»Den Namen weiß ich nicht.«

»Und warum ist sie in Chile?«

»Na ja, sie ist Chilenin. Sie ist vor fünf Jahren in ihre

Heimat zurückgekehrt, nachdem ihr Liebhaber, ein mit einer Kubanerin verheirateter Kolumbianer, in Medellín auf offener Straße erschossen wurde.«

»Da hat wohl jemand eine offene Rechnung beglichen ...«

»Wer weiß. Es heißt, Solange Farías sei nach Chile geflohen, um ihre Haut zu retten.«

»Das wird ihr nicht viel nützen, die Kolumbianer haben überall ihre Finger im Spiel, auch in diesem Land. Und was hat sie hier gemacht, bevor sie für Patiño gearbeitet hat?«

»Sie hatte irgendeinen kleinen Posten bei einer Illustrierten aus Santiago inne.«

»Was genau?«

»Irgendwas Schmutziges.«

Plötzlich vernahm Cayetano laute Schnarchgeräusche. Don Roque war mit dem Radio am Ohr eingeschlafen.

»Schmutziges?«

»Genau. Offiziell gehörte sie nicht der Redaktion an. Sie schrieb anonyme Artikel, um bestimmte Leute in Verruf zu bringen. Verstehst du?«

»Halbwegs.«

»Schmutzige Artikel eben, die jemand in Auftrag gibt, um sich an jemand anderem zu rächen. Dinge, die wir Journalisten in diesem Land aus ethischen Gründen nicht tun, die aber irgendwer für diese skrupellosen Blätter erledigen muss.«

»Und dafür hat man sie bezahlt.«

»Dafür hat man sie bezahlt. Sie war eine Art Söldnerin der Feder. Bis sie entlassen wurde.«

»Was ist passiert?«

Wieder hörte Cayetano ihn husten. Der Journalist atmete schwer. Wenn Pepe Gutiérrez nicht bald das Rauchen aufgab, würde es nicht mehr lange dauern, bis er seinen Platz vor dem Bildschirm beim *Mercurio* gegen eine kleine Grabnische auf dem Friedhof von Playa Ancha tauschen musste, und zwar in Tabakblätter eingewickelt, sagte sich der Detektiv, während er mit der Hand seine Hosentaschen abtastete und die kleine Erhebung fühlte, die die Zigarettenschachtel formte. Ein Markstein des Todes, dachte er schaudernd. Pepes Husten am anderen Ende der Leitung ließ nicht nach.

»Keine Ahnung, warum sie gefeuert wurde«, sagte der Journalist. »Keiner weiß, warum sie gehen musste, ihre Artikel waren ja schließlich anonym.«

»Man weiß nie, warum ein Heckenschütze plötzlich aufhört, auf seine Opfer zu schießen.«

»Wahrscheinlich hat sie auf jemanden geschossen, auf den sie besser nicht geschossen hätte. Auf jeden Fall hat sie danach angefangen, für den Abgeordneten in Antofagasta zu arbeiten.«

»Wer hat ihr die Stelle besorgt?«

»Das ist ein Rätsel. Drei Jahre hat sie für den Abgeordneten gearbeitet. Das ist alles, was ich weiß.«

»Sehr schön.« Cayetano strich sich über den Schnurrbart.

Aus Don Roques halb geöffnetem Mund drang jetzt ein lautes Pfeifen.

»Ich möchte dich um etwas bitten«, murmelte Pepe Gutiérrez. Die letzten Silben gingen beinahe in einem neuerlichen Husten unter.

»Sag schon.«

»Ich weiß nicht, was du da treibst, aber sei vorsichtig.«

»Keine Sorge. Du kennst mich, ich bin ein alter Hase, ich pass schon auf.«

»Im Ernst, Cayetano, die Sache ist heikel. Niemand weiß, wer hinter dieser Frau steht.«

Antofagasta, Samstag, der 16. Mai, 15:00 Uhr

Solange Farías und ihr Büro rochen nach billigem Parfüm, nach einer unglücklichen Mixtur aus Veilchenduft und Eau de Cologne. Sie hatte ein Gesicht mit groben, vulgären Zügen, übermäßig dünne Lippen und eine große, gebogene Nase. Ihr dunkles Haar reichte ihr bis zu den eher schmalen Hüften herab. Noch im selben Moment, als er sie sah, fragte sich Cayetano Brulé, was Patiño bloß an dieser Frau gefunden hatte.

Sie empfing ihn mit einem gezwungenen Lächeln in ihrem Büro im neunten Stock eines zentral gelegenen, modernen und unpersönlichen Hochhauses. Im Hintergrund war das leise Brummen eines Ventilators zu hören. Das nachmittägliche Licht, das durch ein großes Fenster in den Raum flutete, ließ draußen, auf der anderen Seite der Scheibe, eine Kirche, die Häuser an der Uferpromenade und die im Hafen liegenden Schiffe funkeln.

»Und was führt Sie so dringend zu mir, Herr Brulé?«, fragte sie misstrauisch, während sie in zwei kleinen Ledersesseln Platz nahmen. »Ich hoffe, ich kann Ihnen weiterhelfen.«

Der Detektiv sah sich um. Alles hier war grau: die Wände, der Teppich, das Mobiliar und die Jalousien. Grau und unscheinbar wie die Politberaterin selbst.

Diese Farbe sollte nicht das chilenische Militär symbolisieren, dachte Cayetano, sondern die Politik.

»Mein Anliegen ist ganz simpel«, erklärte Cayetano, ein Bein über das andere geschlagen, den Hals nach vorne gereckt. »Ich würde gerne etwas über eins der letzten Treffen des Abgeordneten erfahren, und Sie können mir vielleicht dabei behilflich sein.«

Sie runzelte die Stirn und sah ihn argwöhnisch an. Dann nahm sie ein paar Haarspitzen zwischen die Finger und betrachtete sie nachdenklich.

»Ich werde Ihnen helfen, vorausgesetzt, Sie haben nicht vor, den Abgeordneten in den Schmutz zu ziehen«, stellte sie klar, während sie Cayetanos Blick standhielt. Sein dichter Pancho-Villa-Schnurrbart und die lilafarbene Krawatte mit den kleinen Guanakos schienen sie zu beeindrucken. »Don Marianos Familie, ich, die ihm jahrelang gedient hat, und natürlich die Partei, wir alle sind daran interessiert, dass sein Ansehen keinen Schaden nimmt. Ich bin sicher, das verstehen Sie.«

»Ich kann Ihnen versichern, sein Ansehen wird keinen Kratzer abbekommen.«

»Das Leben lehrt einen täglich, Versprechen zu misstrauen«, murmelte sie.

Das Leben oder die Politik?, fragte sich der Detektiv. Er war kurz davor, die Frage auszusprechen, ließ es aber sein. Er fürchtete, das dünne Band, das ihn mit dieser Frau verband, könne für immer reißen. Cayetano konnte Politiker und Menschen, die für sie arbeiteten, nicht leiden. Er verabscheute ihren unersättlichen Machthunger, die ständigen Streitereien und Machenschaften, ihren fast instinktiven Drang, sich zu Experten auf jedem beliebigen Gebiet zu erklären, ihre kaum verhohlene Arroganz, die ekelhafte Solidarität, wenn es darum ging, ihre ohnehin schon hohen Diäten großzügig anzugleichen, und die Dreistigkeit, mit der sie eigene Fehler unter den Teppich kehrten. Kurz und gut, es gab vieles an ihnen, was ihn störte. Allerdings, musste er sich im Stillen eingestehen, waren sie das kleinere Übel.

»Die Fehler der Politiker sind zumindest reparabel«, kam es ihm unter dem dichten Schnurrbart über die Lippen, »die Fehler der Militärs liegen drei Meter unter der Erde begraben.«

»Wie bitte?«

»Nichts, nichts«, beeilte er sich, leicht errötend, klarzustellen.

»Sie haben noch immer nicht gesagt, was Sie eigentlich von mir wollen.«

Solange Farías' drängender Ton versetzte ihn jäh in die Wirklichkeit des Büros zurück.

»Ganz einfach«, erklärte er mit lieblicher Stimme, bemüht, die Situation zu entspannen. »Ich untersuche den Mord an einem Deutschen, der vor Kurzem in San Pedro de Atacama umgebracht wurde. Alles deutet darauf hin, dass sich unter den Personen, mit denen er in den letzten Tagen vor seinem Tod gesprochen hat, auch der Abgeordnete befand.«

»Wie hieß dieser Deutsche?«

Ihre Miene blieb regungslos, wie bei einer Verkäuferin, die einen Kunden nach seiner Kragenweite fragt.

»Willi Balsen. Er war Entwicklungshelfer.« Auch

jetzt konnte er keine Reaktion auf ihrem Gesicht feststellen. »Er hat die letzten drei Jahre für Bewässerungsprojekte gearbeitet, die von einer privaten deutschen Hilfsorganisation in San Pedro finanziert wurden.«

»Der Name sagt mir was, aber er war nie in diesem Büro, Herr Brulé. Aber ich wusste auch nur über Patiños Berufsleben in dieser Region Bescheid, das heißt, über seine politischen Termine und Aktivitäten, nicht über sein Privatleben und auch nicht über das, was er im Parlament oder in der Hauptstadt tat.«

»Genau darum geht es, um sein Leben in dieser Region.«

Ihre Augen verrieten einen Anflug von Überraschung.

»Was meinen Sie genau?«

Cayetano spürte die kühle Brise des Ventilators, holte tief Luft und sagte ganz langsam mit rauer Stimme: »Meinen Informationen nach hat sich Herr Balsen am dritten April um zehn Uhr morgens mit dem Abgeordneten getroffen, also zwei Tage vor seinem Tod. Können Sie das bestätigen?«

Er hatte keine Ahnung, ob es wirklich so gewesen war, aber er wusste nicht, wie er sonst etwas aus ihr herausbekommen sollte. Die Frau schüttelte zweifelnd den Kopf, so dass sich ein Wasserfall aus schwarzem Haar über einen Teil ihres Gesichts ergoss. Mit einer koketten Geste neigte sie den Kopf nach hinten, was ihr gleichzeitig ermöglichte, die Haare aus ihrem Gesicht zu streichen.

»Ich wüsste nicht, wie.«

»Zum Beispiel, indem Sie Ihren Terminkalender befragen«, schlug Cayetano in etwas schärferem Ton vor. »Das ist ausgesprochen wichtig für mich. Nicht wegen dem Abgeordneten, sondern weil ich dann wüsste, dass Balsen Anfang April in diesem Büro war. Ich gehe davon aus, dass Sie für die Termine des Abgeordneten zuständig waren.«

»Das ist richtig«, entgegnete sie mit fester Stimme.

»Dann können Sie doch auch in Ihrem Kalender nachschauen.«

»Hier war nie irgendein Balsen«, bekräftigte sie noch einmal mit Nachdruck. »Daran könnte ich mich erinnern. Ich kann Ihnen versichern, dass im März ...«

»April.«

»Egal. Dass hier im April kein Herr Balsen war. Das wüsste ich.«

»Und wenn Sie doch einen klitzekleinen Blick in Ihren Kalender werfen? Manchmal spielt einem das Gedächtnis die unglaublichsten Streiche«, insistierte Cayetano, während er sich vorlehnte und sie zärtlich ansah.

Solange Farías stand auf, schritt anmutig zu ihrem Schreibtisch und überflog die Seiten ihres Terminkalenders. Von der Straße drang Verkehrslärm herauf, und der Ventilator verwirbelte weiter mit brummendem Geräusch die Luft.

»Wann soll das gewesen sein, im April? Da finde ich nichts.«

Cayetano schnaubte fassungslos. Er steckte in einer Sackgasse. Vielleicht sollte er den Fall einfach vergessen und nach Valparaíso zurückkehren. Cornelia Kratz konnte ihr Geld behalten. Lieber arm bleiben, Margarita de las Flores' Nähe genießen und sich ab und zu ein *mariscal* im Los Porteños bei der Markthalle am Hafen oder ein paar Käseempanadas an der Theke des Valparaíso Eterno genehmigen als in einem aufgewühlten Meer aus Ungewissheiten abzutreiben.

»Und wenn Sie im Kalender des Abgeordneten nachschauen? Haben Sie den noch?«

Sie sahen sich eine Weile an. Nur der Schreibtisch trennte sie. Während er ihren stechenden Blick bewunderte, ihren ordinären Duft roch und das leichte Beben ihrer Nasenflügel zu deuten versuchte, sah sie ihm so tief wie möglich in die kurzsichtigen Augen, bemüht, die unergründlichen Tiefen seines Inneren zu durchschauen.

»Mal sehen«, sagte sie schließlich und stieß einen resoluten Seufzer aus. »Was hab ich schon zu verlieren.«

Sie stand auf und ging aus dem Büro. Ihre Beine waren lang und braun gebrannt. Aus irgendeinem Grund wirkten sie jünger und attraktiver als ihr Gesicht, dachte Cayetano, als sie die Tür hinter sich schloss. Er schaute aus dem Fenster und ließ seinen Blick über die Stadt schweifen. Der Augenblick der Wahrheit, dachte er. Entweder alles war vorbei, oder er käme endlich den entscheidenden Schritt voran. Er hing noch immer diesem Gedanken nach, als Solange Farías mit einem Block in der Hand zurückkehrte. Es war Patiños Kalender. Einer von denen, die jeweils eine Seite für einen Tag hatten. Ungeduldig fing sie an, ihn durchzublättern.

»Dritter April, sagten Sie?«

»Dritter April, aber es kann auch einen Tag früher oder später gewesen sein.«

»Habe ich es nicht gesagt?«, stieß sie hervor, als sie die entsprechende Seite gefunden hatte. Neben dem Duft nach Eau de Cologne und Veilchen schlug dem Detektiv jetzt ein triumphaler Ton in ihrer Stimme entgegen. »Sehen Sie, hier ist die Seite vom dritten April. Da taucht kein Balsen auf.«

»Vorher oder nachher auch nicht?«, fragte er verwirrt.

Da die Frau auf der anderen Seite des Schreibtischs gleich wieder in dem Kalender zu blättern begann, gelang es ihm nicht, die auf dem Kopf stehenden Buchstaben zu entziffern.

»Vorher oder nachher auch nicht«, wiederholte sie in schulmeisterlichem Ton. »Alles andere hätte mich auch gewundert, Herr Brulé, schließlich habe ich mich um seine sämtlichen Termine gekümmert.«

»Entschuldigen Sie, ich will Sie nicht länger belästigen« – Cayetano legte seinen Zeigefinger auf ein paar hingekritzelte Wörter im Kalender des Abgeordneten – »aber was steht hier, am dritten April um zehn Uhr?«

Sie las den Eintrag und sah den Detektiv mit gespielter Gleichgültigkeit an.

»Nichts, was mit Balsen zu tun hätte, Herr Brulé. Hier steht lediglich Sierra Leone. Sierra Leone, zehn Uhr. Aber fragen Sie mich bitte nicht, was das zu bedeuten hat.«

Antofagasta, Samstag, der 16. Mai, 15:37 Uhr

»Entschuldigen Sie meine Hartnäckigkeit.« Cayetano Brulé strich sich über die rechte Schnurrbartspitze und musterte die Frau über den Schreibtisch hinweg. »Aber sind Sie sicher, dass Willi Balsen an jenem Tag wirklich nicht hier war?«

Solange Farías senkte einen Moment lang den Blick und versuchte sich zu erinnern. Er betrachtete die gebogene Linie ihrer Nase und bemerkte die Falten, die sich, noch ganz schwach, auf ihrer Stirn einzugraben begannen. Die goldene Uhr an ihrem linken Handgelenk erinnerte Cayetano an die in der Goldkammer des Museums ausgestellten Schmuckstücke.

»Absolut sicher«, antwortete sie ernst. »Niemand mit diesem Namen hat je um einen Termin mit dem Abgeordneten gebeten.«

Der Detektiv bemühte sich, ruhig zu bleiben. Für seinen Geschmack war das etwas zu viel an Zufällen. Der Eintrag Sierra Leone tauchte in beiden Kalendern auf, sowohl in Balsens als auch Patiños, zwei Männer, die hunderte Kilometer voneinander entfernt gelebt und sich laut der Beraterin des Politikers nicht gekannt hatten. Hatten sie unabhängig voneinander geplant, nach Sierra Leone zu reisen? Ziemlich unwahrscheinlich. Und in beiden Kalendern fand sich ein Termin um zehn Uhr vormittags. In dem des Abgeordneten war Sierra Leone vermerkt, in Balsens MP/SL, was mit großer Wahrscheinlichkeit Mariano Patiño und Sierra Leone hieß. Nein, was er hier vor sich hatte, waren keine Abflugzeiten mit Ziel Afrika, sondern deutliche Hinweise auf einen vereinbarten Termin.

Die beiden Männer verband nicht nur der Name des afrikanischen Landes, sondern auch ihr Tod, ein gewaltsamer Tod, der sie fast zur selben Zeit ereilt hatte. Patiño am fünften April, Balsen am vierten.

»Wann starb der Abgeordnete?«

»Am Sonntag, den fünften April«, antwortete sie ernst.

Was verband die beiden noch, fragte sich Cayetano, während er den Pazifik auf der anderen Seite des Fensters betrachtete. Antares? Hatten sie herausgefunden, dass das deutsche Unternehmen den Fund einer Erdölquelle verheimlichte? Oder waren sie auf eine heiße Spur gestoßen, die Drogenhändlern gefährlich werden konnte? Oder war doch nur alles Zufall?

»Waren Sie am dritten April im Büro?«

»Selbst wenn ich an diesem Tag nicht da gewesen wäre«, erklärte sie mit wiedergewonnener Selbstsicherheit, »wird so ein Termin immer ein paar Tage im Voraus vereinbart, erst recht, wenn es sich um die Verabredung mit einem Unbekannten handelt. Wie ich bereits sagte, ein Herr mit diesem Namen ist nie hier gewesen.«

Cayetano ließ nicht locker.

»Ich glaube, Sie waren an jenem Freitag gar nicht im Büro.«

Sie verschränkte die Arme, stützte sich auf dem Schreibtisch auf, so dass die Armbanduhr in ihrer ganzen Pracht zu sehen war, und blickte für einen kurzen Moment zur Decke, als ob dort die Antwort schweben würde. Cayetano konnte ihren langen, straffen Hals bewundern, einen dieser Hälse, der Frauen das Aussehen sanftmütiger Reiher verleiht.

»Ich war die ganze Woche in Valparaíso, im Parlament«, gab sie mit ruhiger Stimme zu. »Um ein paar Angelegenheiten für den Abgeordneten zu erledigen. Das habe ich öfter getan. Aber am Freitag war ich gegen fünf Uhr nachmittags zurück.«

Er fand es seltsam, dass ihr dieses Detail erst jetzt eingefallen war. Aber vielleicht war das auch nur allzu verständlich. Schließlich machte sie seit längerem eine schwierige Phase durch.

»Sie sind also erst an dem Tag zurückgekehrt, an dem das Treffen zwischen dem Abgeordneten und Balsen stattgefunden hat.«

»Wenn es tatsächlich stattgefunden hat, wie Sie behaupten« – ihre Stimme hatte einen strengen Ton angenommen –, »dann war ich ein paar Stunden nach dem Treffen zurück.« Sie war blass geworden und strich sich das Haar zurück, als würde sie sich auf diese Weise von einer großen Last befreien.

»Sie hätten Balsen also gar nicht begegnen können.«

Sie nickte schweigend.

»Wie lange, sagten Sie, waren Sie nicht in Antofagasta?«

»Die ganze Woche, von Montag bis Freitag. Es gab viel zu tun in Don Marianos Hauptbüro.«

»Arbeitet hier sonst noch jemand?«

»Niemand außer mir. Bis auf die Frau, die nachts saubermacht.«

»Sie sind also am Freitag um fünf Uhr nachmittags nach Antofagasta zurückgekehrt«, rekapitulierte Cayetano. »Und noch am selben Tag sind Sie mit dem Abgeordneten nach Las Tacas gereist?«

»In der Tat. Ich habe mich hier mit ihm getroffen, und dann sind wir am Abend mit seiner Cessna nach Las Tacas geflogen«, antwortete sie leicht errötend, den Blick fest auf Cayetano gerichtet.

»Aus beruflichen Gründen?«

»Nein, um uns zu erholen.«

»Haben Sie sich in Las Tacas mit Bekannten getroffen?«

»Nein, mit niemandem. Mariano war sehr diskret und zog weniger überlaufene Orte vor, wenn wir zusammen verreist sind.«

»Verstehe.«

Natürlich, dachte er und strich sich sanft über den Schnurrbart, im Winter war der Badeort das ideale Versteck für die Liebesabenteuer eines Politikers.

»Waren Sie in Las Tacas immer in seiner Nähe, oder war er auch mal allein unterwegs?«

»Nur um schwimmen zu gehen. Am Samstag und Sonntag. Frühmorgens.«

Der Detektiv rückte seine Brille zurecht, während er die schlüpfrige Geschichte, die die Presse nach dem Tod des Politikers verbreitet hatte, im Geist Revue passieren ließ: Mariano Patiño, der von allen bewunderte Abgeordnete, verheiratet, vier Kinder, war an jenem Freitag in seinem zweimotorigen Privatflugzeug in Begleitung seiner Sekretärin nach Las Tacas geflogen. Das Ereignis hatte eine Woche lang die Medien beherrscht, dann war es von anderen, ebenso vergänglichen Themen verdrängt worden. Das Leben, dachte der Detektiv melancholisch, war flüchtig wie eine Sternschnuppe. Vielleicht sollte er Patiños Witwe befragen, überlegte er, verwarf den Gedanken jedoch sofort wieder. Sie hätte vermutlich kein Interesse, ihn zu unterstützen.

»Da ist noch etwas, was mich interessiert.« Cayetano stand auf und begann im Zimmer auf und ab zu gehen. Er war begeistert, wie weich der Teppich war. Regungslos verfolgte Solange Farías vom Schreibtisch aus sein rastloses Hin und Her. »Wann hatte der Abgeordnete seinen letzten Termin in diesem Büro?«

Wieder blätterte sie im Kalender des Politikers und ging die Eintragungen durch. Kurz darauf antwortete sie mit leerem Blick: »Soweit ich sehe, am Freitag, den dritten April, um vier Uhr nachmittags.«

»Das heißt, kurz bevor Sie kamen. Und wen hat er empfangen?«

»Laut meinem Kalender hatte er an dem Nachmittag keine Termine, aber in seinem steht« – sie trommelte mit ihren langen Fingernägeln auf den Kalenderblock –, »dass er den Vertreter einer deutschen Firma empfangen hat.«

»Pankow? Bodo Pankow?«

»Ja, Pankow«, bestätigte sie überrascht. »Das steht hier, er hat es eigenhändig eingetragen. Woher wussten Sie das?«

Er lächelte abschätzig. Hinter den dicken Brillengläsern glänzten seine Augen geheimnisvoll.

»Sie haben den Termin also nicht vereinbart«, murmelte er, als hätte er die Frage nicht gehört. »Sie haben ihn nicht vereinbart, richtig?«

»Ja«, antwortete sie nervös. Jetzt schien sie die Rolle von jemandem zu akzeptieren, der widerspruchslos Auskunft zu geben hatte. »Es muss sich um ein Treffen gehandelt haben, das erst in allerletzter Minute zustande gekommen ist. Sie müssen es kurz vorher vereinbart haben, als ich noch in Valparaíso war. Deshalb wusste ich nichts davon.«

»Soweit ich sehe, kennen Sie Pankow.« Cayetano blieb mitten im Raum stehen, die Hände hinter dem Rücken verschränkt, und nahm eine strenge Haltung ein. »Daraus schließe ich, dass sich die beiden häufiger getroffen haben.«

»Ein paarmal im Jahr. Der Abgeordnete war daran interessiert, ausländische Investoren in die Region zu holen. Er hat sich mit vielen Unternehmern getroffen.«

Cayetano drehte sich zum Fenster und betrachtete die steil abfallenden Wüstenhänge, die sich wie eine riesige Mauer am Rand der Stadt erstreckten. Die Menschen auf dem zentralen Platz waren nichts als winzige, anonyme Punkte, die ziellos hin und her irrten. Ihm fiel eine Stelle aus *Der dritte Mann* von Graham Greene ein. Dort beobachtet der Protagonist von einem Riesenrad aus das Gewimmel der Leute unter ihm. Greene hatte recht, aus der Höhe betrachtet schienen die Sehnsüchte und Sorgen der Menschen unbedeutend zu sein und sich in nichts aufzulösen. Sie waren sinnlos. Die Menschen waren nichts als anonyme Ameisen.

»Und während des Flugs nach Las Tacas, hat der Abgeordnete Ihnen da nicht erzählt, dass er sich kurz vorher mit Pankow getroffen hatte?«

»Nein, er war sehr reserviert, wenn es um seine Arbeit ging.«

»Eine letzte Frage, Solange. Hatten Sie vorgehabt, am Sonntag gemeinsam nach Antofagasta zurückzufliegen?«

Sie schwieg eine Weile, schlug die Beine unter dem Schreibtisch übereinander und sagte bedrückt: »Natürlich. Er hätte eigentlich nach Antofagasta zurückgemusst. Gemeinsam mit mir, wegen der Arbeit.«

»Warum wollte er dann plötzlich zum Parlament?«

»Ich weiß es nicht. Am Sonntag hat er völlig überraschend seine Pläne geändert.« Sie sah besorgt aus. »Er hat nur gesagt, er müsse dringend zum Parlament nach Valparaíso und ich solle allein nach Antofagasta zurückfliegen. Das hat mir vermutlich das Leben gerettet.«

»Und er hat nicht gesagt, was es mit dieser plötzlichen Änderung seiner Pläne auf sich hatte?«

»Nein.«

Antofagasta, Samstag, der 16. Mai, 16:00 Uhr

Nach dem Gespräch verließ Cayetano eilig das Büro und stieg in den Pick-up von Pompeyo Jara, der in der Nähe auf ihn gewartet hatte. Kurze Zeit später erreichte das bockige Gefährt, das röhrte und vibrierte wie eine alte DC-3 kurz vor dem Abheben, die Wüste.

»Es gibt nur einen Menschen, der uns helfen kann, dieses Rätsel zu lösen«, brüllte der Detektiv gegen den Lärm an und spuckte winzige Sandkörnchen in die heiße, flirrende Luft. Der scharfe Wind, der durch die Seitenfenster drang, zerzauste seinen Schnurrbart und wehte sein spärliches Haar nach hinten. »Und das ist Barbara Schuster.«

»Und Sie glauben, sie hält sich in Sierra Leone auf?«, schrie Pompeyo Jara, das Lenkrad fest mit beiden Händen umklammert.

»Davon gehe ich aus, und ich hoffe, Cornelias Zeitung ist so einflussreich, wie alle behaupten, und findet diese Frau.«

Cayetano räusperte sich, um den bitteren Geschmack in seinem Mund loszuwerden. Schweigend ließ er den Blick über die unermessliche Landschaft aus Sand, Steinen und Felsen schweifen, die in der Ferne so glatt wie Asphalt wirkte und hier und da, verursacht durch den Effekt einer Luftspiegelung, wie Wasser aussah. Er bewunderte die klare Linie, die imposante Erscheinung und die Ockertöne der Anden, während er spürte, wie ihm der Schweiß über den Rücken rann. In Kuba, dachte er mit Wehmut, gab es nichts, was an die majestätische Größe der Kordilleren heranreichte. Im Gegenteil, verglich man die höchsten Berge der Sierra Maestra mit denen Chiles, verdienten sie kaum diesen Namen.

Er konzentrierte sich wieder auf seinen Auftrag. Was war mit Sierra Leone? Warum tauchte der Name des afrikanischen Landes zur selben Zeit in den Terminkalendern von Willi Balsen und Mariano Patiño auf? Hatten sie eine Reise dorthin geplant? Aus welchem Grund? In seinem Kopf begann sich alles zu drehen. Die stechende Sonne, das heisere Röhren des Motors, das Vibrieren der Karosserie, die Höhe, all das machte ihm zu schaffen. Er sehnte sich nach einem erfrischenden Bad in der Karibik, nach Palmen, während von irgendwoher ein leiser, von Beny Morés romantischer Stimme gesungener Bolero zu ihm herüberwehen würde und er wüsste, dass ihn ein köstlicher Daiquiri und eine Zigarre aus bestem kubanischem Tabak erwarteten.

Stattdessen befand er sich mitten in der Wüste, ohne jede Chance, dieser höllischen Nachmittagshitze zu entkommen, mit trockenem Mund und aufgeplatzten Lippen, zwei Stunden von der nächsten Oase entfernt, und musste sich mit einem scheinbar unlösbaren Rätsel herumplagen. Einmal mehr verfluchte er Cornelia Kratz, weil sie ihn in diesen Fall hineingezogen hatte. So wie es aussah, dachte er, während er den Ellbogen auf der Unterkante der Fensteröffnung aufstützte, war

Balsen kurz vor seinem Tod in äußerster Eile nach Antofagasta aufgebrochen, um sich mit dem Abgeordneten zu treffen. Das konnte nur heißen, dass er Patiño etwas Wichtiges mitzuteilen hatte. Cayetano versuchte, die Geschichte zu rekapitulieren: Wenige Tage bevor Barbara Schuster gezwungen wurde, San Pedro de Atacama zu verlassen, hatte Balsen den Namen Sierra Leone in seinem Kalender notiert. Das konnte nur eins bedeuten: Sie hatte gewusst, dass man sie nach Sierra Leone schicken würde, und es ihrem Geliebten erzählt. Aber warum hatte er dann ein paar Tage später in der Pension nach ihr gefragt? Oder war der Grund für das Treffen, dass Balsen eine Nachricht von Barbara für den Abgeordneten gehabt hatte? Was könnte das für eine Nachricht gewesen sein? Nur sie selbst würde es ihm verraten können.

Die Stimme von Pompeyo Jara ließ ihn zusammenfahren.

»Schlafen Sie, Don Cayetano?«

»Überhaupt nicht, ich habe nur ein bisschen abgeschaltet, um die Fahrt bis San Pedro zu überstehen.«

»Das freut mich, denn ich bin schon ein paarmal eingenickt. Wir sind bloß nicht von der Straße abgekommen, weil sie so gerade wie ein Besenstiel ist.«

Es gab noch mehr Ungereimtheiten. Warum hatte der Abgeordnete die Treffen mit Balsen und Pankow seiner Sekretärin gegenüber verschwiegen? Während er auf seiner Zunge herumkaute, sagte sich Cayetano, dass er es einfach nur vergessen haben könnte. Andererseits hatten die Treffen genau zu der Zeit stattgefunden, als sich die Sekretärin nicht in Antofagasta aufgehalten hatte. Er schnalzte mit der Zunge. Es gab noch eine andere Möglichkeit: Solange Farías hatte ihn angelogen, als sie behauptete, nichts von den Treffen zwischen Patiño und den beiden Männern gewusst zu haben. Er musste überprüfen, ob sie wirklich im Nationalkongress gewesen war.

Die Fragen drängten sich weiter mit nervtötender Hartnäckigkeit auf. Was hatte Sierra Leone zu bedeuten? Was für eine Nachricht könnte Barbara Balsen hinterlassen haben, bevor sie nach Afrika gereist war? Und warum wollte Balsen den Abgeordneten so dringend sprechen, bevor dieser nach Las Tacas flog? Sie war die Einzige, die ihm weiterhelfen konnte, wiederholte Cayetano im Stillen, ohne den Blick von den Bergen zu wenden, die sich in der Ferne zu wellen schienen, was an der Verdunstung über der Oase lag.

Als der letzte Glanz der Abenddämmerung den Gipfel des Licancabur in rötliches Licht tauchte, erreichten sie San Pedro de Atacama. Mittlerweile blies ein hartnäckiger, kühler Wind, der den Bäumen am Platz melancholische Geräusche entlockte. Cayetano bat Pompeyo, ihn so schnell wie möglich zur Pension Trópico de Capricornio zu fahren.

Sie fanden Cornelia in ihrer Hütte vor. Die Journalistin war erst vor Kurzem von einer Tour durch die Oasen zurückgekehrt und las in einem Buch über Buddhismus. Sie war zufrieden, glaubte in den Oasen elektrische Schwingungen verspürt zu haben, die günstig zum Meditieren seien und das Verständnis zwischen den Menschen fördern könnten. Sie stand langsam auf, zog sich mit merkwürdig ernster Miene die Schuhe an und sagte: »Barbara Schuster ist nicht in Afrika. Sie ist nie dort gewesen.«

»Nie?«, fragte Cayetano, während er versuchte, seine verschwitzte Guayabera aufzuknöpfen.

»Nein, sie ist direkt nach Berlin geflogen. Nicht nach Sierra Leone.«

»Interessant. Auf jeden Fall muss ich sie sprechen. Wo kann ich sie erreichen?«

»Das wird nicht möglich sein.«

»Nicht möglich?«, wiederholte er bestürzt und holte sich ein Handtuch aus dem Badezimmer, um sich den Schweiß von der behaarten Brust zu wischen. »Ich muss sie dringend etwas fragen!«

»Dafür ist es ein bisschen zu spät. Barbara Schuster ist tot. Sie hat sich vor anderthalb Monaten mit einer Überdosis Schlafmittel das Leben genommen.«

San Pedro, Samstag, der 16. Mai, 20:00 Uhr

Nachdem er heiß geduscht und sich im Restaurant Juanita ein Schweinefleisch-Sandwich und ein Bier genehmigt hatte, ging Cayetano Brulé, noch immer mitgenommen von der Nachricht von Barbara Schusters Tod, an der Lehmmauer der Kirche entlang und betrat die kleine Telefonzentrale. Die ehemalige Mitarbeiterin von Antares hatte sich drei Tage nach Balsens Tod umgebracht. Es war bereits der dritte Todesfall, der mit San Pedro de Atacama in Zusammenhang stand, etwas viel für einen unheilvollen Zufall. Die Telefonistin saß im Halbdunkel des einsamen Raums und steckte sich ihr Haar im Nacken hoch. Mit ernster Miene bat Cayetano sie, ihn so rasch wie möglich mit einer Nummer in Valparaíso zu verbinden.

»Eva Mac Clure?«, fragte er, als er die zarte Stimme der Frau am anderen Ende der Leitung vernahm. Er versuchte es sich in der engen Kabine bequem zu machen.

»Ja, wer spricht dort?«

»Cayetano. Cayetano Brulé. Ich wollte dir nur ein bisschen auf die Nerven gehen, mein Engel der Lüfte«, sagte der Detektiv. Die Telefonistin las jetzt etwas hinter dem großen Tisch. »Hast du etwas über den Flugzeugabsturz herausgefunden?«

»Nicht viel, es liegt noch kein endgültiges Ergebnis vor«, antwortete die Pilotin. »Aber der Leiter der Flugverkehrsbehörde meint, der Absturz der Cessna 180 sei auf Materialermüdung zurückzuführen.«

»War das Flugzeug denn so alt?«

Er hörte sie seufzen.

»Cessna produziert seit Beginn der Achtzigerjahre keine Leichtflugzeuge mehr. Ich glaube, sie haben erst vor Kurzem wieder mit der Produktion begonnen.«

»Es kann also sein, dass das Material abgenutzt war?«

»Ja, gut möglich.«

»Und es gab keine Anzeichen für Sabotage?«

»Sabotage?«, wiederholte sie überrascht. »Nein. Aber wenn ein Flugzeug dieses Typs abstürzt, bleibt auch nicht viel davon übrig. Schwer zu sagen, was wirklich passiert ist. Es gibt keine Blackbox wie bei großen Passagierflugzeugen, Cayetano. Zumindest war kein Zucker im Treibstoff, wenn dich das beruhigt.«

»Aber wovon geht die Flugbehörde aus? Warum ist die Cessna abgestürzt?«

»Wie gesagt, Materialermüdung.«

»Und was glaubst du?«

»Der Abgeordnete könnte einen Schwächeanfall erlitten haben, ich glaube, er hatte Probleme mit dem Blutzuckerspiegel, aber es könnte auch ein Flugfehler gewesen sein oder einfach technisches Versagen.«

»Es könnte also alles oder nichts gewesen sein.«

»Ich weiß nicht, was das in der Detektivsprache bedeutet«, erwiderte sie spitz, »aber mehr kann ich dir dazu nicht sagen. Der Abgeordnete hatte gutes Wetter, er ist genau zur Stunde null in Las Tacas gestartet.«

»Stunde null?«

Die Telefonistin blickte auf, die Kopfhörer auf dem Kopf. Ihr rundliches Gesicht hatte einen fragenden Ausdruck angenommen.

»Der letzte Zeitpunkt, an dem ein Leichtflugzeug ohne spezielle Instrumente am Abend starten darf. Um diese Jahreszeit ist das gegen siebzehn Uhr dreißig. Um diese Zeit ist er gestartet, mit der Absicht, in Viña del Mar zu landen.«

»Wollte er nicht nach Valparaíso?«

»Kann schon sein, aber dort hatte er keine Landeerlaubnis. Der Flugplatz von Rodelillo hat keine Orientierungslichter. Nur bei bestimmten Flugveranstaltungen werden dort manchmal mit Paraffin gefüllte Dosen angezündet. In Viña del Mar ist es sicherer, deshalb sollte er dort landen.«

Cayetano kam es so vor, als seufzte die Telefonistin erleichtert auf. Für einen Moment begegneten sich ihre Blicke. In ihren Augen lag etwas Herausforderndes. In seinen nur der gewohnte Glanz seiner karibischen Pupillen.

»Noch etwas?«

»Nein, eigentlich nicht. Außer dass er ganz plötzlich sein Flugziel geändert hat. Das wurde alles im Tower aufgezeichnet. Ursprünglich wollte er nach Antofagasta zurück, aber dann hat er gemeldet, dass er nicht nach Antofagasta, sondern nach Viña del Mar fliegen will.«

»Und wie hat er diese Änderung gemeldet?«

»Über den Tower in Las Tacas. Am Sonntagvormittag.«

Er dankte ihr und legte auf. Zumindest wusste er jetzt, wann der Abgeordnete seinen Plan geändert hatte. Am Sonntagvormittag. Er trat aus der Kabine und sah sich den schwarzen Augen und einem verführerischen Lächeln der Telefonistin gegenüber. Die Frau will's wissen, sagte sich der Detektiv. Er bat sie, eine Verbindung zu einer Nummer in Santiago herzustellen und ging wieder in die Kabine zurück. Kurz darauf klingelte es.

»Ralph Kahlau?«

»Am Apparat.«

»Hier spricht Cayetano Brulé.« Es folgte ein langes Schweigen, der Mann schien überrascht zu sein. Anscheinend war es in Deutschland nicht üblich, jemanden um diese Uhrzeit aus beruflichen Gründen bei sich zu Hause anzurufen. »Entschuldigen Sie die späte Störung, aber es ist sehr wichtig.«

»Sie sind der Detektiv, nicht wahr?«

Wieder sah die Telefonistin auf. Sie machte aus ihrer Enttäuschung keinen Hehl. Er war doch kein einflussreicher Politiker.

»Richtig. Ich sehe, Sie erinnern sich.«

»Wie kann ich Ihnen helfen?« Kahlaus Stimme verriet keinerlei Regung. Im Hintergrund war das Stimmengewirr von Leuten zu hören, die sich angeregt unterhielten. Offensichtlich gab der Diplomat einen Empfang. »Wollen Sie mich nicht lieber am Montag in der Botschaft anrufen?«

»Es ist dringend.«

»In Chile ist immer alles dringend, deshalb dauert auch alles so lange.«

»Mein Anliegen ist wirklich dringend.«

»Worum geht es?«

Cayetano setzte sich auf den winzigen Stuhl in der Kabine und versuchte vergeblich, die Beine übereinanderzuschlagen.

»Ich muss unbedingt wissen, ob Barbara Schuster, die Deutsche, die für Antares in der Atacama gearbeitet hat, letzten März oder Anfang April irgendwen in San Pedro angerufen hat.«

»Sind Sie jetzt völlig übergeschnappt?«, rief der Deutsche gereizt. »Glauben Sie, das ist hier der KGB oder die CIA? Ich bin ein deutscher Di-plo-mat und habe keinen Zugang zu derartigen Informationen. Warum fragen Sie Frau Schuster nicht selbst?«

»Weil sie tot ist.«

»Tot?«, stammelte Kahlau.

Tiefe Falten durchfurchten das besorgte Gesicht der Telefonistin.

»Tot.«

»Aber sie hat doch noch vor zwei Monaten in Chile gearbeitet.«

»Stimmt, aber das ändert nichts an der Tatsache, dass sie jetzt tot ist.«

»Das bedaure ich zutiefst. Und dieses mögliche Telefonat von ihr, was hat das mit Ihrer Ermittlung zu tun?«

»Das ist der entscheidende Punkt. Wenn sie kurz vor ihrem Tod in San Pedro angerufen hat, ist der Fall so gut wie gelöst.«

»Mich überrascht Ihr Optimismus, Herr Brulé«, entgegnete Kahlau in einem veränderten Tonfall, auch wenn er immer noch nervös klang. Das Stimmengewirr im Hintergrund wurde jetzt vom Gelächter einer Frau übertönt.

»Ich brauche Ihre Hilfe«, murmelte Cayetano. »Ich weiß, dass Sie an diese Information herankommen können. Das würde vieles klären. Und Sie haben nichts dabei zu verlieren. Versuchen Sie es.«

»Ich kann Ihnen nichts versprechen, aber ich werde mich bemühen.« Es klang eher, als wollte er das Gespräch so schnell wie möglich beenden. »Wann ist Frau Schuster gestorben?«

»Vor ungefähr einem Monat.«

»Mein Gott, ich werde mein Bestes für Frau Schuster geben.«

»Für sie und Willi Balsen.«

Las Tacas, Sonntag, der 17. Mai, 11:15 Uhr

Am nächsten Tag nahmen Cayetano und Cornelia den ersten Flug von Calama nach La Serena, wo sie gut zwei Stunden später, nach einem kurzen Stopp in Antofagasta, landeten. Der Flug war ohne Zwischenfälle verlaufen, und am Flughafen mieteten sie sich einen kleinen Nissan.

»Ich weiß immer noch nicht, was Sie in Las Tacas wollen«, beschwerte sich die Journalistin hinter dem Lenkrad. »Nach Barbara Schusters Tod scheinen Sie endgültig verrückt geworden zu sein.«

»Wenn wir da sind, werden Sie alles verstehen«, erwiderte der Detektiv geheimnisvoll.

Auf seinem Weg die Küste entlang zerschnitt der Wagen die kühle Morgenluft. Cayetano weigerte sich beharrlich, etwas über den Stand der Ermittlung preiszugeben oder der Journalistin die Gründe für die überraschende Reise nach Las Tacas zu erläutern.

»Dann bleibt mir wohl nichts anderes übrig, als darauf zu vertrauen, dass Sie wissen, was Sie tun«, bemerkte die Deutsche pikiert.

»Sieht ganz so aus.«

»Das Dumme ist nur, dass meine Zeitung so schnell wie möglich Ergebnisse sehen will, wenn nicht, drehen sie den Geldhahn ab.«

Er blickte sie verwundert an, und in seiner Stimme schwang Unsicherheit mit: »Ihre Zeitung bezahlt das alles?«

Weil sie auf das Umspringen einer Ampel wartete, antwortete sie nicht gleich. In der Zwischenzeit bewunderte Cayetano die neokolonialen Fassaden im Zentrum von La Serena. Die steinernen Portale, die alten Villen renommierter Familien, die modernen, mit Balkonen und Arkaden verzierten Gebäude und die breiten, schnurgeraden und sauberen Straßen, all das sorgte für eine ungewöhnlich ruhige und entspannte Atmosphäre, die man von chilenischen Städten so nicht kannte. Hier, in unmittelbarer Nachbarschaft zum Hauptplatz mit seinen dicht belaubten Bäumen, schien die Zeit langsamer zu verstreichen als in Valparaíso oder Santiago. Er war überrascht, wie eifrig die Stadt ihr architektonisches Erbe pflegte, ein Erbe, das erst vor einem halben Jahrhundert seinen Ursprung hatte, als Präsident González Videla anordnete, die Hauptstraßen seiner Geburtsstadt im kolonialen Stil umzugestalten. Es war ein völlig willkürlicher Entschluss gewesen, da La Serena gar nicht über eine solche Tradition verfügte. Zugleich kam es der Schönheit der Stadt ungemein zugute, dachte der Detektiv. Es war eine erfreuliche und absolut notwendige Bereicherung in einem Land, wo Erdbeben auf der einen und Architekten und Behörden auf der anderen Seite nichts anderes im Sinn zu haben schienen, als jede architektonische Spur der Vergangenheit zu tilgen.

»Ich habe Sie gefragt, ob Ihre Zeitung das alles zahlt«, fragte Cayetano noch einmal.

Sie fuhren am großen Hauptplatz mit seinen steinernen Portalen entlang.

»Ich wollte es Ihnen nicht sagen, aber so ist es«, erwiderte die Journalistin ernst, als sie in eine große, von einem breiten, dicht bewachsenen Mittelstreifen geteilte Allee einbogen. Zwischen den Sträuchern konnte man immer wieder marmorne Statuen ausmachen. »Ich hoffe, Sie verstehen mich. Andernfalls hätte ich Sie nicht begleiten und diese Ausflüge bezahlen können.«

»Man könnte also sagen, im Fall von Willi Balsen haben Sie zwei Fliegen mit einer Klappe geschlagen: der Wunsch nach Gerechtigkeit und der, ein paar gute Artikel zu verkaufen.«

»Das ist doch kein schlechter Kompromiss, er nützt allen, auch Ihnen«, gab sie offen zu. »Auf jeden Fall müssen wir eine Frist einhalten.«

Eigentlich war es ihm völlig egal, wer sein Honorar bezahlte. Er strich sich über die Schnurrbartspitzen und fragte: »Wie viel Zeit bleibt uns?«

»Höchstens eine Woche. Danach kann ich nichts mehr für Willi tun«, sagte sie mit trauriger Stimme.

»Eine Woche ... Machen Sie sich keine Sorgen, wir befinden uns kurz vor der Ziellinie. Obwohl es mir manchmal so vorkommt, als ob die eigentliche Ermittlung noch gar nicht begonnen hätte.«

Während der Wagen Kurs nach Süden nahm und der Panamericana entlang der kurvigen Pazifikküste folgte, verfielen sie in tiefes Schweigen. Im Westen konnten sie gewaltige Wellenberge bewundern, die sich schäumend an den verwaisten Stränden brachen, im Osten die öde, sich bis zu den Kordilleren erstreckende Landschaft, die bereits ein Vorgeschmack der Wüste war.

Nachdem sie einem Wachtposten in Las Tacas gemeldet hatten, dass sie ein paar Drinks im Restaurant des Badeorts zu sich nehmen wollten, ließen sie den kleinen Flugplatz hinter sich und folgten einem Weg, der sich zwischen ockerfarbenen Gebäuden, Palmen und Rasenflächen bergab schlängelte.

Sie ließen den Wagen in der Nähe des Chiringuito stehen, unmittelbar vor den Bungalows des Apart-Hotels, und betraten das rustikale, schlichte Lokal, wo es um diese Uhrzeit keine weiteren Gäste außer ihnen gab. Ein Kellner mit einem breiten Lächeln und einer Frisur wie Carlos Gardel forderte sie auf, an einem Tisch am Fenster Platz zu nehmen. Eine Zeitlang betrachteten sie den verwaisten Strand, an dem eine junge Frau auf einem Pferd entlanggaloppierte.

»Ich möchte, dass Sie zum Apart-Hotel gehen und mit den Leuten am Empfang reden. Für Sie als Ausländerin dürfte das nicht allzu schwierig sein«, sagte Cayetano, nachdem er sich eine Zigarette angesteckt und zwei Babaco Sour und Flussgarnelen mit *sauce américaine* bestellt hatte.

»Und warum?«

»Ich brauche die Namen der Gäste, die dort vom vierten auf den fünften April übernachtet haben.«

»An dem Tag ist der Abgeordnete ums Leben gekommen, nicht wahr?«

»Genau.«

»Ich verstehe bloß noch Bahnhof.«

»Ich kann Ihnen das jetzt nicht in allen Einzelheiten erklären, aber ich glaube, eine Liste mit den Namen könnte uns weiterhelfen. Und Sie als Deutsche kommen da leichter ran als ich.«

»Und was soll ich den Leuten vom Hotel sagen?«

»Sagen Sie einfach, dass Sie auf der Suche nach Freunden sind, die zu jener Zeit hier waren.«

Der Kellner brachte zwei hohe Gläser. Sie waren bis zum Rand mit einer farblosen Flüssigkeit gefüllt, in der Babacostücke schwammen, eine mit der Papaya verwandte Frucht, deren Geschmack Cayetano entfernt an die kubanische Quenepa erinnerte und die zusammen mit Orangensaft, gutem Pisco und reichlich Zucker eine mehr als köstliche Mischung ergab.

»Und was wollen Sie mit dieser Liste?«

»Sie könnte der Beweis für etwas sein, das mir schon seit Tagen durch den Kopf geht und mir schlaflose Nächte bereitet. Prost. Auf unsere Zusammenarbeit.«

Der Kellner hatte sich wieder entfernt, und es erklang ein alter Song von Herb Alpert & The Tijuana Brass. Während Cayetano an seinem Strohhalm saugte und auf den Pazifik hinaussah, kam ihm der Wachtposten in den Sinn, der den Ortseingang kontrollierte, obwohl es nach chilenischem Recht eigentlich keine Privatstrände in diesem Land geben durfte.

»Und wenn das Hotel die Namen nicht herausrückt?«, fragte Cornelia plötzlich und riss ihn zurück in die kühle Atmosphäre des Chiringuito.

»Glauben Sie, wir sind hier in Deutschland, wo es so etwas wie Datenschutz gibt? Das ist Chile, meine Liebe, hier liegen die persönlichen Daten auf jedem Bankschalter und in jedem Wartezimmer rum.«

»Na schön, wenn das so ist, werde ich es versuchen.« Sie strich sich durch ihr flammend rotes Haar.

»Das freut mich.« Die Amazone ritt jetzt in schnellem Galopp am Ufer davon, Wasser spritzte auf, dann war es wieder einsam am Strand. »Sie werden sehen, man wird Ihnen die Namen ohne zu zaudern herausgeben, und sobald Sie sie haben, fliegen wir nach San Pedro zurück.«

Calama, Sonntag, der 17. Mai, 18:30 Uhr

Nach dem obligatorischen Zwischenstopp in Antofagasta, dieser zwischen dem Pazifischen Ozean und den kupferfarbenen Abhängen der Atacamawüste eingezwängten Stadt, erreichten sie Calama. Um kurz vor halb sieben, exakt zur vorausgesagten Ankunftszeit, kam die Boeing 737 von Ladeco auf der Piste des kleinen Flughafens zum Stehen. Pompeyo Jara saß in seinem alten Chevrolet, von einem kalten, stürmischen Wind umtost, und erwartete sie mit laufendem Motor.

Schweigend trug Cayetano Brulé seinen Handkoffer zum Pick-up, ließ sich auf den Beifahrersitz fallen, stülpte sich die Wollmütze über und vergrub die Hände schnaubend in den Manteltaschen. Als er spürte, wie der eisige Andenwind in seine karibischen Knochen drang, bohrte sich das Gefühl der Niederlage noch tiefer in seine Seele. Ohne ein Wort zu sagen, ging er immer wieder die Liste der Hotelgäste durch, die ihm Cornelia Kratz besorgt hatte. Es handelte sich um alle Reisenden, die zur selben Zeit in Las Tacas gewesen waren wie der Abgeordnete und seine Geliebte.

Die Liste war kurz und ernüchternd: Sie enthielt lediglich die Namen und Ausweisnummern zweier Männer. Die beiden hatten das Wochenende, an dem Mariano Patiño verunglückt war, in einer der zum Hotel gehörenden Hütten verbracht. Sie hatten sich am Abend des vierten April registrieren lassen, das heißt, einen Tag nachdem sich der Abgeordnete und seine Beraterin in der Wohnung einquartiert hatten. Abgereist waren sie am frühen Sonntagabend, dem Tag des Unglücks. Laut der Empfangsdame waren die beiden mit einem Privatflugzeug gereist, das in Antofagasta gemeldet war. Dorthin waren sie auch zurückgeflogen. Sie hießen Aldo Toro und Francisco Rico, Namen, die dem Ermittler nichts sagten.

»Sie sehen niedergeschlagen aus, Don Cayetano«, bemerkte Pompeyo Jara, während das Dröhnen der Boeing-Triebwerke immer leiser wurde, je weiter sie sich in der Dämmerung vom Flughafen entfernten. »Lief es nicht so gut in Las Tacas?«

»Seit ich ihm die Gästeliste des Apart-Hotels gegeben habe, ist er stumm wie ein Fisch«, erklärte Cornelia vom Rücksitz aus.

»Ich hatte etwas anderes erwartet«, räumte der Detektiv lakonisch ein.

»Stehen wir immer noch am Beginn der Ermittlung?«, fragte die Deutsche bissig.

Der Detektiv wandte sich um.

»Ich hatte gehofft, wir hätten bereits die Zielgerade erreicht, aber nachdem ich die Liste gesehen habe, habe ich meine Ansicht geändert.«

»Sie tun immer so geheimnisvoll«, beklagte sich Cornelia.

»Ich bin halt eher schüchtern.«

»Kann es sein, dass Sie sich verrannt haben?«

»Nicht so schlimm wie Leutnant Bello, aber es sieht nicht gut aus.«

»Hatten Sie geglaubt, Pankow unter den Gästen zu finden?«

»Ich muss gestehen, dass mir der Gedanke durch den Kopf gegangen war.«

Der durch das Seitenfenster dringende Luftzug drohte das Streichholz auszublasen, mit dem sich Cayetano eine Lucky Strike anzünden wollte. Schließlich gelang es ihm. Er rauchte weniger aus Lust, sondern weil er hoffte, auf diese Weise endlich für Schweigen im Wagen zu sorgen. Er nahm einen langen Zug und betrachtete das Scheinwerferlicht der entgegenkommenden Fahrzeuge. Irgendwann bog der Pick-up nach Osten ab, und die Wüste erstreckte sich weit und silbern vor seinen Augen, so silbern, als hätte jemand Quecksilber über ihr ausgegossen.

»Pankow ist doch der Typ, der die Anlage von Antares leitet«, sagte Pompeyo nach einer Weile. Er ließ den Satz unvollendet, warf einen verstohlenen Blick zum Mond am sternenübersäten Himmel und fügte hinzu: »In solchen Nächten sind die Schatzsucher unterwegs.«

»Aus Aberglaube?«, fragte Cornelia.

Cayetano konnte ihren warmen, mentholhaltigen Atem an seinem linken Ohr spüren.

»Weil es hell ist und man keine Taschenlampen braucht«, erklärte der Touristenführer. »So kann man nicht entdeckt werden. Man muss nur aufpassen, dass man keinem Hexenmeister über den Weg läuft.«

Die Deutsche beugte sich noch weiter zu den beiden Männern vor.

»Hexenmeister?«

»Die Hexenmeister dürfen sich bei Vollmond nicht ans Lagerfeuer setzen.« Pompeyo senkte die Stimme und gab ihr einen geheimnisvollen Anstrich. »Wenn sie zu nah ans Feuer kommen, lösen sich ihre Köpfe vom Rumpf und fliegen davon. Vor dem Morgengrauen kehren sie jedoch zu ihren Körpern zurück, und die Hexenmeister können normal weiterleben. Aber manchmal kommt es vor, dass sich ein Kopf zwischen den Zweigen eines Chañarbaums verheddert, den größten Feinden der Zauberer, und dann stirbt der Hexenmeister. Bei Tagesanbruch kann man die kopflosen Körper sehen. Sie glauben mir nicht, stimmt's?« Er sah sie mit merkwürdig glänzenden Augen im Rückspiegel an.

»Doch, ich glaube Ihnen.« Cornelias Gesicht nahm einen ernsten Ausdruck an.

»Es ist die Wahrheit. Ich weiß das von meinem Vater«, versicherte Pompeyo. Cayetano lauschte schweigend. »Einmal, es war Winter, lief mein Alter am frühen Morgen durch die Oase, als ihn plötzlich jemand aus einem Wäldchen rief. Er blieb stehen, um zu sehen, um wen es sich handelte. Da entdeckte er ihn. Es war der Kopf eines Hexenmeisters mit schlohweißer Mähne, der sich im Wipfel eines Chañarbaums verfangen hatte. Er schwor meinem Vater, ihm jeden Wunsch zu erfüllen, wenn er ihn befreien würde. Mein Alter, er war damals schon ein alter, bescheidener *achache*, entwirrte ihn schüchtern und wagte es nur, ihn um einen bescheidenen Vikunjapullover zu bitten. Noch im selben Moment flog der Kopf durch die Nacht davon und war verschwunden.«

»Und er hat nie wieder von dem Hexenmeister gehört?«, fragte Cornelia ungläubig.

»Nie wieder. Bis eines Tages ein fremder alter Mann mit weißem Haar vor unserem Haus stand. Ich selbst habe ihm die Tür geöffnet. Er drückte mir ein großes Paket für meinen Vater in die Hand, der nicht zu Hause war.« Pompeyo wandte sich mit einer plötzlichen Bewegung zu Cornelia um. »In dem Paket war ein Vikunjapullover.«

»Unglaublich«, flüsterte die Deutsche.

»Sie glauben mir nicht? Es ist der hier, den ich trage«, behauptete der Touristenführer unverfroren und brach in so lautes Lachen aus, dass Cayetano die Haare zu Berge standen. »Es war übrigens das einzige Mal in seinem Leben, dass mein Vater unüberlegt gehandelt hat.«

»Warum?«

»Weil er nur so wenig verlangt hat. Ich hätte den Hexenmeister darum gebeten, mir zu verraten, wo sich der Schatz von Pedro de Valdivia befindet.«

Der Detektiv spürte einen leichten Schauer über seinen Rücken laufen. In der Atacama schien wirklich alles unergründlich und von einem Schleier des Irrealen umgeben. Die einsamen, sich in der unermesslichen Wüste verlierenden Gassen, die Berge und Hügel, die sich im Osten wie eine Mauer erhoben, das Leuchten der Sterne, all das schien sich miteinander zu verschwören, um eine geheimnisvolle, verzauberte Atmosphäre zu erzeugen. Er wandte seinen Blick den Kordilleren zu und betrachtete den majestätischen Licancabur, der mit seiner um den Hals gebundenen Schneeserviette aus dem Rest des Gebirgsmassivs hervorstach.

»Ich brauche Sie noch einmal, Cornelia«, sagte Cayetano nach einer Weile mit lauter Stimme, um das Rasseln des Wagens zu übertönen, der jetzt im ersten Gang die Straße nach San Pedro hinunterrollte.

»Was soll ich tun?«

»Ich möchte, dass Sie sich in der Pension San Pedro so diskret wie möglich erkundigen, ob dort in den letzten drei Monaten jemand mit dem Namen Aldo Toro oder Francisco Rico abgestiegen ist.«

»Ich bezweifle, dass man mir das sagen wird, Herr Brulé.«

»Versuchen Sie es«, erwiderte der Detektiv mit Nachdruck. »Sagen Sie, ich hätte Sie geschickt und würde das später regeln.«

San Pedro, Sonntag, der 17. Mai, 21:00 Uhr

Der Einblick in die Gästebücher der Pension San Pedro, die man Cornelia Kratz ohne große Vorbehalte ausgehändigt hatte, führten zu einem überraschenden Ergebnis: Aldo Toro und Francisco Rico hatten auch in diesem Etablissement in der Atacamawüste übernachtet. Sie waren am Freitag, dem dritten April, einen Tag vor Balsens Ermordung, in San Pedro eingetroffen, um die Oase einen Tag später wieder zu verlassen und in Richtung Las Tacas weiterzureisen.

Das hatte ihnen soeben die Journalistin berichtet, die sich jetzt zu Cayetano und Pompeyo an den Tisch im Restaurant Juanita setzte. Der verrauchte, nur spärlich von ein paar flackernden Kerzen beleuchtete Speisesaal war an diesem Abend brechend voll, und es herrschte eine ausgelassene Stimmung. In einer Ecke verströmte ein rötlich schimmernder Eisenofen wohlige Wärme und einen behaglichen Duft nach Brennholz.

Ohne ihren Redefluss zu unterbrechen, tat es Cornelia den Gefährten, die seit einer Stunde auf sie warteten, gleich und bestellte ein Bier. Cayetano kribbelte es in den Eingeweiden. Es war offensichtlich, dass die beiden Unbekannten etwas mit den Todesfällen zu tun hatten. Am Freitag, als Balsen ermordet wurde, hatten sie sich in San Pedro de Atacama aufgehalten, und am Sonntag, als der Abgeordnete starb, in Las Tacas.

Aber das Überraschendste sollte erst noch kommen.

»Und wissen Sie, wer die Rechnung der beiden Männer in der Pension beglichen hat?«, fragte Cornelia mit hochrotem Gesicht.

»Bodo Pankow?«

Sie kniff leicht die Augen zusammen und wiegte ein paarmal theatralisch den Kopf hin und her.

»Richtig. Pankow. Woher wussten Sie das?«

Voller Genugtuung vernahm Cayetano die Frage. Für Rico und Toro würde es ziemlich unangenehm, ja heikel werden, wenn man sie nach einer Erklärung für ihren Aufenthalt in Las Tacas und San Pedro fragte, genau an den Tagen, als der Abgeordnete und der deutsche Entwicklungshelfer ums Leben gekommen waren. Natürlich bewies das noch rein gar nichts, es könnte sich um einen bloßen Zufall handeln, aber es war immerhin eine Spur, sagte er sich und strich sich dabei über den Schnurrbart.

Die Wirtin stellte das Bier vor Cornelia hin und erkundigte sich, ob das Trio etwas essen wolle. Sie bestellten Sandwichs mit Lendenfleisch, Avocado und Tomate gegen den Hunger und drei große Tassen Milchkaffee gegen die Kälte. Er könnte wetten, setzte Cayetano seine Überlegungen fort, während er einen Schluck von seinem Bier nahm, dass Rico und Toro die Mörder waren. Alles deutete darauf hin. Was fehlte, waren die Beweise, er stellte lediglich Vermutungen an, vage Vermutungen, auf die ihn sein detektivischer Spürsinn gebracht hatte.

»Pankow wohnt nur einen Steinwurf von hier entfernt.« Cayetano deutete in Richtung der Pension. »Wenn wir Beweise hätten, könnten wir ihn sofort hochnehmen lassen.«

Draußen legte sich der kalte Umhang der Nacht über die Wüste, die unter der runden Mondscheibe weißlich schimmerte. Von Zeit zu Zeit, wenn die Gäste für einen Moment verstummten, als gehorchten sie alle gleichzeitig einer geheimnisvollen inneren Stimme, war im Juanita das tiefe Brummen eines Generators zu hören.

»Und jetzt, Cayetano, wie geht es weiter?« Die Kerzenflamme ließ die zarten Gesichtszüge der Journalistin tanzen. »Die Tatsache, dass die beiden Männer genau dann in Las Tacas und der Oase waren, als Balsen und Patiño starben, beweist rein gar nichts.«

»Vielleicht kann uns Suzuki weiterhelfen.« Cayetano dachte an seinen Assistenten in Valparaíso. »Er muss nach Santiago fahren und uns die nötigen Informationen über das Unternehmen besorgen.«

»Außerdem ist morgen der achtzehnte Mai«, murmelte Cornelia. »Das Datum, das sowohl in Willis als auch Patiños Kalender auftaucht.«

Der Detektiv sah auf die Uhr. Es war Punkt neun, der richtige Moment, um Suzuki anzurufen, bevor er das Kamikaze öffnen würde, ein kleines Lokal in der Nähe des Hafens, in dem Matrosen, Künstler und Nutten verkehrten. Es gab dort den besten Grillfisch Chiles: nach einer geheimen Formel der inzwischen verstorbenen Brüder Carbone marinierte Seehechte und Seebrassen, die Suzuki jeden Morgen nach langem Feilschen in der kleinen Bucht von El Membrillo kaufte und später zusammen mit chilenischem Salat mit viel Knoblauch und Zwiebeln und einem gut gekühlten Bier oder einem passablen Hauswein servierte. Während er an Suzukis Wein dachte, leerte Cayetano sein Glas, stand abrupt auf, verließ das Juanita und machte sich in Richtung Telefonzentrale auf.

Er tauchte in die Dunkelheit des leeren Platzes ein und folgte der Straße an der Kirche entlang. An seinen Händen und Ohren spürte er die schneidende Kälte der Nacht.

»Suzukito, hier spricht dein Boss«, sagte er halb im Spaß, als er die hohe Stimme seines Assistenten am anderen Ende der Leitung vernahm.

Die kokette Telefonistin schien an diesem Abend frei zu haben. An ihrer Stelle saß eine alte, pausenlos gähnende Frau hinter dem großen Tisch.

»Ich höre, Chef, was kann ich für Sie tun? Aber vorher muss ich Ihnen noch erzählen, dass hier mittlerweile ein so riesiger Stapel offener Rechnungen herumliegt, dass Sie besser in der Atacama um Asyl bitten sollten. Selbst Ihr Vermieter hat welche hergeschickt.«

Cayetano zuckte mit den Schultern.

»Vergiss die Rechnungen, sollen ruhig noch mehr kommen. Ich rufe wegen was anderem an.«

»Schießen Sie los. Ich bin ganz Ohr, bereit für jede Schandtat.«

»Du musst gleich morgen früh nach Santiago und ein kleines Bad im Smog nehmen. Geh zum Bergbauministerium, zur deutschen Botschaft und zur Deutsch-Chilenischen Industrie- und Handelskammer und versuch so viel wie möglich über das Unternehmen Antares herauszufinden, das eine Mine in der Nähe von San Pedro betreibt.«

»Augenblick, ich muss das notieren«, unterbrach ihn Suzuki. »Ich fahre gleich morgen nach Santiago. Wie ging's weiter?«

»Ich hoffe, du kannst wenigstens Japanisch schreiben. Bei deinem Tempo erfriere ich hier sonst noch.«

»Chef, wer schnell lebt, stirbt auch schnell.«

»Und dann habe ich noch einen Auftrag für dich.«

»Ich notiere.«

»Du musst zur Botschaft von Sierra Leone oder zu einer Botschaft, die Sierra Leone in der Hauptstadt vertritt.«

»Sierra Leone? In Santiago?«

»Na klar, mein unwissender Chinese. Wo soll ein Land denn sonst seine Botschaft in Chile haben«, fragte der Detektiv gereizt. »Vielleicht in Pichilemu?«

»Entschuldigen Sie, Chef, aber ich wusste nicht, dass das der Name eines Landes ist.«

»Hör zu, du Intelligenzbestie. Und nicht, dass dir das zum einen Ohr hinein- und zum anderen hinausgeht, Sierra Leone ist ein afrikanisches Land. Mit Flagge, Wappen, Nationalhymne, Einwohnern und allem Drum und Dran.«

»Klingt für mich eher nach dem Namen eines Schiffes«, bemerkte Suzuki kleinlaut.

Cayetano zuckte bis ins Mark zusammen und schlug sich auf die Stirn.

»Verdammt, Suzukito, ich kann's nicht glauben! Schiff hast du gesagt?«, brüllte er in den Hörer. Durch die Scheibe konnte er sehen, wie die Telefonistin aufschreckte und ihn besorgt anstarrte. »Du bist der klügste Chinese der Welt!«

»Was ist los, Chef? Warum lachen Sie?«

Cayetano strich sich ausgelassen über die Schnurrbartspitzen und rückte seine Brille gerade. Trotz der schneidenden Kälte hatte er das Gefühl, unter seinem Trenchcoat zu schwitzen.

»Vergiss alles, was ich gesagt habe, Suzuki«, schrie er völlig außer sich. »Du läufst jetzt sofort zur Hafenpolizei und fragst, ob für morgen ein Schiff mit dem Namen Sierra Leone erwartet wird.«

»So wie das afrikanische Land?«

»Ja, Suzuki, aber mach dich bitte schnell auf den Weg, es ist dringend. Und sobald du die Antwort hast, rufst du die Telefonzentrale hier in der Oase an. Und jetzt beeil dich, verdammt, ich warte!«

San Pedro, Sonntag, der 17. Mai, 21:45 Uhr

Von neuer Hoffnung erfüllt, eilte Cayetano Brulé die Calle Gabriela Mistral zurück. Ein paar Minuten später saß er wieder im Juanita, wo Cornelia und Pompeyo trübsinnig ihre Sandwichs verdrückten.

»Gute Nachrichten aus Valparaíso?«, fragte die Journalistin.

Der Detektiv brach ein Stück von seinem Brot ab, steckte es sich in den Mund und kaute schweigend, ganz in sich versunken. Das Stimmengewirr der Gäste drang nur von Weitem an sein Ohr. Er erinnerte sich, wie ihn jedes Mal, wenn er spürte, dass ein Fall unmittelbar vor der Aufklärung stand, ein beklemmendes Gefühl der Unsicherheit befiel und ihn veranlasste, ungewöhnlich viel zu essen. Im Nu würde er sein Sandwich verschlingen, um sich gleich darauf ein zweites zu bestellen. Er musste sich zusammenreißen, immerhin stand er kurz vor dem entscheidenden Schritt. Er hatte zwar immer noch keine hieb- und stichfesten Beweise, aber immerhin die leise Hoffnung, dass der eingeschlagene Weg der richtige war. Er vertraute seinem guten Riecher, einem wahren Kompass, der ihn jedes Mal langsam, aber sicher an sein Ziel führte. Aber woher rührte dann diese plötzliche Unsicherheit?

Schweigend aßen sie zu Ende. Nach dem Kaffee,

den der Detektiv bei einer Lucky Strike schlürfte, zahlten sie die Rechnung, gingen die Calle Gabriela Mistral entlang und blieben vor der Telefonzentrale stehen. Der Laden schien bis zur nächtlichen Stromsperre geöffnet zu haben, was hieß, dass ihnen noch etwa eine halbe Stunde blieb. Sie beschlossen, draußen zu warten. Von dort konnten sie die ausgestorbenen, staubigen und nach Schwefel riechenden Straßen und den mit funkelnden Sternen übersäten Himmel überblicken.

Während er rauchte, überlegte Cayetano, dass Suzuki es normalerweise schaffen müsste, ihn rechtzeitig zurückzurufen. Vorausgesetzt, er hatte sich sofort zum Hafen aufgemacht und jemanden von der Hafenbehörde angetroffen. Eine halbe Stunde sollte ausreichen, denn Büro und Hafen lagen nicht weit auseinander. Im Moment wollte es ihm nicht recht gelingen, seine Gedanken zu ordnen, zu viel ging ihm durch den Kopf. Von fern, wahrscheinlich aus dem Estaka, wo zu dieser Stunde die Touristen und Hippies bei Yerko ihre Pisco Sour nach traditionell peruanischer Art bestellten, drang die herzergreifende Stimme des Sängers von Queen an sein Ohr: »*You want a clean reputation, but now you're facing complications, 'cos into every life a little rain must fall.*« War der Text eine Anspielung auf sein zukünftiges Scheitern, von Freddie Mercury aus dem Jenseits besungen?

Cayetano schnalzte mit der Zunge, während er sich erinnerte, dass sich die Ermittler in Kriminalromanen und Detektivfilmen immer irgendwie zu helfen wussten und jeden Fall mit messerscharfer, verblüffender

Logik lösten. Ihm fiel kein einziger Ermittler ein, der sich je so verloren und ratlos gefühlt hätte wie er in dieser Nacht.

Plötzlich sahen sie kleine Grüppchen von grölenden Touristen vorbeiziehen, die offensichtlich vorhatten, in dieser wunderbaren Nacht einen Ausflug in die Wüste zu unternehmen.

»Wohin wollen die?«, fragte Cornelia erstaunt.

Dem lauten Geschrei und schallenden Gelächter nach zu urteilen waren die jungen Leute fast alle betrunken.

»Zu den alten Grabstätten und Friedhöfen«, sagte Pompeyo mit ernster Stimme. Die Touristen waren unterdessen in die Calle Tocopilla eingebogen und außer Sichtweite.

»Friedhöfen?«, fragte Cayetano überrascht, während er die Zigarette an einer Mauer ausdrückte. »Und warum?«

»Mystische Zusammenkünfte. Es heißt, die Schwingungen wären dort besonders intensiv und man würde sich noch enger miteinander verbunden fühlen. Sie sitzen einfach nur dort rum, plaudern miteinander und halten nach Sternschnuppen Ausschau. Na ja, manche rauchen auch Marihuana und erinnern sich an die guten alten Zeiten.«

»Auf den Friedhöfen der Indios?«, fragte die Journalistin aufgewühlt. »Da, wo eure Vorfahren ruhen? Und keiner unternimmt was dagegen?«

»Was sollen wir denn machen? Man hat es ihnen immer wieder verboten, und sie tun es trotzdem wieder. Am schlimmsten sind die Chilenen, die Europäer und

Nordamerikaner respektieren unsere Sitten in der Regel. Meistens haben sie vor der Reise etwas über die Atacameños gelesen.«

»Die Chilenen sind die Schlimmsten?«, fragte Cornelia weiter.

»In diesem Land hat man den Leuten nie beigebracht, die indigene Bevölkerung zu respektieren. Wenn man durch die *ayllus* läuft und den ganzen Müll am Fluss herumliegen sieht, weiß man gleich, dass dort Chilenen waren.«

»Unsere Landsleute …«, murmelte der Detektiv.

»Keine Landsleute, Chilenen«, stellte Pompeyo energisch klar. »Für die Leute hier gibt es Atacameños, Chilenen und Ausländer. Am unbeliebtesten sind die Chilenen, wegen ihrer Überheblichkeit und ihrem Mangel an Respekt gegenüber den lokalen Bräuchen. Man erkennt sie schon von Weitem, sie kommen in ihren nagelneuen Autos, zelten, wo es ihnen gefällt, drehen das Radio auf volle Lautstärke, sogar an heiligen Orten, graben, wo es verboten ist, und wenn sie wieder abziehen, lassen sie den Müll einfach liegen.«

Der Vortrag des Touristenführers wurde von der brüchigen Stimme der Telefonistin unterbrochen, die Cayetanos Namen rief.

Der Detektiv klopfte sich die Hände ab und betrat die Telefonzentrale, wo ein *achache* im trüben Licht geduldig darauf wartete, an die Reihe zu kommen. Wenige Sekunden später hielt Cayetano den Hörer in der Hand.

»In Valparaíso wird morgen keine *Sierra Leone* erwartet«, meldete sich Bernardo Suzuki am anderen

Ende der Leitung. »Eine *Sierra Leone*, die unter liberianischer Flagge fährt, läuft hier erst in vier Tagen ein.«

Niedergeschlagen strich Cayetano mit den Fingern über die Türklinke. Er spürte, wie seine Schläfen und seine Brust mit der Heftigkeit einer Batá-Trommel pochten. Es war das karibische Blut in seinen Adern, das die schlechte Nachricht in Wallung gebracht hatte. Der Name stimmte, aber das Datum nicht. Er musste ein paarmal schlucken.

»Sag mal, Suzuki« – Cayetanos Stimme klang erstaunlich gefasst –, »die *Sierra Leone* hat nicht zufällig Verspätung?«

»Nein, Chef, sie trifft wie vorgesehen ein.«

»Verdammt, das gibt's doch gar nicht!«, murmelte der Detektiv. Er spürte einen Kloß im Hals.

»Alles klar, Chef?«

Es folgte ein langes Schweigen. Durch die Scheibe konnte Cayetano beobachten, wie der *achache* endlich eine Kabine betrat.

»Ja, alles in Ordnung«, erwiderte er mit zitternder Stimme.

Wurde er langsam verrückt, dass er so überstürzte, plumpe Schlüsse zog? Vernebelte ihm die Atacama mit ihren Geschichten voll kopfloser Hexenmeister und Jäger verlorener Schätze aus den Zeiten der Konquista bereits den Verstand? War das nicht der erste Schritt, um den Kontakt zur vermeintlichen Rationalität der Städte zu verlieren und auf ewig in der sandigen Oase zu stranden? Was hatte ihn bloß geritten, die Deutschen und jetzt die *Sierra Leone* zu verdächtigen? Wo war da die Logik? Er atmete tief ein und versuchte sich neuen Mut zu machen. Doch das Gefühl, versagt zu haben, lastete schwer auf seiner Seele.

»Was ist los, Chef, sind Sie noch dran?«

Suzukis Stimme klang wie Balsam aus einer fernen, vielleicht unwiederbringlich verlorenen Welt. Stammelnd fragte er seinen Assistenten: »Und von wo kommt die *Sierra Leone*?«

»Ich habe mir gedacht, dass Sie das wissen wollen«, antworte Suzuki. »Sie ist in Hamburg gestartet und hat in Barranquilla, Panama und Callao haltgemacht.«

»Sag mal, Suzuki.« In Cayetanos Stimme schwang ein leiser Anflug von Hoffnung mit. »Legt das Schiff in Chile nur in Valparaíso an?«

»Nein, Chef, das wollte ich Ihnen schon die ganze Zeit sagen. Die *Sierra Leone* steuert morgen früh den Hafen von Antofagasta an.«

San Pedro, Sonntag, der 17. Mai, 22:45 Uhr

Cayetano legte auf und stürzte aus der Kabine. Draußen empfingen ihn die vor Anspannung erstarrten Gesichter von Cornelia Kratz und Pompeyo Jara. Im Mondschein sah er auf die Uhr. Alles war jetzt eine Frage der Zeit, Zeit, die sie nicht hatten. Sie mussten sich sputen.

»Auf geht's, wir müssen sofort zum Trópico de Capricornio«, befahl er. »Ich muss einen alles entscheidenden Anruf machen. Von hier aus ist es mir zu gefährlich.«

Mit schnellem Schritt liefen sie durch die Gassen. Unter ihren Sohlen knirschte der Schotter, und aus der Bar El Tambillo drangen die traurigen Melodien, die der Saxofonist Emilio Peñalver jede Nacht seinem Blechinstrument entlockte, durch die eisige Luft zu ihnen herüber.

Der schwarze Musiker war vor Jahrzehnten nach San Pedro gezogen, als das Dorf nur für die Atacameños und Padre Gustavo Le Paige existiert hatte. Er hatte zweifarbige Schuhe, einen abgenutzten weißen Anzug und einen Strohhut mit geblümtem Band getragen. Auf seinem Rücken hatte das Saxofon fröhlich in der Sonne geglitzert. An jenem heißen Februarmittag war Peñalver wie ein Prophet durch die staubigen

Straßen gelaufen, flankiert von den Kindern der Oase, die noch nie einem Schwarzen begegnet waren, und hatte ein Zimmer unweit der Kirche gemietet. Nicht aus religiöser Überzeugung, die er nicht besaß, sondern weil er gehofft hatte, während des kommenden Festes der Heiligen Petrus und Paulus in einer der Kapellen mitspielen zu können. Niemand hatte gewusst zu sagen, woher er gekommen war oder was ihn dazu bewogen hatte, in der unermesslichen Weite der Atacama Zuflucht zu suchen, doch für die *achaches* waren seine wulstigen Lippen, die gekräuselten Haare, die tiefe Stimme und die übertriebene Gestik ein untrügliches Zeichen gewesen, dass er aus der Karibik stammen musste, und das hatte ihnen genügt. Es hatte nicht lange gedauert und der Musiker mit der Statur eines Riesen, den verträumten dunklen Augen und den schneeweißen Zähnen hatte Isidora erobert, eine junge Frau aus der Atacama, schön wie das Wasser und grazil wie ein Pudu. Kaum waren sie verheiratet, hatte er begonnen, sie erbarmungslos mit Reis und schwarzen Bohnen zu mästen, bis sich ihr Hintern und die Hüften rund und verführerisch unter den engen Röcken abgezeichnet hatten, die er sie zu tragen gezwungen hatte, und als ob es damit nicht genug gewesen wäre, hatte er ihr auch noch beigebracht, sich zu den heißen Klängen der Orchester von Pérez Prado, Desi Arnaz, Enrique Jorrín, Beny Moré, Cachao und Tony Camargo in den Hüften zu wiegen. Peñalver hatte ihr gezeigt, wie man sich liebte, als ob jede Schlacht zwischen den Laken die letzte wäre, bevor man in den Himmel aufstieg. In den Sommernächten, wenn die Oase sich mit Gästen gefüllt hatte, ist er regelmäßig von der Bar El Tambillo engagiert worden, damit er dort für Stimmung sorgte und die Gäste zum Tanzen animierte. Jahre später sollte die zügellose Liebe zwischen dem Schwarzen und der India jedoch ein jähes Ende finden, als Isidora, kinderlos und auf die vierzig zugehend, mit den leidenschaftlichen und charmanten Mitgliedern einer kubanischen Mamboband das Weite gesucht hatte. Und seit jenem Tag konnte Peñalver seinem treuen Instrument nur noch wehmütige Melodien entlocken.

Einen Straßenblock weiter, wo die Wüste schon ganz nah und Peñalvers Saxofon nicht mehr zu hören war, huschten drei Schatten an ihnen vorbei und entfernten sich schweigend in Richtung des Platzes. Sie schienen es eilig zu haben. Einer von ihnen trug einen großen Beutel.

»Wissen Sie, wer der Typ mit dem Sack war?«, fragte Pompeyo den Detektiv mit leiser Stimme.

»Nein, konnte ich nicht erkennen.«

»Monipodio, ein berüchtigter Dieb und Schatzräuber«, erklärte der Touristenführer. »In dem Sack sind garantiert die Sachen, die er heute Abend aus den Gräbern gestohlen hat.«

Kurz darauf hatte die Nacht die Männer verschluckt, und sie setzten ihren Weg fort. Cayetano erzählte, was das Gespräch mit Suzuki ergeben hatte. Einen Moment später, als sie bereits die Lehmmauern des Trópico de Capricornio vor sich auftauchen sahen, waren sie plötzlich von Dunkelheit umgeben, während der Mond und die Sterne am Himmel ihren quecksilbrigen Glanz wiedererlangten. Der Generator der Oase war abgeschaltet worden.

Sie erreichten die Pension und betraten die schmale Hütte mit der Rezeption. Don Roque hatte gerade ein paar Kerzen angezündet.

»Ich bräuchte für einen Moment Ihr Telefon«, sagte Cayetano.

»Nur zu.« Don Roque gähnte herzhaft. Seine kleinen Augen leuchteten im flackernden Kerzenschein. Er hatte auf dem Sofa geschlafen. »Aber fragen Sie nach dem Gespräch, was es gekostet hat. Rufen Sie weit weg an?«

»In Valparaíso.«

»In Ordnung.« Don Roque streckte sich und verließ die Hütte. Cornelia und Pompeyo folgten ihm.

Der Detektiv bat die Telefonistin um die Nummer der Mordkommission in Valparaíso. Sie wusste sie auswendig. Er musste unbedingt mit Inspektor Zamorano sprechen, dem Mann, an den er sich immer dann zu wenden pflegte, wenn er bei einem so gut wie gelösten Fall auf polizeiliche Hilfe angewiesen war. Zamorano war nicht unbedingt ein Heiliger. Während der Militärdiktatur hatte er eine ziemlich finstere Rolle gespielt, und immer wieder kam er dem einen oder anderen Gauner im Hafenviertel mit eigenartigen Gefälligkeiten entgegen, aber letzten Endes war er jemand, von dem man eine gewisse Unterstützung im Kampf gegen das Verbrechen erwarten konnte.

Es dauerte nicht lange und am anderen Ende der Leitung erklang eine ihm unbekannte Stimme. Er stützte sich mit den Ellbogen auf dem Empfangstresen auf.

»Ist Zamorano da? Hier ist Cayetano Brulé, ein Freund.«

»Er hat Urlaub und ist verreist«, erwiderte die Stimme. »Ich vertrete ihn.«

»Wissen Sie, wohin er gefahren ist?«

»Nach Rango, aber da kann man ihn nicht erreichen. Seine Eltern haben kein Telefon. Ich glaube, das macht er extra. Ich würde dasselbe tun, Sie nicht? Wollen Sie ihm eine Nachricht hinterlassen?«

Was sollte er sagen? Dass er etwas Wichtiges, aber leider nur sehr Vages in den Händen hielt? Dass Antares am Rande der Legalität operierte? Dass Zamorano die *Sierra Leone*, die in wenigen Stunden in Antofagasta einlaufen würde, überwachen solle? Er spürte, wie ihm die Knie weich wurden.

»Nein, danke«, sagte er mit tonloser Stimme. »Ich ruf ihn an, wenn er aus dem Urlaub zurück ist.«

»Gut, er ist in etwa einer Woche zurück.«

Cayetano legte auf und drehte sich niedergeschlagen um. Er fühlte sich ohnmächtig und einsam. Draußen hörte er seine Freunde, die sich angeregt mit Don Roque unterhielten.

»Der Typ, den ich sprechen wollte, ist nicht da«, verkündete er von der Türschwelle aus.

Er sah in die Weite der klaren Nacht hinaus, die sanft über der Oase lag. In diesem Moment läutete das Telefon. Cayetano zuckte erwartungsvoll zusammen.

»Ich geh schon ran«, sagte Don Roque und betrat die Hütte. »Das wird die Rechnung für Ihren Anruf sein.«

Nur Zamorano hätte ihm jetzt weiterhelfen können. Er hätte den Inspektor davon überzeugt, die Ladung durchsuchen zu lassen, die die *Sierra Leone* zu Antares brachte oder von dem deutschen Unternehmen geliefert bekam. Vor einiger Zeit hatte Zamorano ihm geholfen, den Mord an einem jungen Unternehmer namens Kustermann und das mysteriöse Auftauchen einer halben Million Dollar im Koffer von Plácido del Rosal, einem in Mittelamerika sesshaften Bolerosänger aus Valparaíso, aufzuklären.

»So wie es aussieht, wird es das Beste sein, wenn Don Roque uns die Rechnung für das Telefon und die eisige Unterkunft ausstellt«, murmelte Cayetano, während er an der Seite von Cornelia und Pompeyo den Hof durchquerte.

»Und was jetzt?«, fragte die Journalistin.

»Jetzt bleibt uns nichts mehr anderes übrig, als unsere sieben Sachen zu packen und den Pick-up startklar zu machen«, verkündete er entschlossen. »Wir fahren auf der Stelle nach Antofagasta. Wir müssen dort sein, bevor die *Sierra Leone* einläuft.«

Antofagasta, Montag, der 18. Mai, 7:20 Uhr

Die *Sierra Leone* war ein Motorschiff, das nicht mehr als eintausendfünfhundert Tonnen wog und etwa siebzig Meter lang war. Der Rumpf des unter liberianischer Flagge fahrenden Schiffes war komplett von Rost zerfressen. Es lag in einiger Entfernung zum Hafen vor Anker, und von der Küste aus war keinerlei Aktivität an Deck zu erkennen. Gehüllt in das sanfte, goldene Morgenlicht wartete es auf den Befehl zum Anlegen, um seine Fracht zu löschen.

»Wenn ich mir den Rost so anschaue, könnte ich schwören, dass das Schiff längst ausrangiert ist«, bemerkte Cayetano Brulé, die Hände in den Manteltaschen.

Sie hatten an der Hafenmole geparkt und warteten jetzt im Pick-up. In der Morgendämmerung waren sie in Antofagasta angekommen. Mittlerweile zeigte sich die Sonne bereits zwischen den Andengipfeln, und die ersten, noch schüchternen Sonnenstrahlen fielen auf den aufgewühlten Pazifik und die Kräne am Hafen. In der Ferne stürzten sich Möwen auf einen glitzernden Fischschwarm hinab.

»Vielleicht ist es ja ein verlassenes Piratenschiff«, mutmaßte Cornelia, nachdem sie herzhaft gegähnt hatte.

Sie saß auf dem Rücksitz und hatte gerade erst die Augen geöffnet.

»Und jetzt, Don Cayetano?«, fragte Pompeyo. »Was haben Sie vor?«

Ohne ihm zu antworten, stieg der Detektiv aus dem Chevrolet und ging ein paar Schritte am Kai entlang. Er hielt nach einem Lebenszeichen an Bord der *Sierra Leone* Ausschau. Kühle Luft und ein intensiver Geruch nach Algen schlugen ihm entgegen.

»Sie statten jetzt den Reedereien einen Besuch ab«, wandte er sich an Cornelia und Pompeyo, nachdem er sich wieder in den Wagen gesetzt hatte. »Sobald Sie die Reederei gefunden haben, die für die *Sierra Leone* zuständig ist, was nicht allzu schwierig sein dürfte, denn ich sehe gerade einmal fünf Boote in der Bucht, fragen Sie, ob das Schiff auf Fracht von Antares wartet.«

»Das wird nicht einfach sein«, brachte Pompeyo vor, den allein die Vorstellung, sich in einer großen Stadt bewegen zu müssen, nervös machte. Jahrzehnte zuvor hatte er beschlossen, den Rest seines Lebens in San Pedro zu verbringen, und er neigte dazu, den Stadtbewohnern – aber auch seiner eigenen Fähigkeit, sich in einem solchen Labyrinth zurechtzufinden – zu misstrauen.

»Ich glaube auch nicht, dass ein Unternehmen solche Informationen einfach so herausrückt«, sprang Cornelia ihm zur Seite.

»Für Pompeyo könnte es tatsächlich etwas schwierig sein. Erstens, weil er als guter Chilene etwas schüchtern ist, und zweitens, weil ihn die Wüste zwar in gewisser Hinsicht weitsichtiger gemacht, in anderer Hinsicht aber auch eingeengt hat«, gestand Cayetano ein. »Aber dass Sie, Cornelia, das Gleiche denken, lässt mich an Ihren Fähigkeiten als Journalistin zweifeln.«

»Was wollen Sie damit sagen?«, fragte sie gereizt.

Der schrille Pfiff eines Schiffes erschütterte die Bucht und wurde von den steilen Abhängen der Wüste zurückgeworfen, die Antofagasta wie eine Bauchbinde einschnürten. In der Nähe stießen die ersten morgendlichen Busse laut schnaubend ihre giftigen Abgase in die Luft.

»Ganz einfach, meine Liebe«, erwiderte der Detektiv. »Wenn Sie immer noch nicht kapiert haben, dass die chilenischen Männer den Kopf verlieren, sobald eine rothaarige Frau mit blauen Augen und eng anliegenden Klamotten vor ihnen steht, dann haben Sie nicht viel von der Mentalität der Länder begriffen, in denen Sie sich herumtreiben.«

Die Journalistin lehnte sich nach vorne und stützte die Ellbogen auf der Rückenlehne des Beifahrersitzes auf. Halb im Spaß entgegnete sie: »Es ist ziemlich erniedrigend, immer nur als Sexobjekt behandelt zu werden, Cayetano.«

»Entschuldigung, Cornelia, das war nicht meine Absicht.« Der Detektiv räusperte sich wehmütig. »Was ich sagen wollte, ist, dass Sie nur jedem Büroangestellten zuraunen müssen, was Sie auf dem Herzen haben, und schon frisst er Ihnen aus der Hand. Wenn Sie dann noch seine Einladung zu einer Tasse Kaffee annehmen, wird er Ihnen sogar die Röntgenbilder des Reedereipräsidenten aushändigen.«

»Glauben Sie?«

»Ob ich das glaube? Davon bin ich überzeugt! Und deshalb brauche ich Ihre Hilfe, auch wenn Sie meine Chefin sind.«

»Hier gibt es keinen Chef, Cayetano, sagen Sie einfach, was wir tun sollen.«

Der Detektiv warf einen raschen Blick auf seine Poljot.

»Es ist gleich halb acht, da öffnen die Büros. Wir müssen uns beeilen. Sie suchen jetzt im Telefonbuch die Adressen der lokalen Reedereien heraus und fahren sofort dorthin. Uns bleibt nicht mehr viel Zeit.«

»Kommen Sie nicht mit?«

Cayetano sah zur Küste und erschrak. Wenn er sich nicht täuschte, steuerte der kleine Schlepper, der tuckernd die Bucht durchquerte, direkt auf die *Sierra Leone* zu. Nicht mehr lange, und das Schiff würde an der Mole anlegen und mit dem Löschen der Fracht beginnen. Er kannte den Vorgang, von seinem Büro in Valparaíso aus konnte er das Kommen und Gehen der Schiffe gut beobachten.

»Ich habe in der Zwischenzeit noch ein paar Dinge zu erledigen«, erklärte er und stieg aus dem Wagen. »Wir treffen uns in anderthalb Stunden im Café Caribe, gleich neben der Kathedrale. Alles klar?«

Antofagasta, Montag, der 18. Mai, 9:25 Uhr

Um kurz vor halb zehn, auf den Straßen im Zentrum hatte längst wieder das übliche geschäftige Treiben eingesetzt, trafen Cornelia und Pompeyo atemlos im Caribe ein. Im selben Moment sahen sie den Detektiv, der bereits auf sie wartete.

Er saß in aller Ruhe an einem der kleinen Tische im hinteren Teil des leeren Cafés, vor sich eine Zigarette und eine dampfende Tasse Kaffee. Auf seinem gutmütigen Gesicht mit den sanften Augen und dem dichten Schnurrbart lag ein gelassener, selbstsicherer Ausdruck. Zufrieden lächelte er ihnen zu.

»Die *Sierra Leone* wird von der Agencia del Pacífico betreut«, verkündete die Journalistin, während sie neben dem Detektiv Platz nahm.

Auch Pompeyo setzte sich. Beide waren verschwitzt und wirkten abgehetzt, als wären sie eine lange Strecke gerannt. Umso mehr erstaunte sie die beneidenswerte Gelassenheit, die der Detektiv verströmte.

»Was ist los, Sie wirken so entspannt?«, erkundigte sich die Journalistin und zog sich den Parka aus.

»Ich habe meinen Job erledigt, meine Liebe.« Triumphierend zwirbelte Cayetano seine Schurrbartspitzen. »Jetzt fehlen mir bloß noch Ihre Informationen. Das Schiff legt erst um elf an, wir haben also noch etwas Zeit. Aber erzählen Sie. Was haben Sie herausgefunden?«

Cornelias Brüste wippten unter ihrem T-Shirt und entlockten dem Detektiv ein schelmisches Grinsen. Er stellte sich die Aufregung vor, die der morgendliche Auftritt dieser blauäugigen Frau mit den üppigen Formen bei den Reedern ausgelöst hatte. Schon bald wäre sie eine Legende in den Schifffahrtsunternehmen, dachte er belustigt.

»Ich kann Ihnen den Milchkaffee und die Sandwichs mit Lendenfleisch, Avocado, Mayonnaise und Tomate empfehlen«, riet er seinen Begleitern. »Das Fleisch ist ganz zart und das Brot frisch.«

Ohne lange zu überlegen, bestellten die beiden, was der Detektiv ihnen empfohlen hatte.

»Es war alles ganz einfach«, nahm Cornelia das Gespräch wieder auf. »Man hat uns auf der Stelle gesagt, wer für die *Sierra Leone* zuständig ist. Ich glaube, die Latinos konzentrieren sich weniger auf ihre Arbeit als auf gewisse Bereiche der weiblichen Anatomie. Ganz anders als die Deutschen.«

»Augen sind zum Sehen da, meine Liebe.« Der Detektiv stieß einen Rauchkringel in Richtung der über ihnen flackernden Neonröhre aus. »Sie müssen sich darüber im Klaren sein, dass man in diesem Teil der Welt arbeitet, um zu leben, während man bei Ihnen zu Hause lebt, um zu arbeiten.«

»Als ob ich das nicht wüsste, Cayetano.«

»Ich sag's noch einmal, denn die Logik ist ganz auf unserer Seite«, fügte er hinzu, ohne auf sie einzugehen. »So schlecht die Arbeit auch sein mag, meine

Liebe, sie ist das Einzige, für das man im Leben bezahlt wird.«

Cornelia nickte lächelnd.

»In Afrika sagt man, die Affen würden nur so tun, als könnten sie nicht sprechen, damit sie nicht zum Arbeiten gezwungen werden. Können Sie sich vorstellen, was los wäre, wenn diese armen Viecher sprechen würden? Aber zurück zu unserer Angelegenheit. Wie viele Container exportiert Antares mit der *Sierra Leone*?«

»Die *Sierra Leone* wird keine Fracht von Antares an Bord nehmen«, mischte sich Pompeyo ein.

Cayetano rieb sich die Hände.

»Nichts von Antares?«

»Nichts. Wir haben mehrfach nachgefragt. Na ja, in Wahrheit hat das Señorita Cornelia gemacht. Übrigens, der Reeder selbst hat ihr Auskunft gegeben, und er hat sie für heute Abend ins beste Restaurant der Stadt eingeladen.«

»Ich hab's gewusst, mein Freund, ich hab's gewusst«, stieß Cayetano aus. »Wenn das so weitergeht, wird diese Frau bald einen gut aussehenden Latino heiraten, und dann wird sie ihren Buddhismus und die makrobiotische Ernährung ziemlich schnell aus dem Gedächtnis streichen. Aber sagen Sie«, fügte er mit ernster Stimme hinzu. »Hat die *Sierra Leone* wenigstens Fracht für Antares dabei?«

»Zwei Container, je zwölf Meter lang«, antwortete Pompeyo.

»Zwei?«

»Sie werden direkt vom Schiff auf Lastwagen geladen, ohne den Boden des Hafens überhaupt zu berühren.«

»Und was ist mit dem Zoll?«

»Die Container gelangen ungeöffnet an ihren Bestimmungsort«, erklärte die Journalistin großspurig. »Nur wenn ein Verdacht besteht, werden sie geöffnet. Können Sie sich ausmalen, wie lange es dauern würde, wenn jeder einzelne Container überprüft würde?«

»Mist, das ist gar nicht gut.«

»Und der Reeder meint, die Grenzformalitäten würden schnell erledigt sein, weil anscheinend alle Papiere in Ordnung sind.«

»Weiß man, was sich in den Containern befindet?«

Pompeyo und Cornelia wechselten einen raschen Blick.

»Maschinen und Geräte zum Abbau von Erzen«, antwortete Pompeyo. »Deutsche Technik.«

»Dann muss ich mich sputen und schnell noch ein paar Dinge klären.« Cayetano klopfte mit den Fingerknöcheln auf die Tischplatte und sprang auf. »Holen Sie mich in einer Stunde mit dem Pick-up vor dem Café ab. Und tanken Sie vorher auf. Gut möglich, dass wir am Hafen Wache schieben müssen und später noch eine lange Fahrt vor uns haben.«

Antofagasta, Montag, der 18. Mai, 11:40 Uhr

Kurz vor Mittag parkte der schrottreife Pick-up in der Nähe der Hauptzufahrt des Hafens von Antofagasta. Von dort aus konnten sie bequem beobachten, wie die riesigen, mit Containern beladenen Lastwagen auf das Hafengelände fuhren oder dieses verließen.

»Wir werden hier so lange warten, bis sie auftauchen.« Cayetano saß auf dem Beifahrersitz des alten Chevrolet und stieß den Rauch seiner Zigarette durch die Nase aus. Er machte den Eindruck, als wäre er sich seiner Sache sehr sicher.

Pompeyo wandte sich zu ihm. »Und warum glauben Sie, dass die Container auch wirklich hier vorbeikommen?«

»Sehen Sie den grünen Mercedes-Jeep, der im Schatten des Gebäudes dort drüben parkt?«

»Der neben dem Zeitungskiosk?«, fragte Cornelia.

»Genau der.«

»Und was hat der mit der Sache zu tun?«

»Da drin wartet ein Mann, den wir gut kennen. Er hat die Fenster zugelassen, weil sein Mercedes im Gegensatz zu unserem Pick-up eine Klimaanlage besitzt.«

»Und wer ist das?«

»Pankow, Bodo Pankow, der Leiter von Antares.«

»Und woher wollen Sie wissen, wer da hinter den getönten Scheiben sitzt?«

»Ich habe ihn vorhin zufällig durch die Stadt laufen sehen, als Sie sich nach dem Schiff erkundigt haben. Ich bin ihm gefolgt, bis er in den Jeep gestiegen ist. Denselben, mit dem Barbara Schuster abgeholt wurde.«

Es folgte ein langes Schweigen. Die Hitze im Wagen wurde immer stickiger. Nach einer Weile fragte Cornelia: »Wartet er auch auf die Container?«

»Was sonst?«, erwiderte Cayetano und breitete die Arme aus. »Sie können sich denken, wie wichtig die Lieferung sein muss, dass er sie persönlich überwacht.«

»Spitzentechnologie ist immer wichtig«, bemerkte Cornelia mit einem Anflug von Humor.

Schweigend beobachteten sie, wie riesige Lastwagen das Hafengelände verließen und den Asphalt zum Vibrieren brachten. Cayetano hatte wieder Hoffnung, dass sein Plan aufgehen würde. Wenn Pankow dort drüben auf die Ladung wartete, hieß das, dass die zwei Container seinen Jeep passieren würden. Schließlich war er gekommen, um den Transport zu begleiten.

»Und was machen wir, wenn die Container da sind?«, fragte Cornelia.

»Es gibt zwei Dinge, von denen ich Ihnen bisher nichts erzählt habe«, antwortete Cayetano ernst. Dabei zog er die Augenbrauen hoch, so dass sich eine Falte auf seiner Stirn zeigte, und kratzte sich an der Glatze. »Erstens, ich habe vorhin mit Herrn Kahlau von der deutschen Botschaft telefoniert.«

»Und? Hat er herausgefunden, ob Barbara Schuster von Deutschland aus mit Willi gesprochen hat?«, unterbrach ihn Cornelia, während sie sich auf der Lehne des Beifahrersitzes aufstützte.

»Kahlau war schnell und effizient. Er hat meinen Verdacht bestätigt. Barbara Schuster hat am fünfundzwanzigsten März von ihrer Wohnung in Berlin aus die Nummer von SOS in San Pedro angerufen. Sie hat mehr als eine halbe Stunde telefoniert. Das kann nur mit Balsen gewesen sein. Und am fünfundzwanzigsten März taucht zum ersten Mal der Name Sierra Leone in Balsens Kalender auf.«

»Ihr Anruf hatte also etwas mit der *Sierra Leone* zu tun«, folgerte Pompeyo.

»Hat Balsen Sie nicht Ende März in Buenos Aires angerufen?«, fragte Cayetano die Journalistin.

»Ja, am sieben- oder achtundzwanzigsten, denn eine Woche später bin ich nach Santiago geflogen.«

»Dann ist alles klar«, folgerte Cayetano. »Balsen wollte Sie darüber informieren, was ihm Barbara Schuster am Telefon erzählt hatte. Und diese Information, die uns leider nicht vorliegt, ist der Grund für den Mord. So einfach ist das.«

Cayetano sah, wie seine Begleiter verstummten. Sie schienen nicht überzeugt und machten einen ungläubigen Eindruck. Vielleicht fanden sie es seltsam, dass ein so kompliziertes Verbrechen eine so einfache Lösung bereithielt.

»Und die zweite Sache?«, fragte Pompeyo.

»Während Sie getankt haben, habe ich anonym bei der Polizei angerufen und erzählt, dass die Container von Antares Chemikalien für die Kokainherstellung enthalten.«

»Sie glauben wirklich, dass es darum geht, irgendwelche Chemikalien für die Drogenherstellung ins Land zu schmuggeln?«, fragte Cornelia zerknirscht.

»Ja, das glaube ich.«

»Ich weiß, dass Chemikalien wie Aceton aus Deutschland und anderen reichen Ländern importiert werden.«

»Ja, und auch Chile stellt sie her«, bestätigte Cayetano.

»Und dann werden sie nach Peru und Bolivien geschmuggelt.«

»Genau wie beim Tango: Zum Tanzen braucht es immer zwei. Ohne Chemikalien kein Kokain, meine Freunde.«

»Und Sie glauben, Antares hat mit so etwas zu tun?«, fragte Cornelia mit einem Kloß im Hals.

»So ist es.«

In diesem Moment schien die Journalistin zu begreifen, auf was sie sich da eingelassen hatte und dass die Sache wesentlich gefährlicher war als ursprünglich gedacht. Jetzt ging es nicht mehr allein um die Untersuchung eines Verbrechens an einem Bekannten. Sie hatte sich auf ein Terrain gewagt, wo es vor Gefahren nur so wimmelte.

»Aber keine Sorge.« Cayetano legte seine Füße auf das verchromte Armaturenbrett. »Jetzt kommt es darauf an, dass die Polizei die Lieferung stoppt. Ich bin sicher, das wird schon im Hafen geschehen. Bestimmt glauben sie, dass der anonyme Hinweis von konkurrierenden Drogenhändlern stammt. Gleich werden wir Zeugen, wie ein paar richtig dicke Fische ins Netz gehen, meine Freunde.«

Um kurz vor eins, als die Hitze im Pick-up kaum noch zu ertragen war, passierten zwei mit Containern beladene Lastwagen der Marke Mack die Ausfahrt und hielten hinter dem Jeep von Bodo Pankow. Einer der Fahrer, ein blonder Mann mit europäischen Gesichtszügen, kletterte aus seiner Kabine und ging zu dem Auto.

»Das ist einer der Deutschen, die für Antares arbeiten«, stieß Pompeyo Jara hervor.

Langsam fuhr die dunkle Scheibe des Jeeps herunter und gab den Blick auf das prominente Kinn und die aufgeblasenen Backen von Bodo Pankow frei. Die Männer wechselten ein paar Worte, dann kehrte der Fahrer zu seinem Lastwagen zurück. Kurz darauf setzten sich die beiden Trucks in Bewegung und fuhren dem Jeep hinterher.

Der Chevrolet folgte der Karawane in gebührendem Abstand, um keinen Verdacht zu erregen. Genau wie Cayetano vorhergesehen hatte, fuhren die Fahrzeuge Richtung Osten, erklommen das Wüstenplateau und folgten der Straße nach Calama und San Pedro.

»Sie sind einfach so durch den Zoll gekommen, Don Cayetano, Ihr Plan ist gescheitert«, murmelte Pompeyo, während er leicht bremste, um den Abstand zu den Lastwagen zu vergrößern.

»Keine Sorge, alles spricht dafür, dass die Container zur Anlage von Antares gebracht werden«, versicherte der Detektiv. »Aber wenn die Polizei sie nicht aufhält, dann müssen wir das eben tun. Stellen Sie sich schon mal darauf ein.«

Atacamawüste, Montag, der 18. Mai, 14:20 Uhr

Anderthalb Stunden später, als Cayetano und seine Begleiter schon fast die Hoffnung aufgegeben hatten, machte ihnen in der Nähe von San Pedro – an einem Abhang mit zahlreichen Kurven, die die Cordillera de la Sal zerteilten – eine plötzliche Erscheinung, fast wie eine Luftspiegelung, wieder neuen Mut: Drei Polizisten, die in einem Jeep an diesen prähistorischen Ort gelangt waren, wiesen die Lastwagen an, am Straßenrand zu halten.

Pompeyo drosselte die Geschwindigkeit und brachte den Chevrolet in sicherer Entfernung zum Stehen. Auch Pankow bremste und hielt etwa zweihundert Meter vor dem ersten Truck, blieb jedoch im Wagen sitzen.

Vom Pick-up aus konnten Cayetano und seine Begleiter das weitere Geschehen beobachten, doch alles was sie hörten, waren Motorengeräusche und Fetzen von Funksprüchen aus dem Polizeiwagen. Die Sonne brannte erbarmungslos auf den ausgedörrten, gleißenden Boden und drohte den neben der Straße verstreuten Müll – Konservendosen, Flaschen, Kartons, Papier und Windeln – in Brand zu setzen.

Einen Moment später stiegen die Lastwagenfahrer aus, die Fahrzeugpapiere in den Händen.

»Der andere arbeitet ebenfalls für Antares«, erklärte

Pompeyo, nachdem er den zweiten Fahrer wiedererkannt hatte.

Der Polizeileutnant, der den Einsatz leitete, sah sich die Papiere aufmerksam an. Es war ein ernster, hoch aufgeschossener Mann mit dünnem Schnurrbart. Er bewegte sich mit einer Gelassenheit, wie sie nur Vertretern der Staatsgewalt eigen ist, die sich ihrer Wichtigkeit bewusst sind. Gefolgt von den Fahrern, ging er zu den Containern. Er schien die Absicht zu haben, ihren Inhalt zu überprüfen. In diesem Moment beschloss Cayetano auszusteigen.

»Rühren Sie sich nicht von der Stelle«, warnte er seine Begleiter und schlug sanft die Wagentür zu. »Die Sache kann brenzlig werden.«

Während er sich der Gruppe näherte, konnte er beobachten, wie sich die Fahrer weigerten, die Container zu öffnen. Die Kontrolle bewies, dass sein anonymer Anruf durchaus etwas bewirkt hatte, aber der geringen Anzahl von Polizisten nach zu urteilen schien man die Sache nicht besonders ernst zu nehmen.

»Sie dürfen die Container nicht öffnen, das ist illegal«, beschwerte sich einer der Fahrer in gebrochenem Spanisch. Er hatte blondes Haar, blaue Augen und gebräunte Haut. »Die sind versiegelt, außerdem sind da nur Geräte für unser Unternehmen drin.«

Sein Kollege, ein stämmiger, dunkelhaariger Mann mit Bierbauch, fügte mit leiser Stimme etwas auf Deutsch hinzu, das Cayetano nicht verstehen konnte.

»Und die Papiere sind in Ordnung«, übersetzte der Blonde dem Leutnant. »Wir transportieren technische Geräte, die beim Öffnen beschädigt werden könnten.«

Cayetano glaubte eine Spur von Verunsicherung im Gesicht des Leutnants auszumachen. Der Polizist wedelte mit den Papieren und warf seinen Untergebenen einen fragenden Blick zu. Gut möglich, dass ihm seine Vorgesetzten geraten hatten, es in einem solchen Fall dabei bewenden zu lassen. Der Fahrer wiederholte mit Nachdruck, dass es sich um das technische Equipment einer wichtigen deutschen Firma handele. Cayetano befürchtete, der Leutnant könne jeden Augenblick nachgeben.

»In den Containern muss noch etwas anderes sein«, hörte sich der Detektiv plötzlich rufen. Er hatte das Gefühl, als gehöre seine Stimme einem Fremden.

Der Leutnant drehte sich überrascht um und sah sich einem schnauzbärtigen Mann mit enger gelber Guayabera und einer dicken Brille gegenüber, der mit entschlossenem Schritt auf ihn zukam.

»Und was haben Sie hier zu suchen?«, fragte er mürrisch. Seine kleinen dunklen Augen unter der Schirmmütze funkelten streng.

»Ehrlich gesagt nichts, Herr Leutnant«, antwortete Cayetano unterwürfig. »Aber wenn sich in den Containern wirklich nur Geräte befinden, dann muss es sich um Schmuggelware handeln. Können Sie sich vorstellen, wie viele Geräte da drin sind?«

Die Container glänzten in der Sonne wie riesige blank polierte Schildkröten.

Der Leutnant sah Cayetano schief an.

»Gehören Sie zu den Lastwagen?«

»Nein.«

»Dann mischen Sie sich nicht ein und fahren Sie weiter«, entgegnete er schroff, bevor er mit lauter Stimme befahl: »Also los, wir öffnen einen Container.«

»Wir werden das nicht tun«, erwiderte der Fahrer herausfordernd.

»Dann machen wir es selbst.«

Ein paar Minuten später kehrte einer der Polizisten mit einem großen Bolzenschneider zurück. Er kletterte auf den zweiten Lastwagen und schnitt gewaltsam drei Schlösser auf. Anschließend öffnete er unter den verblüfften Augen der Fahrer die Türen.

Der Container war randvoll mit Holzkisten. Cayetano rang nach Atem und spürte, wie ihm die Knie weich wurden. Tiefe Beklemmung befiel ihn, das Gefühl einer Niederlage.

»Schauen Sie bitte nach, was auf dem Frachtbrief steht«, forderte der blonde Fahrer den Leutnant halb hochmütig, halb besorgt auf. »Alles nur Maschinen. Die Container enthalten nichts außer Maschinen, oder glauben Sie vielleicht, wir würden mit Drogen handeln?«

Cayetano kletterte mühevoll den Lastwagen hoch, ging an dem überraschten Polizisten mit dem Bolzenschneider vorbei und warf einen Blick in den Container.

»Hinter den Kisten ist noch etwas anderes«, schrie er. »Irgendwas Glänzendes.«

Der Leutnant warf Cayetano einen vorwurfsvollen Blick zu. Dieser Schnauzbärtige mit seinen Ermittlerallüren ging ihm langsam auf die Nerven. Wenn es etwas gab, was er absolut nicht leiden konnte, dann, dass jemand versuchte, ihm die Schau zu stehlen. Schnell befahl er: »Dann wollen wir mal sehen, lasst uns eine dieser Kisten wegrücken.«

Es war nicht einfach. Zum einen wegen des Gewichts der Kiste, zum anderen, weil sich die Deutschen weigerten, mit anzupacken.

Die Luft im Container schien zu kochen. Gemeinsam mit Cayetano, Pompeyo und Cornelia, die dem Detektiv schließlich doch gefolgt waren, begannen die Polizisten, die linke obere Kiste hervorzuziehen. Nervös verfolgten die beiden Fahrer das Geschehen. Ein paar Minuten später fiel die Kiste krachend zu Boden.

»Sie sind verantwortlich, wenn etwas kaputtgeht«, warnte der blonde Fahrer den Leutnant.

Ausgerüstet mit einer Taschenlampe kletterte einer der Polizisten auf die untere Kiste und untersuchte das Innere des Containers. Einen Moment später ließ er sich mit fassungsloser Miene wieder herab.

»Der ist voll mit Fässern«, verkündete er.

Es dauerte nicht lange, bis sie sich einen Weg durch die Kisten gebahnt hatten und Dutzenden von sorgfältig gestapelten Fässern gegenüberstanden. Cayetano lächelte innerlich. Das war der Beweis, dass Antares Chemikalien für die Drogenherstellung schmuggelte. In dem Container gab es so gut wie keine Maschinen, bloß versiegelte ockerfarbene Fässer mit Hinweisen auf Deutsch. Fässer über Fässer, nichts als gestapelte Fässer.

»Und wo sind all die Maschinen?«, fragte der Leutnant die Fahrer.

»Wir sind bloß für den Transport der Container verantwortlich«, erklärte der Blonde, nachdem ihm sein

Kollege etwas auf Deutsch zugeflüstert hatte. »Nicht für den Inhalt.«

»Weil Sie Deutsche sind«, sagte der Leutnant und wedelte wieder mit den Papieren, »gehe ich davon aus, dass Sie mir gehorchen und auf der Stelle dieses Fass hier öffnen.«

»Dazu können Sie uns nicht zwingen, das ist illegal«, protestierte der Blonde.

»Was Sie hier treiben, ist illegal. Also los, machen Sie endlich den Deckel auf.«

Der Blonde übersetzte seinem Kollegen, und beide verschränkten die Arme.

»Sie können uns nicht zwingen, die Fässer zu öffnen.«

Der Polizeibeamte sah sie erstaunt an. Dann warf er seinen Männern und Cayetano einen fragenden Blick zu.

»Dann machen wir das eben«, mischte sich der Detektiv ein.

Der Blonde übersetzte, und sein Kollege stieß ein heiseres Grunzen aus, dem mehrere Flüche in einem kehligen Ton folgten.

»Was ist jetzt los?«, fragte der Leutnant, als er sah, wie die Fahrer zu streiten begannen.

»Tun Sie das nicht«, sagte der Blonde.

»Und warum nicht? Ist da etwa Sprengstoff drin?«, beharrte der Leutnant.

»Öffnen Sie sie nicht.«

»Warum nicht, verdammt noch mal?«

Der Blonde schwieg.

»Er hat recht, machen Sie es nicht«, mischte sich

plötzlich Cornelia ein. Sie hatte den Streit ihrer Landsleute aufmerksam verfolgt.

Alle drehten sich neugierig zu ihr um.

»Und warum?«

»Soweit ich verstanden habe, enthalten die Fässer Giftmüll«, erklärte sie.

Mit ungläubigem Ausdruck stieg der Leutnant in den Container und betrachtete mit offenem Mund die Fässer. Dann sprang er mit den Papieren in der Hand herunter und schritt zweifelnd neben dem Lastwagen auf und ab. Die sengende Sonne stand senkrecht am wolkenlosen Himmel.

»Was hat das zu bedeuten?«

Der Blonde beriet sich mit seinem Kollegen, während er eine Zigarette aus seiner Tasche zog. Dann sagte er ruhig: »Wenn Sie die Fässer öffnen, werden wir alle sterben.«

Einen Moment lang legte sich eine verstörende Stille über die Gruppe. Nur die leisen Geräusche, die der Deutsche beim Ziehen an seiner Zigarette verursachte, waren zu hören.

»Wir fahren jetzt alle nach San Pedro«, befahl der Leutnant. »Auf geht's, meine Herren, Sie sind verhaftet, und die Papiere behalte ich.«

Das ferne Geräusch eines Motors erregte Cayetanos Aufmerksamkeit. Es war Pankow, der in Richtung Oase davonfuhr. Cayetano, Pompeyo und Cornelia rannten zum Chevrolet.

»Der Jeep darf uns nicht entkommen!«, brüllte Cayetano, während sie in den Wagen sprangen. »Los, Pompeyo, zeig, was du draufhast und dass diese Schrottmühle das schnellste Auto in der Atacama ist. Los, verdammt, dieser lächerliche Jeep darf uns nicht entwischen!«

Pompeyo startete den Motor, schloss zu den Lastwagen auf, die sich schwerfällig in Bewegung setzten, überholte sie gewagt mitten in der Kurve und machte sich, das Gefälle ausnutzend, an die Verfolgung von Pankow.

»Los, Pompeyo, schneller«, schrie Cayetano. Er klammerte sich an das Armaturenbrett, das laut scheppernd vibrierte. »Der ist geliefert, wir haben ihn auf frischer Tat ertappt!«

Mit rasender Geschwindigkeit jagten sie durch die leere Oase, wo um diese Zeit alle ihre Siesta hielten. Pankows Jeep zog eine dichte Staubwolke hinter sich her, die die Verfolgung erleichterte und gleichzeitig verhinderte, dass der Deutsche sie im Rückspiegel erkennen konnte. Kurz darauf bog er mit einem waghalsigen Manöver in die Calle Licancabur ein und fuhr in südlicher Richtung weiter, was darauf hindeutete, dass er zur Pension San Pedro de Atacama wollte.

Dort, im Schatten der dichten Pfefferbäume, hatten sie den Jeep eingeholt. Sie hielten neben ihm. Pankows Fahrzeug war leer, der Motor lief. Von dem Deutschen fehlte jede Spur.

»Ich bleibe hier. Sie beide holen sofort die Polizei«, befahl der Detektiv mit leiser Stimme. »Und beeilen Sie sich, verdammt!«

San Pedro, Montag, der 18. Mai, 15:30 Uhr

Als sich Bodo Pankow mit seinen hundertfünfeinhalb Kilo auf den Fahrersitz fallen ließ, neigte sich der Jeep bedrohlich zur Seite. Außer Atem legte der Deutsche eine Pistole und einen kleinen Lederkoffer auf den Beifahrersitz und suchte nervös nach den Autoschlüsseln in seinen Hosentaschen.

»Vergessen Sie's, der Schlüssel liegt da vorne im Schwimmbecken«, ertönte hinter ihm eine Stimme mit karibischem Akzent. »Und drehen Sie sich nicht um, Ihre eigene Luger ist auf Sie gerichtet. Eine falsche Bewegung, und von Ihrem Kopf sind nur die Ohren übrig. Sie heben jetzt ganz langsam die Hände und halten sich am Rückspiegel fest.«

»Was soll das? Wer sind Sie?«, fragte Pankow.

Im Spiegel erkannte er ein rundes Gesicht mit einem dichten mexikanischen Schnurrbart und einer dicken Brille.

»Cayetano Brulé, der Privatdetektiv. Können Sie sich nicht an mich erinnern?«

Pankow schluckte seine Wut hinunter und atmete tief durch.

»Was willst du? Ich hab's eilig, also gib mir die Schlüssel und lass den Blödsinn. Das ist ein Verbrechen.«

»Was Sie getan haben, ist ein Verbrechen: vor der Polizei zu fliehen, als die Sache mit den Fässern aufgeflogen ist.«

Schweigend senkte der Deutsche den Kopf. Sein Nacken war wülstig und rosa. Früher musste er einmal viel Sport getrieben haben, dachte Cayetano.

»Ich weiß nicht, wovon du sprichst. Und jetzt lass mich gehen, ich habe wirklich keine Zeit.«

»Sie sind am Ende, Pankow, und Ihre Komplizen verhaftet. Außerdem geht es nicht allein um Schmuggel, sondern auch um drei Morde.«

»Ich weiß überhaupt nicht, wovon du sprichst. Wenn du mich nicht sofort in Ruhe lässt, bekommst du ernste Probleme. Du weißt ja gar nicht, mit wem du dich hier anlegst. Ich mach dir das Leben zur Hölle, hier in Chile oder wo auch immer, du kleiner Kubaner. Also lass den Scheiß und gib mir die Schlüssel.«

»Ganz ruhig, Pankow. Wir wissen, was Antares treibt und warum Barbara Schuster, Willi Balsen und der Abgeordnete sterben mussten.«

Ruckartig riss Pankow den Kopf herum und blickte Cayetano voller Zorn und Verachtung an. Das Blut schoss ihm ins Gesicht, sein Doppelkinn war von einer Sekunde auf die andere von tausenden winziger Äderchen durchfurcht.

»Hör zu, wenn du mich gehen lässt, kannst du das ganze Geld in dem Koffer haben.«

»Drehen Sie sich wieder um, Pankow, und lassen Sie die Hände schön am Rückspiegel. Wie viele solcher Container haben Sie in den letzten Jahren nach Chile liefern lassen?«

»Sei nicht blöd, Kubaner. Das ist nur Schlacke.«

»Aber offensichtlich reich an tödlichen Substanzen, oder nicht?«

Bevor er auf den Boden spuckte, sah Pankow einen Moment lang aus dem Fenster und ließ den Blick über den Garten mit dem Swimmingpool schweifen, auf dessen Grund der Autoschlüssel lag. Dann betrachtete er den Koffer neben sich und sagte: »Kleine Länder wie deins können nur von so was profitieren. Im Grunde bedeutet es, der Wüste einen Sinn zu geben. Hast du schon mal darüber nachgedacht, was die Wüste diesem beschissenen Land bringt?«

»Arme Länder zur Müllkippe der Industriestaaten zu machen, ist wirklich eine nette Art von Hilfe, Pankow«, entgegnete Cayetano scharf. »Wie viel haben Sie damit verdient?«

»Wenig.«

»Das glaubt Ihnen doch kein Mensch. Der Schmuggel von Giftmüll ist ein äußerst lukratives Geschäft, ähnlich wie der Drogenhandel. Was Sie getan haben, ist abscheulich, das Zeug verseucht das Grundwasser und vergiftet unschuldige Leute, die den Müllkippen zu nahe kommen. Die Menschen werden krank und sterben und wissen nicht einmal, warum.«

»Niemand kommt in die Nähe eines so abgelegenen Orts«, verteidigte sich der Deutsche. »Außerdem versickern die Stoffe im Boden, die Natur ist sehr weise. Das ist ein absolut sauberes Geschäft. Was willst du also von mir?«

»Mit Hilfe ihrer Terminkalender habe ich herausgefunden, dass Willi Balsen und der Abgeordnete sich kannten. Ein Name tauchte in beiden Kalendern auf:

Sierra Leone. Balsen hatte sich den Namen notiert, nachdem ihm Barbara Schuster alles am Telefon erzählt hatte.«

»Sehr amüsant, was Sie da behaupten, aber vor Gericht kommen Sie nicht weit damit. Ich werde verlangen, vor ein zivilisiertes Gericht zu kommen, das mir Rechtsgarantien gewährt.«

»Barbara Schuster hat Balsen von Berlin aus angerufen und ihn über alles aufgeklärt. Ich weiß nicht, warum sie Ihr Unternehmen und die Atacama verlassen hat. Vielleicht aus Liebe, etwas, woran Sie nicht glauben. Sie war in einen Mann verliebt, der glaubte, berufen zu sein, den Armen in einer einsamen Oase in der Dritten Welt zu helfen, und als sie feststellte, dass ihre Liebe nicht erwidert wurde, denn Balsen liebte Isabel Ayabire, beschloss sie, Antares zu verlassen und ihm alles zu erzählen. Ohne es zu ahnen, hatte Balsen sie davon überzeugt, dass sein Einsatz für die Atacameños würdig und gerecht war – auch wenn nicht alles lief wie geplant – und Antares kriminell ist.«

»Klingt gut. Ich kann die Fantasie der Latinos nur bewundern. Romeo und Julia in der Atacama, eine schöne Geschichte, Kubaner.«

»Rühren Sie sich bloß nicht«, warnte ihn der Detektiv mit scharfer Stimme. »Nach dem Anruf aus Berlin hat Balsen zuerst mit Ihnen gesprochen und Sie aufgefordert, die heutige Ladung zu stoppen. Aber weil Sie sich weigerten, blieb ihm nichts anderes übrig, als sich mit dem Abgeordneten in Verbindung zu setzen, denn Balsen wusste, dass der Politiker Verbindungen zu Antares hatte. Das war am Freitag um zehn Uhr morgens, einen Tag bevor er umgebracht wurde. Balsen fuhr zu ihm und forderte ihn auf, einzugreifen, andernfalls würde er Anzeige erstatten. Patiño versicherte ihm, er würde sich darum kümmern und die Sache mit Ihnen klären. Balsen war niemand, der sich bestechen ließ, aber er hatte einen Fehler gemacht. Er hatte Ihnen erzählt, dass er von der Sache wusste, und damit waren seine Tage gezählt. Der Entschluss des Deutschen hatte Patiño in Panik versetzt, und er rief Sie noch am selben Tag zu sich ins Büro, um Ihnen ein Ultimatum zu stellen: Entweder Sie würden alles hinschmeißen, oder er würde sich Balsens Anzeige anschließen. Er wollte um jeden Preis seine Karriere retten. In dem Moment haben Sie beschlossen, die beiden zu beseitigen, den einen, weil er sich nicht bestechen ließ, den anderen, weil er ein Feigling war.«

»Wunderbar, welch eine Fantasie, mein kleiner Kubaner. Noch was?«

»Auf diese Weise haben Sie auch erfahren, dass der Hinweis auf die *Sierra Leone* von Barbara Schuster stammen musste. Also haben Sie veranlasst, auch sie aus dem Weg zu räumen.«

»Herzlichen Glückwunsch, Sherlock Holmes!« Pankows Doppelkinn zitterte, und seine Backen schienen sich noch mehr aufzublähen.

»Balsen musste sterben, weil er sich weigerte, auf das Angebot einzugehen, das ihm Patiño in seinem Büro gemacht hatte. Es war seine letzte Chance.«

»Idiot!«

»Ganz ruhig, Pankow! Das war noch nicht alles. Sie haben den Abgeordneten umbringen lassen, weil er sich nach Balsens Besuch entschlossen hatte, jede Zusammenarbeit mit Antares einzustellen. Sie haben ihn beseitigt, bevor er Sie anzeigen konnte, was er bestimmt getan hätte, denn als guter Politiker wollte er mit Sicherheit Balsens Enthüllungen zuvorkommen, die seine Karriere ruiniert hätten.«

»Was bist du bloß für ein Idiot!«

»Indem Sie alle drei beseitigten, haben Sie verhindert, dass Sie jemand anzeigen konnte.«

»Sehr schön, mein schnauzbärtiger Kubaner«, sagte Pankow lächelnd, »aber du wirst nie beweisen können, was sich dein krankes Hirn da ausgedacht hat, zum Beispiel die angebliche Ermordung dieser drei Leute.«

»Barbara Schusters vielleicht nicht, schließlich gibt es Wege, jemanden mit Betäubungsmitteln umzubringen und einen Selbstmord vorzutäuschen. Aber bei Patiño, wo sich die Sabotage an seinem Flugzeug nachweisen lässt, und Balsen, wo sich schon bald zeigen wird, dass er von Ihnen oder Ihren Leuten erschossen wurde, sieht das anders aus.«

Der schwarz-weiße Polizeijeep aus San Pedro de Atacama rollte langsam auf den Hof, und eine dichte Staubwolke hüllte Bodo Pankows Wagen ein. Cayetano Brulé musste husten, während die einsetzende Abenddämmerung die weiß getünchten Mauern der Oase in goldenes Licht tauchte.

Epilog

Wenige Tage später bestätigte sich der Verdacht gegen Bodo Pankow. Eine ballistische Untersuchung kam zu dem Ergebnis, dass die Projektile, die Willi Balsens Leben ein Ende gesetzt hatten, aus Pankows Waffe stammten.

Eine zweite, von nordamerikanischen Spezialisten vorgenommene Untersuchung der Überreste von Mariano Patiños Cessna ergab, dass das Flugzeug aufgrund eines durchgetrennten Steuerkabels abgestürzt war. Den Experten zufolge war das Kabel unmittelbar vor dem Flug beschädigt worden.

Die Polizei stellte fest, dass Francisco Rico, der die Nacht vor Patiños Reise in den Tod gemeinsam mit Aldo Toro im Apart-Hotel von Las Tacas verbracht hatte, vor ein paar Jahren aus disziplinarischen Gründen bei der chilenischen Luftwaffe entlassen worden war. Dort hatte er sich um die Wartung der Trainingsflugzeuge vom Typ T-35 Pillán gekümmert.

Sowohl der Prozess gegen die Mitarbeiter von Antares, die wegen der illegalen Einfuhr toxischer Substanzen in einem Sondertrakt des Gefängnisses von Antofagasta einsitzen, als auch der in den Mordfällen Balsen und Patiño befinden sich noch in der Eröffnungsphase an den jeweiligen Gerichten. Auch in Deutschland wurden Ermittlungsverfahren gegen die Verantwortlichen von Antares eingeleitet, in denen den Angeklagten vorgeworfen wird, für den Tod von Barbara Schuster und die illegale Ausfuhr von Giftmüll verantwortlich zu sein.

In den Containern der *Sierra Leone* wurden genau einhundert Fässer mit giftigen Abfällen gefunden, deren Bestimmungsort die Mine von Antares war, wo sie vergraben werden sollten. Die Fässer enthielten eine erst kürzlich entwickelte Substanz, die das in Kühlsystemen enthaltene und für die Zerstörung der Ozonschicht und die globale Erwärmung verantwortliche FCKW ersetzen sollte, jedoch eklatante Mängel aufwies. Weil es nicht abbaubar war, die Atemwege angriff und das Genmaterial von Lebewesen veränderte, war das neue Mittel durch die Tests des Herstellers gefallen.

Der Inti Palomares sah sich gezwungen, Chile zu verlassen, nachdem er das Opfer eines brutalen Überfalls von fremdenfeindlichen Jugendlichen aus der Hauptstadt geworden war. Heute lebt er mit seiner Frau in einem kleinen Nest am Ufer des Mississippi, wo er vom Verkauf selbst gefertigter, vom Kunsthandwerk der Sioux und Irokesen inspirierter Produkte lebt.

Mariano Patiños Rolle bei den illegalen Geschäften von Antares konnte nie vollständig geklärt werden. Trotz Cayetano Brulés Hinweisen gelang es der Polizei nie, zu beweisen, dass der Abgeordnete von den Aktivitäten wusste, die drei Jahre zuvor mit der Lagerung von giftigen Abfällen aus der Batterien- und Kühltechnikproduktion auf anderen Geländen des Unternehmens begonnen hatten. Dem Richter zufolge hatte Patiño versucht, Anzeige zu erstatten, nachdem er aus Balsens Mund von den wahren Praktiken der Firma erfahren hatte – ein nobles, aber auch reichlich naives Verhalten, das ihn schließlich das Leben kostete.

Dank der Bemühungen einer der renommiertesten Anwaltskanzleien Santiagos überstand Solange Farías die Prozesse unbeschadet. Und das, obwohl mehrere Zeugen aussagten, dass sie gesehen hätten, wie Pankow und Patiño sich mindestens einmal in der Wohnung der Sekretärin getroffen hatten. Zurzeit arbeitet Solange Farías als Imageberaterin eines Mitglieds der Abgeordnetenkammer.

Isabel Ayabire baute kurze Zeit später ihre Pension aus und taufte sie, nach einem Vorschlag von Cayetano Brulé, in *El Alemán de Atacama* um. Die Verbreitung der Geschichte durch die Presse verlieh der Pension so viel Berühmtheit, dass es außerhalb der Nebensaison unmöglich ist, ein freies Zimmer zu bekommen.

Das Bewässerungsprojekt von SOS musste aus Geldmangel und wegen des dunklen Schleiers aus Spekulationen, der es umgab, eingestellt werden. Wer heute durch die Oase läuft, stößt schnell auf die staubigen Schneisen, die unvollendeten Staubecken und ein Netz aus trockenen Gräben – die stummen Zeugen von Willi Balsens Projekt.

Saúl Puca zog still und heimlich nach Antofagasta. Um Arbeit zu finden, verschwieg er, dass er Atacameño war, und tauchte als Automechaniker in der Anonymität unter.

Cornelia Kratz veröffentlichte eine dreiteilige Reportage über Balsens Ermordung und den illegalen

Handel mit Giftmüll in *Le Figaro*, *The Independent*, *El País*, der *Neuen Zürcher Zeitung* und ihrer eigenen, der *Frankfurter Allgemeinen Zeitung*. Einige Monate später beauftragte sie der nordamerikanische Fernsehsender CBS mit einem Dokumentarfilm über das Thema. Das saftige Honorar half ihr, Cayetano Brulé angemessen zu bezahlen.

Mit seinem Lohn reparierte Pompeyo Jara die Karosserie des alten Chevrolet. Er fuhr weiter europäische Touristen – die lauthals nach ihm fragten, sobald sie am Platz ankamen – in die entlegensten Ecken der Wüste, und es gibt Leute, die versichern, in seinen wenigen freien Stunden streiche er noch immer durch die Schluchten der Atacama und suche mit Schaufel und Spitzhacke nach präkolumbischen Schätzen.

Cayetano Brulé kehrte mit den Taschen voller D-Mark nach Valparaíso zurück. Dank des Geldes konnte er nicht nur seine eigenen Schulden begleichen, sondern auch die seines treuen Helfers Bernardo Suzuki. Auf diese Weise konnte der Detektiv in dem Haus im Paseo Gervasoni bleiben, wo er zur Miete wohnte, und Suzuki weiter jede Nacht im Kamikaze den besten frittierten Fisch der Stadt anbieten.

Als danach immer noch ein paar Pesos übrig waren, suchte Cayetano ein Reisebüro auf, nahm ein paar Kataloge mit Vergnügungsreisen in die Karibik mit nach Hause und begann während der Siesta, als im Hintergrund Liebeslieder von Beny Moré erklangen, darin zu blättern. Wenig später hatte er Margarita de las Flores zu einer einwöchigen Kreuzfahrt durch die Karibik eingeladen.

Während der Fahrt ließen sie sich Drinks und Aperitifs unter der sengenden Sonne schmecken, schwammen im türkisfarbenen Wasser und machten Exkursionen in das üppige Grün kleiner tropischer Inseln. In den Nächten, wenn sie gemächlich über das Deck des Kreuzfahrtschiffes schlenderten, umhüllt von einer warmen, klebrigen Brise und dem tiefen Brummen der Schiffsmotoren, konnten sie hin und wieder zwischen den Bäumen an der Küste die flackernden Lichter kleiner kubanischer Dörfer ausmachen. Und etwas später, wenn es ihm gelungen war, die Nostalgie zu vertreiben, die von seiner gepeinigten Seele Besitz ergriffen hatte, fasste Cayetano seine Begleiterin am Arm und führte sie in die Diskothek des Schiffes, eines Schiffes, so weiß wie der Schnee auf dem Licancabur. Dort legten sie – Margarita in einem leichten, mit Rüschen verzierten Kleid aus Organdy, er in Anzug und geliehener Fliege – die ausgelassensten Swings, Rock and Rolls und Twists auf das Parkett.

In Miami ging die Party drei Tage und Nächte lang weiter. Der letzte Abend sollte unvergesslich bleiben: Sie besuchten das berühmte Restaurant La Carreta in der Calle Ocho von »Klein-Havanna« und bestellten Mojitos, die nach Rum, Zuckerrohr und Minze dufteten, Flaschen mit eiskaltem, fast noch gefrorenem Bier, einen riesigen Berg gegrilltes Schweinefleisch, großzügige Portionen Reis und schwarze Bohnen, zarte Maniok- und Taroknollen, süße Kochbananenscheiben und das wunderbare Knoblauchbrot – alles ausgesprochen kreolische Köstlichkeiten, auf die zu guter Letzt zwei kleine schwarze Kaffee folgten. Viel später, als die Luft bereits vor Erotik und verspielter Sinnlichkeit knisterte, gingen sie dazu über, Mambos, Rumbas, Cha-Cha-Chas, *casinos* und *buey cansados* zu den fröhlichen Rhythmen der großen kubanischen Exilorchester zu tanzen.

Am frühen Morgen, als die Sonne bereits den milden, feuchten Himmel über dem Golf entflammte, die Musiker gähnend die Bühne verließen und es nicht mehr lange dauern würde bis zur endgültigen Rückkehr in den Süden, begann das Paar voller Leidenschaft zu einem wunderbaren Bolero zu tanzen. Es war »Hoy como ayer«, gesungen vom großartigen Beny Moré. Tief bewegt, mit hochrotem Gesicht, versuchte Cayetano seine Hände auf Margaritas üppige Hüften zu legen und ihren Körper an sich zu pressen, doch was er vorfand, waren lediglich das Kissen und die zerknitterten Kataloge mit den bunten Fotos aus der Karibik in seinem einsamen, zerwühlten Bett.

In diesem Moment begriff er, dass die Honorare für seine Ermittlungen in der Atacama bei Weitem nicht reichen würden, um Valparaíso den Rücken zu kehren. Wieder schloss er die Augen, diesmal aus Enttäuschung. Draußen heulte unerbittlich ein kräftiger, kalter Wind und trieb dunkle Wolken über die Zinkdächer der Stadt, während der Ozean, der glänzte wie ein riesiger Teller voll kochendem Quecksilber, die Schiffe in der Bucht auf und ab schaukeln ließ und sich schäumend an der felsigen Küste brach. Nur im Dämmerlicht des Schlafzimmers sang die unvergleichliche Stimme des *Meisters des Rhythmus* noch immer seinen Lieblingsbolero.

Im Bett liegend setzte Cayetano Brulé in aller Ruhe die Brille auf, strich sich bedächtig über den mexikanischen Schnurrbart und dachte, dass dieses Lied möglicherweise ein Vorzeichen für seine baldige Rückkehr nach Havanna sei.

Danksagung

Tomás Aros, Amsterdam

Ana María Barón, ehemalige Bürgermeisterin von San Pedro de Atacama

Dr. Margarita Castro, *Cidal S.A.*, Santiago

Sergio Flores, chilenische Kriminalpolizei, Santiago

Christiane Knauf, Südwestfunk, Frankfurt am Main

Juan Pablo Kummetz, Deutsche Welle, Köln

Hauptkommissar Michael Patrick Molloy, Scotland Yard, Wales

Lautaro Núñez, Direktor des Museums San Pedro de Atacama

Saúl Cervantes, Museum San Pedro de Atacama

Dr. Elmar Römpczyk, Friedrich-Ebert-Stiftung, Bonn

Dr. Heiner Sassenfeld, Friedrich-Ebert-Stiftung, Santiago

Major der Luftstreitkräfte Marco Antonio Sánchez Muñiz, Guatemala

Ing. Rafael Sotomayor, Santiago

Ana Zárate de Rennke

Mehr von Roberto Ampuero

»Roberto Ampuero ist der Erneuerer des Kriminalromans, ein würdiger Nachfolger von Hammett, Ambler und Chandler.« Luis Sepúlveda

Roberto Ampuero
Der Fall Neruda

Chile 1973. Als der berühmte Dichter Pablo Neruda nach Jahren als Botschafter alt und krank in seine Heimat zurückkehrt, spürt er, dass ihm nicht mehr viel Zeit bleibt. Er beauftragt Cayetano Brulé mit Nachforschungen über eine geheimnisvolle Frau. Die abenteuerliche Suche nach ihr führt Cayetano von Mexiko nach Kuba und schließlich in die DDR. Immer wieder scheint sie ihren Namen, ihre Identität gewechselt zu haben. Zugleich spitzt sich in Chile die politische Lage dramatisch zu und ein Militärputsch wird immer wahrscheinlicher …

Weitere Informationen: www.bloomsbury-verlag.de

bloomsbury
taschenbuch